KB129836

라이온스 철학

김주일 지음

도서출판 청어

한국라이온스클럽 창립 60주년 행사(2019년 2월 18일, 장충체육관)

한국라이온스클럽 창립 60주년 행사-50년 이상 라이온스 봉사자 감사패 수여
(2019년 2월 18일, 장충체육관)

한국라이온스클럽 창립 60주년 행사(2019년 2월 18일, 장충체육관)

한국라이온스클럽 창립 60주년 행사(2019년 2월 18일, 장충체육관)

구드런 잉봐도티어 국제회장 부부
공식 방한 환영회
(2019년 2월 18일, 서울 신라호텔)

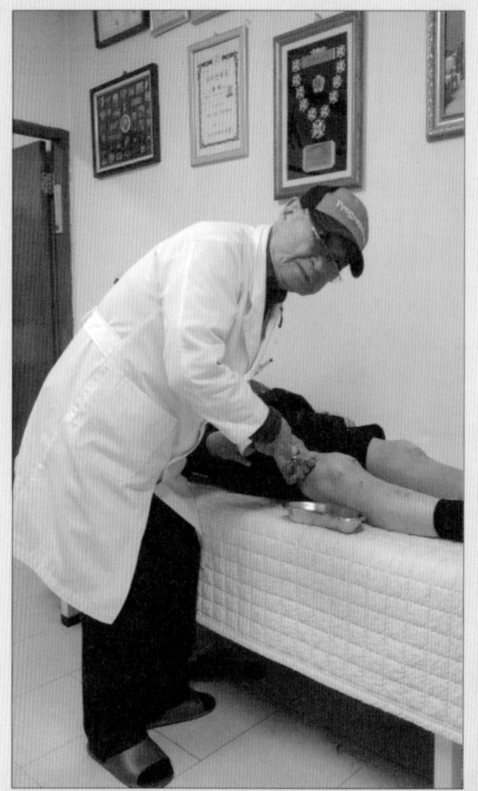

금촌의원 김주일 원장
(2018년 12월 28일)

금촌의원 내부
(2018년 12월 28일)

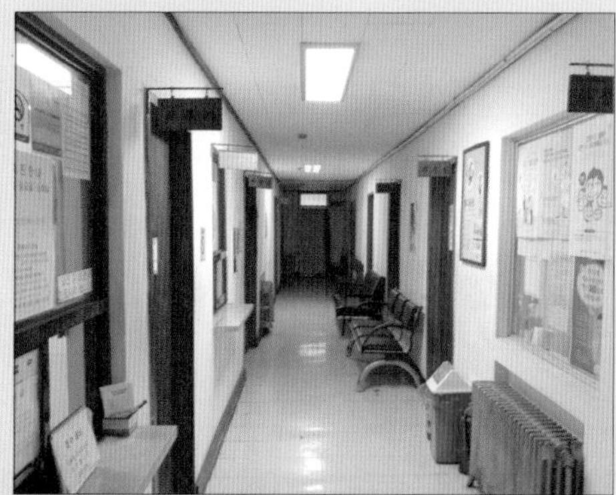

총재 당선(2001년 5월)

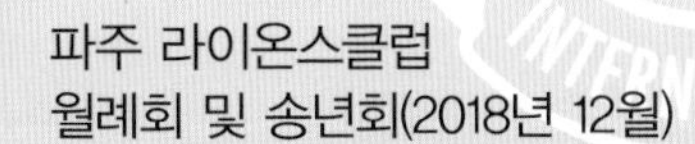

파주 라이온스클럽
월례회 및 송년회(2018년 12월)

파주 라이온스클럽
–파주 가온 라이온스클럽
사랑의 연탄 나눔 봉사
(2018년 12월 27일)

사랑의 김장김치 나눔 행사
(2018년 11월)

제3회 다문화페스티벌 후원(2018년 10월 14일)

17-18 회기 결산 및 3지역 부총재 이·취임식(2018년 6월 9일)

파주 라이온스클럽 창립 제49주년 행사(2018년 4월)

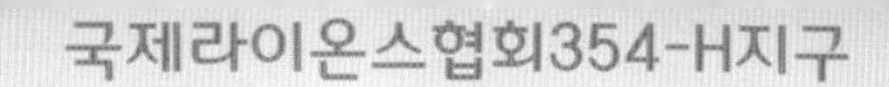

제3지역 합동월례회(2018년 2월 2일)

제13회 지구 한마음 체육대회(2017년 9월)

파주 라이온스클럽 창립 제48주년 행사(2017년 4월 12일)

파주 라이온스클럽 3지역 합동 월례회(2016년)

거버너 환송식
(2016년 6월 18일)

파주 라이온스클럽
창립 제47주년 행사
(2016년 4월 11일)

제11회 지구 한마음 체육대회(2015년 9월)

여름 지구임원 및 클럽4역 연수회(2012년)

부산세계대회(2012년)

파주 라이온스클럽 창립 제39주년 기념식 발언(2008년 4월 11일)

파주 라이온스클럽
창립 제39주년 기념식
공로패 수여
(2008년 4월 11일)

파주 라이온스클럽 창립 제35주년 행사장(2004년 7월)

파주 라이온스클럽 창립 제33주년 기념식(2002년 4월 18일)

파주 라이온스클럽 보육원 봉사(1999년)

파주 라이온스클럽 전의경 위문품 전달(1997년 12월 24일)

파주 라이온스클럽 창립 제26주년 행사(1995년 4월 11일)

파평중학교 기념탑 성실(誠實) 건립(1993년 2월 24일)

1993년 촬영한 파주라이온스기

파평중학교 기념탑 성실(誠實) 건립(1993년 2월 24일)

파주 라이온스클럽 단합대회(1992년 8월 19일)

309-G지구 연차대회(1990년 4월 28일)

▮ 추천사 ▮

『라이온스 철학』 출간을 기념하며

김주일 총재님은 354-H 지구의 창시 총재이며 파주 라이온스클럽의 산파이자 대부가 되어주셨음은 물론, 평소에도 금촌의원을 통한 개인적인 봉사활동을 꾸준히 베푸시어 여러 봉사자의 모범이 되어주셨습니다. 따라서 이우규 회장을 필두로 우리 파주 라이온스클럽 회원들은 이런 김주일 총재님의 봉사 정신을 널리 실어 나를 수 있는 최선을 고민하기 시작했습니다.

우리는 라이온스 정신의 산증인이신 총재님의 자서전을 기획, 총재님이 계신 금촌의원과 파주 라이온스 사무실을 방문하여 책 발간의 취지를 설명해드렸습니다. 그때마다 총재님은 겸손하게 주위를 물리치시며 이렇게 말씀하셨습니다.

"다른 훌륭한 사람도 많은데, 왜 이 사람의 이야기를 들으러 이렇게까지 공을 들이십니까. 가서 불우한 이웃을 돕는 일에 더 힘을 쓰도록 하세요."

"하지만 총재님, 삶의 궤적과 봉사활동을 생각해볼 때, 총재님이야말로 진정한 봉사자이십니다. 평소에도 말을 아끼시며 파주 라이온스클럽에서는 물론 남모를 봉사활동까지 해오셨는데, 그 고귀한 정신이 후대에도 이어지려면 기록이 꼭 필요합니다."

그럼에도 총재님은 완고하셨습니다. 그 이유는 다름 아닌 책 발간 비용에 따른 봉사금액의 감소를 염려하셨기 때문입니다. 뼛속까지 봉사자이셨던 것입니다.

"그래요, 여러분의 귀한 뜻은 잘 알겠어요. 그런데 그 책의 비용은 누가 지불하나요? 그만큼 파주 라이온스클럽의 봉사금액이 줄어들지는 않겠어요?"

"그럴 리가요! 책 발간 비용은 총재님을 존경하는 우리 파주 라이온스클럽의 회원들이 자발적으로 십시일반으로 마련한 것이니 걱정 마셔요."

총재님은 눈을 지그시 감으시고 잠시 생각에 빠지시더니 냉철한 어조로 다음처럼 물으셨습니다.

"책을 판매한다고도 했는데, 그것은 영리 목적이며 곧 라이온스 정신에 어긋나는 것은 아닐까 심히 염려됩니다. 차라리 라이온스 철학을 압축, 책을 얇게 하고 무료로 배포하는 건 어떨까요? 책이 두꺼워져 여러분들의 손실이 클까 걱정됩니다."

과연 라이온스의 지도자다운 겸손하고도 배려가 있는 통찰력을 보이셨습니다. 하지만 이 부분은 총재님의 정신을 계승한 우리 파주 라이온스클럽의 임원들이 미리 토의를 거친 내용이었습니다.

"너무 염려치 마셔요. 라이온스 윤리강령에 의거하여 책 판매수익금은 저자이신 김주일 총재님 명목의 봉사금으로 쓰일 수밖에 없습니다. 무엇보다 총재님 생전에 지혜로운 말씀과 삶에 대한 통찰력을 기록하지 못한다면, 오히려 파주 라이온스클럽의 큰 손실이 아니겠습니까. 이 책은 우리 라이온스의 봉사정신을 전파하는 일에 지대한 공헌을 할 것입니다. 그러기 위해선 총재님의 봉사 신념과 가치관을 조금

풀어서 써주셔야 흥미를 갖은 독자들이 감화를 받아 봉사에까지 관심을 보일 수 있을 것입니다."

2018년 8월 13일. 푸르른 가로수들 위로 펼쳐진 하늘의 고고함은 그 깊이를 헤아리기에 충분히 맑고 청량했습니다. 마침내 김주일 총재님은 '라이온스 봉사정신의 전승'이라는 대의에 결국 힘을 실어주시기로 하셨습니다. 이에 따라 파주 라이온스클럽 회장 이우규, 최시원 전 총재, 배수용 1부회장, 조도행 총무, 이현용 재무, 김선일 이사, 박승도 이사, 이중승 이사, 이성열 이사, 공석진 감사가 참여한 가운데 파주 라이온스클럽 이사회에서 클럽 50주년 기념식의 일환으로 김주일 총재님의 라이온스 삶에 대한 자서전을 만들기로 회원일동이 가결하였습니다.

이는 우리 파주 라이온스클럽의 손에 꼽을만한 업적이라고 생각합니다. 중요한 점은 이 자서전 발간사업이, '파주 라이온스클럽의 창립회장이자 354-H 지구 창시 총재'로서의 업적에 대한 존경은 물론 '김주일'이라는 한 사람에 대한 진심 어린 존경으로 행해졌다는 것입니다. 이는 우리 라이온스는 물론이고 일반 독자들에게까지 그 진정성이 전해지리라 생각합니다.

김주일 전 총재님의 결단에 크나큰 감사를 드리며, 이 책이 나오는 데 힘을 보태주신 우리 파주 라이온스클럽의 회원들에게 공을 돌립니다. 감사합니다.

2018년 난롯불 따스한 파주 라이온스클럽 사무실에서

회장 이우규 및 이사회 일동

추천사

한국의 라이온스 천사

저와 김주일 총재님이 라이온스로 인연을 맺은 지 벌써 32년이라는 세월이 흘렀습니다. 그 세월은 피를 나눈 형제의 우애만큼이나 각별하다고 생각합니다.

1987년, 저는 김주일 총재님의 뜻에 깊게 감화되어 파주 라이온스 클럽에 입회하였습니다. 그때 총재님께서 라이온스의 봉사 철학을 열정적으로 설파하시지 않았다면 저는 진정한 봉사자로 새롭게 태어나지 못했을 것입니다. 세상에 이로운 일이 아닌, 저 자신에게만 이로운 일을 하며 살아왔겠지요. 지금의 저에게 있어서 김주일 총재님은 인생의 길을 밝혀준 은인이자 든든한 형님과 같은 분이십니다.

그 긴 세월 곁에서 힘을 보탠 라이온으로서 저는 김주일 총재님이 '한국 라이온스의 천사'라고 생각합니다. 그 이유는 다음과 같습니다.

첫째, 95세의 연세에도 불구하고 현재까지 직접 진료하시며 불우한 환자들을 돌보셨습니다. 보통 병원 원장은 직접 진료하지 않습니다. 그저 다른 의사에게 진료를 맡기고 간호사에게 접종을 맡기는 것이 통상적이지요. 하지만 김주일 원장님은 현재까지도 오전부터 저녁까지 직접 환자를 진료하십니다. 그 치료 효과가 양호하여 환자들 사이에 명의(名醫)라 소문이나 매일 진료 대기실이 가득 찰 정도로 신망이 두텁습니다. 게다가 비밀리에 시각장애인과 불우한 환자에게는 진료비를 삭감하여 지역사회의 복지에 큰 기여를 해오셨습니다. 그럼에도 김주일 총재님은 늘 자신의 선행을 알리는 것을 꺼리셨습니다. 환자의 자존심과 봉사 정신의 훼손을 걱정하셨던 것입니다. 진정 인술(仁術)에 힘써온 의인(義人)이셨던 것입니다.

둘째, 헬렌 켈러가 '어두운 암흑을 밝혀라'고 주창하며 시력우선사업을 추진하였다면, 김주일 총재님은 그 뜻을 계승하여 시각장애인을 위한 '심청의 날' 행사를 추진하고 매년 시각장애인의 복지를 위해 매년 지원금을 쾌척하고 계십니다. 저는 헬렌 켈러와 김주일 총재님처럼 순수한 의도로 불우한 이웃을 돕는 봉사자들은 국제협회 임원보다 존경받아야 마땅하다고 생각합니다.

셋째, 1969년 파주 라이온스클럽의 창립 멤버로서 초대 회장을 역임하고, 국제라이온스협회 354-B 지구 총재와 분구추진위원장을 역임하면서 354-H 지구를 창립하는데 헌신하셨습니다. 그 헌신의 방법도 모두의 귀감이 되었습니다. 단순히 아랫사람들에게 명령을 내리는 것이 아니라 직접 참여하셨고, 파주 라이온스클럽 행사에도 사비를 매년 수천만 원씩 지원하셨으며, 지구 행사와 봉사가 있으면 거리가 아무리 멀더라도 한 번도 빠짐없이 참석하셨습니다.

넷째, 지구 창립 이후에도 현재까지 발전기금, 클럽의 확장사업에도 개인으로 수천만 원을 계속해서 지원하고 계십니다. 제가 지구 GMT(회원확장)위원장을 할 때는 김주일 총재님의 고귀한 뜻을 계승하고 함께 최선의 노력을 다하였습니다. 그 결과 2014~2015(최창환 총재) 클럽 4개 창립 회원 200명 순증가, 2015~2016(서재원 총재) 현상 유지, 2016~2017(이효숙 총재) 클럽 1개 창립 회원 100명 순증가라는 업적을 달성할 수 있었습니다.

이밖에도 김주일 총재님은 많은 선행을 베풀어오셨고 그 영향력은 파악할 수 없을 만큼 지대합니다. 저 또한 앞서 걷고 있는 대선배의 큰 발자국을 따라 더욱 최선을 다하는 봉사자가 되고자 노력하고 있습니다. 그 고귀한 정신과 업적을 기리는 이 자서전이 또 다른 실증적인 봉사활동 함양에 이바지할 수 있기를 진심으로 바랍니다.

2018년의 끝자락, 파주 집무실에서
국제라이온스협회 354-H 지구 3대 총재 최시원

봉사하는 삶의 교본

전 총재 김주일L의 삶은 나눔이며, 봉사하는 삶의 교본입니다. 저는 약 1년 전부터 김주일 전 총재님의 자서전 집필에 관한 소식을 접했습니다. 일반적으로 자서전은 '자신의 생애와 활동을 직접 적은 기록'한 책입니다. 하지만 이 자서전은 단순히 생애와 업적을 증명하는 일에 그치지 않고, 김주일 전 총재님의 출생과 성장, 나눔에서 실천되는 봉사의 삶과 정신을 담아 널리 퍼뜨리기 위한 책입니다.

김주일 전 총재님의 정수를 담은 이 책의 제목은『라이온스의 철학』입니다. 지난 50여 년간 '진정으로 나누는 삶'이라는 외길을 걸어오셨고, 이러한 삶 자체로서 후배 총재인 저와 본 지구의 라이온들은 물론, 한국라이온스협회와 국제라이온스협회의 교본이 되어주셨습니다. 저희는 모두 김주일 전 총재님의 봉사자로서의 삶에 놀라움과 감동을 느낍니다.

저는 18년 전부터 후배 라이온을 양성하는 교육장과 시각장애우 봉사현장에서, 라이온스협회의 봉사의 힘인 클럽확장 및 회원확장의 축하의 자리에서, 매 회기 국제회장이 한국을 방한하는 만찬행사에서, 각 클럽의 창립기념식 및 지역합동봉사의 현장 등 에서 김주일 전 총재님을 만나 뵈었습니다. 김주일 전 총재님은 각종 봉사와 행사에 열정적으로 참석하신 것은 물론 국제재단에 47,500달러를 기탁하여 전 세계 기아와 질병, 기근과 재난을 구제하는 인도주의 봉사를 실천하셨습니다. 그래서 그 공로를 인정받으셔서 매 회기 LCIF위원장 방한 만찬을, 그리고 금회기 한국라이온스협회 창립 60주년을 맞아 한국을 방한한 구드런 잉봐도티어 국제회장에게 직접 '50년 이상 봉사자 감사패'도 받으셨습니다.

김주일 총재님은 후배 라이온들에게 늘 한결같은 메시지를 전하며 언제나 귀감이 되어주셨습니다. 귀중한 메시지가 많았지만 그중 가장 강조하시는 말씀은 "라이온스의 목적과 윤리강령을 늘 가슴에 새기고 이를 삶에서 실천해야 한다"입니다. 하지만 가슴에 새기고 삶에서 실천하기란 얼마나 어려운 일입니까? 그럼에도 우리는 분명 참다운 봉사자로서 김주일 전 총재님의 삶을 본받아야만 할 것입니다. 그래서 저도 감히 김주일 전 총재님께서 닦아 놓으신 아름다운 발자취를 따라 나눔을 실천하는 봉사의 삶을 끝까지 걷도록 하겠습니다.

95세의 연로하신 연세임에도 불구하고, 늘 같은 자리에서 환자들에게 믿음을 주며, 정신과 신체의 아픔을 치유하는 이 시대의 진정한 명의! 말로만 하는 교육과 봉사가 아닌, 언제나 실천으로 가슴을 움직이는 참다운 봉사인! 저는 이 분의 삶 자체가 봉사의 교본이라고 생각합니다. 도움이 필요한 곳에 언제나 라이온(Lion)이 있듯이, 도움이 필요한 곳에 언제나 계셨던 김주일 전 총재님! 우리 곁에 건강한 모습으로 오랫동안 함께 해주시길 바랍니다. 김주일 전 총재님의 아름다운 삶의 철학이 담긴 『라이온스 철학』 발간을 진심으로 축하드립니다.

김주일 전 총재님은 라이온(Lion)입니다.

저도 자랑스러운 라이온(Lion)입니다.

라이온(Lion)이어서 정말 행복합니다.

WE SERVE!

2018년 겨울, 봉사의 불꽃이 타오르는 고양에서

국제라이온스협회 354-H 지구 13대 총재 서재원

라이온스 철학

김주일 지음

도서출판 청어

▮ 들어가며 ▮

나는 한 명의 의사이자 금촌의원 병원장이고, 한 명의 봉사자이자 50년 역사를 가진 파주 라이온스클럽의 초대 회장이며, 한 집안의 장남이었고 또 하나의 가정을 꾸린 아버지이자 할아버지입니다. 그리고 개성이 고향인 대한민국 국적의 시민이자 참전용사로서 어느덧 95세로 망백(望百)에 이르렀습니다.

한 세기 가까이 겪어왔던 숱한 경험의 총체로서 나는 이 한 권의 책을 세상에 내놓게 되었습니다. 처음 이 책을 기획하겠다는 파주 라이온스클럽의 이우규 회장과 회원들의 요청을 받았을 때, 나는 얼마나 부끄러웠는지 모릅니다. 평소 무언가를 강하게 주장하거나 큰 가르침을 전달할 사람이 아니라는 생각을 해왔기 때문입니다.

하지만 지난 50년간 봉사해온 한 명의 라이온으로서 삶의 지침이 되어준 박애 정신을 후대에 전달할 수만 있다면 무엇이 두렵겠습니까? 윤동주 시인이 서시에서 '죽는 날까지 하늘을 우러러 한 점 부끄럼이 없기를/ 잎새에 이는 바람에도 나는 괴로워했다'고 썼을 때, 이 괴로움은 자신의 길에 대한 순정과 신념을 지키지 못하는 것을 뜻합니다.

나도 박애 정신의 전달이라는 봉사자의 사명 앞에서 한낱 부끄러움은 오히려 정확한 방향을 지시하는 나침반 바늘의 떨림이라는 생각이 들었습니다. 내 자본과 시간은 물론 이름까지도 양분으로 삼아 나는 나에게 주어진 봉사의 길로 끝까지 나아가며 '모든 죽어가는 것들을 사랑'할 작정입니다. 그 길은 모든 생명에 대한 사랑의 길입니다.

여태까지의 경험을 전부 글로 옮길 수는 없었으나, 적어도 내가 중요하게 생각하는 삶의 가치관과 정수는 충분히 담았다고 생각합니다. 인생의 곡절은 물론이고, 삶에 큰 영향을 끼친 정신과 여러 인물의 일화를 통하여 더 나은 봉사를 위한 나름의 방법을 제시해 보았습니다.

그리고 다른 무엇보다도, 나는 이 책이 봉사나 기부에 대한 인식이 빈약한 우리 한국 사회에 작은 반향을 일으켰으면 하는 바람이 있습니다. 꼭 봉사가 아니더라도, 사람들이 저마다의 삶에서 진정한 비전을 찾아내어 그 의미를 꽃피울 수 있기를 진심으로 바랍니다.

2018년의 첫눈이 내리는 파주 금촌의원 진료실에서

파주 라이온스클럽 초대 회장 김주일

차례

라이온스 철학

김주일 지음

발 행 처 · 도서출판 **청어**
발 행 인 · 이영철
영　　업 · 이동호
기　　획 · 이용희
편　　집 · 방세화
디 자 인 · 이해니 | 이수빈
제작부장 · 공병한
인　　쇄 · 두리터

등　　록 · 1999년 5월 3일
(제321-3210000251001999000063호)

1판 1쇄 인쇄 · 2019년 3월 15일
1판 1쇄 발행 · 2019년 3월 25일

주소 · 서울특별시 서초구 효령로55길 45-8
대표전화 · 02-586-0477
팩시밀리 · 02-586-0478

홈페이지 · www.chungeobook.com
E-mail · ppi20@hanmail.net
ISBN · 979-11-5860-619-0(03810)

이 도서의 국립중앙도서관 출판시도서목록(CIP)은 서지정보유통지원시스템 홈페이지(http://seoji.nl.go.kr)와 국가자료공동목록시스템(http://www.nl.go.kr/kolisnet)에서 이용하실 수 있습니다.(CIP제어번호: CIP2019004510)

We Serve

Vision 1
진정한 비전(Vision)이란 무엇인가

사람들은 흔히들 보이는 것만큼 보고 보는 것만큼 안다고 여깁니다. 또한 보이지 않는 것은 알 수 없는 것이며 아예 없는 것이라고까지 여깁니다.

하지만 내가 생각하기에 진정한 가치란 오히려 보이지 않는 것에 있습니다. 이때 보이지 않는 것은 없는 것이 아니라, 그만큼 깊고 섬세한 '비전(Vision)을 통해서만 보이는 것'입니다.

사실 이 비전이란 것은 거창하고 이해하기 어려운 개념이 아닙니다. '아직 보이지 않는 것을 인식하여, 그것을 남들에게 보여줄 수 있는 능력'입니다. 이는 평소 내가 자주 인용하는 3개의 명언과 그 인물들의 삶으로 설명할 수 있습니다.

우리에겐 저마다 비전의 씨앗이 있다

첫 번째 인물로 나는 늘 헬렌 켈러를 꼽습니다.

"시력이 없는 것보다 불행한 일은 비전이 없는 것이다."

헬렌 켈러는 어려서 병에 걸려 듣지도 보지도 못하게 되었으나, 설리번 선생의 도움과 뼈를 깎는 노력으로 세계적인 사회사업가로 거듭나게 되었습니다. 또한 헬렌 켈러는 라이온스클럽에 가입한 첫 번째 여성이자 명예회원으로서 세상의 맹아(盲兒)들을 비롯한 여러 장애인들에게 꿈과 희망을 주었고, 소외된 사람들의 인권신장에 큰 기여를 한 인물입니다.

그는 자신의 장애를 부끄러워하거나 장애물로 인식하던 지난날에서 벗어나, 이를 통하여 자신만의 비전을 확립하여 세계에 선한 영향력을 행사한 위대한 지도자입니다.

사람들은 대체로 자신의 트라우마와 신체적 결함 등을 자신을 쫓아다니는 장애물로 인식하기 마련입니다. 게다가 이 장애물을 벗어날 수 없다는 사실에 낙담하여 주체적이지 못한 삶을 살거나, 타인과의 관계에서 이를 감추기 위해 일부러 공격적 태도를 취하기도 합니다.

하지만 오히려 헬렌 켈러는 자신이 세상과 소통하는 방법과 화해하는 방법을 이러한 트라우마와 장애를 통하여 발견하였습니다. 헬렌 켈러는 자신이 터득한 소통과 화해의 방법을 장애가 없으나 서로 다투고 반목하는 세상에 보여주었던 것이지요. 시력이 없는 사람이 오히려 시력을 가진 사람들에게 하나의 비전을 제시한 것입니다.

그 비전의 핵심은 '박애(博愛)와 용기'였습니다.

"비전은 보이지 않는 것들을 보는 기술이다."

두 번째 인물은 조너선 스위프트입니다.

그는 영국의 풍자작가로서 『걸리버 여행기』로 사람들에게 널리 알려져 있습니다. 그 책 표면적인 내용은, 걸리버라는 인물이 미지의 세계로 모험을 다니는 것으로 읽힐 수 있습니다. 하지만 그 기발한 상상력에는 당시 영국의 식민정책과 위정자들, 문명의 폐단에 대한 강렬하고 신랄한 풍자가 읽힙니다.

그는 영국인이지만 영국의 식민지배에 시달리던 아일랜드에 관한 통찰력을 발휘하여 사회비판적인 글들을 써내려간 지식인이며, 당시 물질만능주의와 과학만능주의는 물론 식민주의정책까지 폭넓게 비판하며 진정으로 인류문명이 나아가야 할 올바른 방향을 탐구한 현자입니다.

따라서 그의 삶은 순탄치 않았습니다. 당시 영국의 위정자들에게 핍박을 받은 것은 물론, 경쟁적으로 신민지를 넓혀가던 유럽의 주류를 거스르는 사람으로 여러 고난을 겪은 사람입니다. 심지어 그는 노년이 되어 정신착란 증세에 빠져들고 결국 뇌졸중으로 죽게 되는데, 이러한 정신착란까지도 활용하여 집필에 몰두했다고 전해집니다.

조너선 스위프트는 이처럼 모진 세상을 정면으로 돌파합니다. 그가 온갖 논쟁과 저술 행위를 통해 그의 비전을 끝까지 고수하였기 때문에, 그의 독특한 세계관을 연구하며 현재의 우리가 깨달음이나 아이디어를 얻은 것입니다.

그 비전의 핵심은 '성찰을 통한 상상력'이었습니다.

"리더십이란 비전을 현실로 바꾸는 능력이다."

세 번째 인물로는 워렌 베니스를 떠올렸습니다.

그는 현대 경영학의 아버지라 불리며, 현재 서던캘리포니아대학교(University of Southern California)의 경영학 교수이자 하버드대학교 케네디 스쿨에서 공공리더십센터 자문위원회 의장을 맡고 있습니다. 그는 케네디 대통령을 비롯한 4명의 대통령 자문관 역할을 해왔습니다.

그는 현대사회에서 리더가 갖는 영향력과 자질 등에 대하여 구체적이고 실증적인 연구 자료를 통해 논의해왔습니다. 그는 특히 리더(지도자)는 매니저(관리자)와 구분되는 자질을 갖고 있다고 주장했습니다.

리더는 스스로의 비전에 따라 세상을 변혁시키고, 사람들을 감화하여 제각각의 역량을 주도적으로 발휘하도록 만들고, 과거와 현재를 깊이 성찰하여 미래를 예측하고 선명하게 그려낼 수 있는 사람이라고 정의합니다.

그 비전의 핵심은 '자주적인 실천력(實踐力)'이었습니다.

이상 세 명의 현인들의 삶과 주요한 발언을 살펴보았습니다.

이런 현인들과 마찬가지로, 우리에겐 저마다 비전의 씨앗이 있다고 생각합니다.

'당신에게 비전이 있다'는 말은 단순한 위로의 뜻이 아닙니다.

단순히 물질적으로 성공할 수 있는 계획이 있다는 뜻이 아닙니다.

똑똑하고 사리에 밝다거나 남들과 다르게만 본다는 뜻이 아닙니다.

당연히 우주의 힘이 돕는다거나 사주에 복이 있다는 뜻도 아닙니다.

결국 '당신에게 비전이 있다'는 말은 자신의 직관으로 과거와 현재를 깊이 성찰하여 깨달은 바를, 남들에게 설득력 있게 전달하고 변화를 이끌어내어, 그것을 주체적으로 구현(具現)할 수 있는 능력이 있다는 뜻입니다.

비전을 갖고 있는 사람들은 어떻게든 자신의 관점을 강화한 것입니다. 나는 이러한 관점이 크게 두 개의 요소에 의해 강화되거나 약화된다고 생각합니다.

우선 관점이란 '개별성'을 갖습니다.

우리의 성격, 신체, 환경, 인생관 등이 모두 다르듯이 이것은 우리의 신념, 가치관, 태도 등을 이루어가는 매개(媒介)가 됩니다. 이 매개적 관점이란 단순히 바라보는 것이 아니라, 어떤 대상에 자신의 시선을 연결하려 바라볼 수 있는 능력을 뜻합니다.

또한 이러한 개별적인 관점들은 동시에 '가변성'이 있습니다.

우리는 자신의 관점으로 사건들을 감각하고 경험을 쌓아 일련의 정보와 직관을 획득합니다. 그러면서 관점은 지속적으로 영향을 받아 어떤 식으로든 변화하게 되어 있습니다. 그리고 우리는 이러한 변화를 단순히 수동적으로 받아들이기만 하는 것이 아니라, 능동적이고 주체적으로 세상을 변화시키기도 하는 것입니다.

정리하자면, 비전은 천부적으로 주어지는 것이 아닙니다.

선천적인 요소들은, 그것이 신체가 되었든 환경이 되었든 기질이 되었든 모두 개인의 관점이 비전으로 자라나기 위한 밑바탕이 되는 것입니다.

현인들의 비전은 저마다의 관점을 자신의 삶을 토양으로 삼아 각고의 노력으로 길러온 삶의 총체, 곧 철학이며 체계인 것입니다.

우리는 모두 개별적이고 가변적인 관점을 취하는데, 현실에서 이 관점을 통한 언행들이 어떤 탁월함으로 발휘되는 것이 어려운 것입니다. 현인들은 이 어려움을 극복하는 열쇠로 자신의 삶 자체를 하나의 재료로 삼았습니다.

이 탁월함은 진리와는 다르게 때와 상황과 대상에 따른다는 특수성을 띱니다.

그러니까 자신의 관점이 탁월함을 발휘할 수 있는 시간, 장소, 대상을 찾아내는 것이 중요한 것입니다.

앞서 살펴보았듯이, 헬렌 켈러는 자신의 특수한 장애를 받아들이고 그 과정에서 다른 장애를 가졌거나 소외된 이들의 마음을 헤아려 전란(戰亂)을 겪은 세상 사람들에게 박애의 관점을 고취시켰습니다.

그리고 조너선 스위프트는 자신의 조국에 대한 비판적 성찰로 문명 전반에 대한 설득력 있는 방향을 제시하고 정신착란 증세를 무궁한 상상력의 세계로 승화시켰습니다.

또 워렌 베니스의 리더십에 대한 새로운 관점은 독재적 지도자와 관리자적 지도자에 대한 반성적 성찰을 불러일으키고 보다 현대적이며 민주적인 리더십에 대한 영감을 주었습니다.

이렇게 보았을 때, 결국 탁월함이란 '나'라는 개별 주체에 대한 총체적 인식(認識)과 그에 따른 의미화에 있는 것입니다.

나는 한평생을 바쳐 사회에 기여하기를 바라왔고 또 노력해왔습니다.

내 나이 95세로 현재까지 약 70년간 외과 진료를 하며 사람들을 돌보아왔습니다. 그리고 파주 라이온스클럽의 창립 이후, 여러 직책을 맡아 현재까지 약 50여년간 봉사를 해왔습니다. 나는 여전히 내 삶의 새로운 의미를 찾을 수 있고 그 의미를 공유할 때, 진정으로 살아가는 보람과 행복을 느낍니다.

이 책에서는 이러한 내 삶의 단편들은 물론, 무엇보다 내 삶에 가장 큰 영향을 끼친 비전을 다루고 있습니다.

그 비전의 핵심은 '자기인식에 따른 이타성(利他性) 발현'입니다.

Vision 2
나무는 보이는 부분보다 큰 뿌리를 갖고 있다

커다란 고목이나 바위를 뚫고 자란 나무의 뿌리를 본 적이 있습니까?

산사태가 있거나 홍수가 나거나 나무를 뿌리째 들어내야만 할 때, 비로소 우리는 그 나무의 깊이와 너비를 알 수 있습니다.

'나무는 보이는 부분보다 큰 뿌리를 갖고 있습니다.'

내게는 금촌의원 원장이 되기 전까지의 시간과 라이온스의 일원이 되기 전까지의 시간이 이 뿌리에 해당합니다. 그리고 이 뿌리를 함부로 드러내거나 무작정 덮어두고 묻기에는 그 곡절이 많아 한 번은 이렇게 성찰해야 한다고 생각했습니다.

이 성찰을 통해 오늘날 나의 몸통과 가지의 의미를 환기하고 싶었습니다.

앞서 밝혔듯이, 나는 한 개인이자 누군가의 아들, 남편, 아버지, 할아버지, 참전용사, 외과의사, 봉사자, 파주 라이온스클럽의 전 회장, 대한민국의 시민입니다. 보이는 개인으로서의 나 자신보다 훨씬 많은 정체성과 그에 따른 역할이 부여된 것입니다. 그것은 하나의 나무 몸통에 많은 갈래의 나뭇가지와 잎사귀 그리고 꽃과 열매가 매달린 것과 같은 이치입니다.

여기서 '나'라는 씨앗이 나무로 자라나기까지 필요로 했던 토양과 공기와 물은 어디서 왔는지 생각해봅시다.

그것들은 모두 내 '바깥'에서, '타인'에게서 왔습니다.

나는 나만의 힘으로 이 위치에 서 있는 것이 아닙니다. 다른 사람들에게 받은 도움과 영향들을 일일이 열거하자면 내 살아온 시간을 모두 동원하더라도 모자랄 것입니다.

그러나 이제 나이가 들어 내 삶에 연결되었던 이들 전부를 기억하지는 못합니다.

그럼에도 내가 파주 금촌에 정착하기까지 겪은 이야기들을 통하여 잠시나마 그들의 목소리를 되살려볼 수 있을 것입니다.

내 봉사 정신의 뿌리와 등불

내가 어렸을 적엔, 개성시 덕암동 교외에서 아버지와 할아버지가 함께 소작농을 하며 밭, 논, 과수원 등을 일구었습니다.

그 규모가 크고 아버지와 할아버지께서 워낙 열심히 일하셨기 때문에 자라나며 생계 때문에 고생은 하지 않았으나, 그 시절이 누구에게나 그렇듯 어디 내세울 정도로 풍족하진 못했습니다.

나는 7남매 중에서도 장남으로 태어나 가족들의 기대가 컸습니다.

그래서 풍족하지 못한 와중에도 할아버지와 부모님은 나를 소학교에 입학시키기 전, 선행학원에 보내주실 정도로 물심양면(物心兩面) 지원해주셨습니다.

"우리 장남은 커서 뭐가 되고 싶어?"

"아직 잘 모르겠어요. 아버지처럼 농부가 될까요?"

"아냐, 우리 주일이는 농부 말고 훌륭한 사람이 되자."

"농부는 훌륭한 사람이 아니에요? 사람들이 먹을 쌀을 만들잖아요."

"하하하, 녀석이 예쁜 말도 할 줄 아네?"

"선생님이 그랬어요. 직업에는 귀천(貴賤)이 없대요."

비록 가족들 모두 농업에 매진했지만, 나에게 직접 농사를 업으로 삼으라고 권유하거나 강제하시진 않으셨습니다.

농업, 목축업 등의 1차 산업보다는, 2·3차 산업의 상공업 기술자들이 대우를 받기 시작하던 시절이었기도 했고, 나도 학업 역량에 있어 어느 정도 두각을 보였기 때문입니다. 따라서 나는 자연스레 학업에만 집중할 수 있게 되었습니다.

당시 동네에는 학원이 두 개 있었는데, 풍족하진 않은 상황에서도 부모님은 내 미래를 위하여 학원에 등록해주셨습니다. 내 관심이 책과 과학적 탐구에 있기도 했거니와 또래보다 행동거지가 조숙하여 장래에 공부와 관련된 일을 하면 좋을 것이라는 판단이셨습니다.

사실 미취학 아동이 사설 학원에 다니는 것은 그리 흔한 일이 아니었습니다. 나는 부모님의 기대를 저버리지 않기 위해서 그리고 학업 성과의 칭찬에서 오는 기쁨들을 위해서 열심히 다녔던 것으로 기억합니다. 이때까지만 해도 내가 바라던 것은 그저 가족의 행복과 주변 사람들의 평화 정도였습니다. 무엇보다 아이들이 그러하듯 따뜻한 보금자리에서 천진하게 하루를 어떻게 하면 재미있게 보낼 수 있을 지를 고민했습니다. 구체적인 비전이나 목적이 생긴 것은 학교에 진학하고도 한참 뒤의 일입니다.

그 시절 아버지와 어머니의 사랑이야 이루 말할 것도 없지만, 유독 할머니의 지극한 사랑이 뇌리에 강렬하게 남아있습니다.

내가 정식으로 원정소학교에 다니게 되어 기쁜 것도 잠시, 등하교 십리 길을 매일 걸어 다닐 걸 생각하니 정신이 아뜩해졌습니다.

매일같이 이슬 젖은 새벽의 거친 교외 길을 나섰다가 해질녘 깜깜해진 그 길로 다시 돌아와야 한다는 사실은, 어린 마음에 겁이 나고 지치는 일이었습니다.

그런데 할머니께서는 이 어린 마음을 먼저 알아차리시고 그 십리 길을 직접 바래다주셨습니다. 나이가 들어 관절이 성치 않은 몸으로 이른 아침 십리 길을 함께 걸어주신 일을 생각하면, 또 나를 바래다주시고 홀로 돌아가셨을 외로운 십리 길을 생각하면 아직도 눈시울이 뜨거워집니다.

그 헌신이 얼마나 귀한 것인지, 그때는 잘 몰랐던 것 같습니다.

나는 비록 한 세기 가깝게 살아왔지만, 여러 의학기술과 사회복지의 개선 그리고 개인적으로 건강관리에 힘쓴 덕에 홀로 매일 산을 오르고 진료를 볼 정도로 건강한 편입니다.

하지만 그 당시 할머니의 나이에는 그것이 얼마나 고된 일이었는지 짐작조차 되질 않습니다. 그 시절의 할머니보다 나이가 든 지금에서야 헤아릴 수 있는 것이지만, 당장 내 손주에게 내가 그렇게 할 수 있을지는 장담할 수 없는 일입니다.

다듬어지지 않은 흙길은 눈비가 조금만 흩날려도 금세 진창이 되기 일쑤였습니다. 그때마다 할머니는 내 손을 꼭 잡고 학교 문 앞까지 나를 바래다주시고는, 내가 운동장을 가로질러 보이지 않게 될 때까지 뒷짐을 지고 지켜봐주셨습니다.

"그런데 할머니는 어떻게 돌아가요? 눈이 더 오는데."

"할미는 어른이라 괜찮아. 자, 학교 다 왔다. 수업 늦기 전에 들어가라."

"길이 미끄럽던데……."

"아이고, 우리 강아지가 걱정할 바 아니다. 내 조심해서 들어갈 테니 염려마라. 애들이랑 싸우지 말고!"

한번은 교실 창문으로 할머니가 돌아가는 모습을 지켜본 적이 있습니다. 희끗한 머리에 조금 굽은 등, 종종걸음이지만 당찬 발걸음이었습니다.

'어른이란 무엇일까?'

나는 그때 어른에 대한 막연한 동경보다도, 어떤 연민이 앞섰던 것만 같습니다.

우리가 함께 손잡고 걸어온 길을 혼자 되짚으며 돌아가는 길, 그 길을 다 걸어 집으로 돌아가실 때까지, 할머니는 혼자 무슨 생각을 하셨을까요?

지금도 내 손바닥에는 할머니의 종종걸음으로 그어진 가장 굵은 손금이 있습니다.

이렇듯 할머니와 함께 두런두런 이야기하며 걷던 등굣길은, 어쩌면 내 봉사 정신에 있어서 가장 원초적인 뿌리요, 현재까지 모나지 않은 삶의 궤적이도록 나를 감싸준 따스한 등불이 되어준 것이라 생각합니다.

하여 이 작은 지면으로 말미암아, 할머니께 무한히 감사하고 사랑한다는 말을 남기고 싶습니다.

'국어 상용'의 시대

1931년 만주사변을 계기로 일제는 한국인들의 민족성을 그 뿌리부터 말살하기 위하여 '황국신민화(皇國臣民化)' 교육이 보다 노골적으로 자행되었습니다. 내가 학교에 입학하던 당시에는 교장, 교감, 감독관 등 학교의 모든 관료들이 일본인이었습니다. 그들은 장도(長刀)가 아니면 회초리 등을 허리춤에 차고 다니며 학생들에게 으름장을 놓기 일쑤였습니다.

한국인 선생도 여럿 있었으나, 관료들의 눈칫밥을 먹으며 맥없이 일본 체제를 따라야만했습니다. 그걸 두고 무어라 할 수 있는 사람은 아무도 없었습니다. 왜냐하면 학교를 손에 쥔 일본인들에게 반항하거나 대든다는 것은 곧 볼모로 잡힌 학생들에게 피해가 가는 것을 감수해야만 하는 일이었기 때문입니다.

일본은 시간이 지날수록 학교를 이전보다 체계적으로 압박해왔습니다. 단순 무력을 통한 겁박이라면 차라리 나았을 것입니다. 문제는 정신적인 침탈이었습니다.

학교에서는 '당시의 국어'인 일본어만을 사용하도록 강제하려 별도의 교칙을 제정하였고, 복도마다 '국어 상용'이라고 대문짝만하게 적어두었습니다. 그 말인 즉, 교과수업은 물론이고 교우간의 친밀한 대화에서 마저 한국말을 쓰지 못하고 일본말만 써야 했다는 것입니다.

그것을 어기면 군대처럼 얼차려를 받는 것은 물론이요, 교장실로 끌려가 일본산 가짜 사랑의 매를 견뎌야 했습니다. 상습적으로 어길 경우 부모를 불러와 심한 면박과 모욕을 주고 그 자리에서 퇴학 처분까지 당해야 했습니다.

어디 그뿐인가요? 다음 에피소드에 이어 적을 내용이지만, 조금 나이가 들거나 조숙한 여학생들의 경우, 어느 날 일본군 위안부 강제 차출을 당하거나 남모르게 일본인의 첩으로 들여지기도 했습니다.

어느 정도 나이가 찬 남학생들의 경우에도 상황이 좋지 않았습니다. 특히 가족이나 친지가 없어 학교에 다니지 못하거나 소속이 분명치 않으면, 쥐도 새도 모르게 징병을 당하거나 노동현장으로 끌려가기도 했습니다.

나는 그런 장면을 볼 때마다 가족을 생각했습니다. 당시의 모두가 그랬겠지만, 실존적 삶보다도 생존 그 자체가 위협받는 상황에서, 내가 할 수 있는 일은 얼마 되지 않았습니다. 그저 주어진 학업에 최선을 다하여 어떻게든 그 삼엄한 학교생활에 적응하여 살아남아 부모님과 동생들에게 힘이 되는 길뿐이었습니다.

그렇게 가족들의 뒷받침에 힘입어 열심히 노력한 결과, 소학교를 통틀어 전교 1, 2등을 놓치지 않았습니다. 그러다보니 수업 중 발표를 도맡아 하게 되었고, 선생들의 신임을 얻어 기타 잡무는 물론, 한국학생들과 일본인 관료들 사이의 통역도 맡게 되었습니다.

그렇게 학교에서 나는 공부를 잘하는 건실한 소년의 이미지로 자리매김하였고, 어느새 선생들과 교우들은 물론 관료들과 교장의 시선까지 집중되어있었습니다.

따라서 고학년에 올라갈수록 나의 역할은 굳어지고 그 비중이 늘어만 갔습니다.

"네가 비록 한국인이긴 하나, 드물게 총명하고 인품 또한 훌륭하다는 것은 우리들 모두가 인정한다. 이렇듯 선생들과의 관계는 물론이고 교우 관계도 좋아 다른 학생들이 너를 따르는 게 보이니, 학급의 대표를 맡기에 충분하다."

이렇게 학교선생들은 학교와 학생들의 주요한 다리 역할을 나에게 맡겼고, 학년 내내 반장을 하는 건 당연한 일이었습니다.

심지어 몇몇 교우들의 경우 나를 통한 일본인 관료나 일본인 선생들의 원만한 대화 진행으로 나름의 생존권을 지켜낼 수 있었습니다.

"빠가야로! 말귀를 못 알아먹나? 복도에서 뛰지 말라고 했지. 그리고 그 조선어, 분명 쓰지 말라고 했을 텐데?"

"죄, 죄송합니다. 아니, 스미마셍……"

"스미마셍? 저번에 그렇게 혼나고도 정신을 못 차리나? 수업시간에 복도에서 뛰어다니질 않나, 애들 기강이 이렇게 해이해져서야. 담임이 누구야, 보나마나 조센징이겠지?"

"그것이 아니오라……"

"아, 센세. 이 학생은 일본어 초급반이어서 말하는데 서투릅니다. 너그럽게 봐주십쇼. 그리고 여길 봐주세요, 손에 칠판지우개를 들고 있잖습니까? 방금 일본어를 가르치시던 선생님께서 칠판을 닦으라고 하셔서 서두른 모양입니다. 제가 대신 사과드립니다."

"야, 뭐해! 고개 숙이고 얼른 사과드려야지. 고멘나사이!"

"고, 고멘나, 고멘나사이……"

"주일. 책임지고 이 녀석 가르쳐. 나랑 다음에 마주칠 때 어떻게 하는지 보겠어. 알아들었나?"

"예, 이런 일 다시는 없을 겁니다."

"고맙다, 주일아. 재수 없게 마귀장교한테 찍혀버렸어. 다음엔 교장실 끌려갈 텐데 어쩌지."

"어쩌긴 뭘 어째. 절대 저 독종 눈에 보이지마. 여기가 말이 학교지, 사실 우리들 볼모로 삼고 부모님들까지 묶어두는 거 아니겠어? 그러니 부모님을 위해서라도 우리가 잘 해야 해. 다시 기운내자. 알겠지?"

또 어떤 학기에는 한국인 담임을 만났는데 지금 생각해보면 조금 특이한 교육관을 갖고 있었던 것 같습니다. 그 담임은 가끔씩 수업 도중에 자리를 비웠는데 그때마다 나에게 해당 교과목을 직접 가르치라고 명령하는 것이었습니다. 특히 교과서 강독(講讀)이나 수학이나 과학 문제를 풀 때면 나를 지목하여 교탁으로 불러내고 이렇게 말하는 것이었습니다.

"자, 계속 수업진행!"

그럼 나는 이어서 강독을 하거나 수학 문제 등을 풀면서 자연스레 일일 선생을 노릇을 하게 되었습니다.

나에게 수업을 시킨 담임은 곧장 교무실로 올라가거나 교탁 옆 책상에 따로 앉아 다른 직무를 보았습니다. 그리고 수업 중간마다 창문으로 교실을 들여다보거나 고개를 돌려 내가 강독하는 모습을 바라보며 빙긋 웃는 것이었습니다.

'도대체 담임 의중이 뭐야?'

아무리 내 실력을 믿고 맡기는 거라지만 그 책임감에 의심이 갔습니다.

그러나 학생들은 그 우스꽝스런 광경이 얼어붙은 교실의 새로운 활기처럼 느껴졌던 모양입니다. 학생들은 나에게 키득거리며 우스꽝스런 신호를 보내거나, 선생이 수업하던 시간보다 더 열심히 발표를 하고 질문을 해댔습니다.

그건 분명 슬프지만 아름다운 유대감의 표현이었습니다.

다시 곰곰이 생각해보면, 그 담임은 자신의 직책을 이용해서 우리에게 어떤 자유, 어떤 삶에의 소중함을 느끼게 하려고 그리했던 것 같습니다. 말이 학교였지 실제론 일제강점의 식민사상을 강제로 주입받는 감방 같은 곳에서 한국학생들이 느꼈을 압박감이란 이루 말할 수 없었을 것입니다. 그런 곳에서 한국학생이 칠판 앞 단상에 올라 목소리를 내고 학생들을 가르친다는 것은 상징적으로 그 의미가 파격적이었던 것입니다. 어린 학생들이었기에 이를 논리적으로 생각하지 못했을 뿐, 모두들 떨리는 눈과 목소리로 서로에게 작은 유대를 표현했던 것이지요.

이 사례들을 볼 때 당시 내 역할 비중이 어느 정도였는지는 짐작이 갈 것입니다.

전란 속, 일본행 배를 타다

이후 원만하게 소학교를 졸업한 나는 경기중학교(경기보통고등학교)에 지원하게 되었습니다. 이 시기엔 중·일전쟁이 있었고 일본은 식민지의 지배력을 강화하기 위해 제3차 조선교육령에 따라 한국의 학제가 개편되었습니다. 따라서 보통학교는 소학교로, 고등보통학교는 중학교로 고치는 등 일본인이 다니는 학교와 교육체제를 동일하게 하는 이른바 내선일체(內鮮一體)가 적용되던 시기였습니다.

그런 혼란스런 와중에도 한국인들의 학업에 대한 열의는 줄지 않고 오히려 심화되었습니다. 당시 경기중학교는 파주 군에서 1~2명만 진학할 정도로 경쟁률이 높은 학교였지만, 학교장의 추천을 통해 자격을 얻어 입학시험을 보게 되었습니다.

그런데 시험에 나온 문제들이 나를 당혹케 했습니다.

'아니, 왜 이렇게 쉬운 거지? 내가 뭔가 잘못 풀고 있나?'

시간이 남아 다시 검토해보아도, 답은 처음에 적은 그 답이 분명

했습니다.

학생들을 가르치는 습관이 들어서인지 출제자들의 의도가 빤히 읽히는 것이었습니다.

자신감을 얻은 나는 거침없이 나머지 답을 적어내려가기 시작했습니다.

결과는 합격이었습니다.

그리고 경기중학교(경기고등보통학교)에 입학하자마자 또 반장을 맡게 되었습니다. 내 입학 성적과 소학교의 생활기록부에서 내리 반장을 도맡은 이력을 보고 임명한 것입니다. 주위를 둘러보아도 그 임무를 맡아 역할을 해낼 학생이 보이지 않는다며 막무가내였습니다. 나는 의견을 낼 수조차 없었습니다.

나는 그 뒤로 중학교 5학년 내내 반장을 맡게 되었습니다.

그러다 4학년 때, 성적이 조금 떨어졌던 시기가 있는데, 당시 일본인이었던 담임은 내 반장직무 수행을 계속 하도록 강권했습니다. 이유인즉, 학생들의 신망이 두텁고 일본어에 능통하여 교과수업과 선생들의 한국학생 통솔에도 도움이 된다는 것입니다.

하지만 나는 그때 몸과 마음이 너무나 지쳐있었습니다.

일반 학생이었으면 그저 일본인 관료들의 엄포에 적응하여 조용히 교우들과 어울리며 지내면 되었겠지만, 나는 사정이 달랐습니다.

학급의 대표이면서 일본인 관료들과 선생들의 다리였고, 장남이면서 어머니마저 일을 나가면 할머니를 도와 동생들을 보살피는 역할도 맡았기 때문입니다.

나는 덤덤하게 현실을 받아들였습니다.

'피한들 어쩌리. 내가 아니라면 또 다른 누군가가 이 자리를 맡아 고달프겠지. 그렇다면 차라리 경험이 많은 내가 계속 맡는 편이 낫겠어.'

학교에는 한국학생들을 못살게 구는 관료들도 있는 반면, 비교적 학생을 학생 그 자체로 아끼는 관료들도 있었습니다. 당시 경기중학교 교장은 후자에 속했는데, 평소 눈여겨보던 나를 따로 불러내 이렇게 말했습니다.

"주일, 한국에서 썩히기엔 네 재능이 아깝지 않느냐? 일본의 학교로 진학하여 재능을 마음껏 펼치는 게 좋을 것 같구나."

당시 일본에는 명문 고등학교가 8개 정도 되었습니다. 교장은 동경고등학교, 경도고등학교 등을 지목했는데, 그 학교들이 동경대학 진학률이 높아 각 현의 수제들이 몰리는 명문이었기 때문입니다.

나는 별다른 고민 없이 그 자리에서 경도고등학교에 진학시험을 보기로 결정했습니다. 그리고 두 주먹을 단단히 움켜쥐고 생각했습니다.

'이 고등학교에 입학하기만 하면, 나는 힘을 얻을 수 있다. 일이 잘되어 돌아오면, 이 어려운 현실을 어떻게든 변화시킬 수 있을 거야!'

나는 야망을 품고 일본으로 건너갈 기획을 세웠습니다.

"어머니, 저 일본에 다녀올까 해요."

"일본? 일본이라니, 갑자기 그게 대체 무슨 말이야? 여보! 주일이가 일본을 간대요."

"오늘 교장이 따로 불러 말하길, 일본에 있는 경도고등학교에 입학해서 공부하면 여러모로 좋을 거라네요. 일본에서도 알아주는 명문이래요."

"그래, 그건 알겠다. 하지만, 일본으로 가는 길이 너무 위험하잖니."

"네, 위험하죠. 그렇지만 어머니, 여기서는 제 재능을 살리기는커녕 그저 살아가는 것마저도 위협을 당하잖아요."

"그렇지만, 주일아……."

"걱정하시는 마음 충분히 알아요. 하지만 어머니, 저는 여태 한 번도 어머니 속 썩인 적 없는 장남 주일이잖아요. 이번에도 어머니 속 썩일 일 절대 없을 거예요. 안심하셔요, 저도 이제 고등학교 갈 나이가 되었으니 어른이죠, 뭐."

"그렇지, 주일이가 어른이고말고. 여보, 주일이 말에 일리가 있소. 여기서 매일 불안 속에 사느니, 일본 중심의 명문고에 당당히 들어가서 능력을 키워오는 것도 나쁘지 않지 않겠소? 거기서 인정을 받으면 살아갈 길도 열리고, 한국에 돌아와 더 큰 일을 할 수 있고 말이오. 자, 갈 거면 남자답게 당당히 다녀와. 우린 여기서 잘 지내며 기다리고 있으마."

나의 어머니, 그 글썽이는 마음을 뒤로 하고 나는 곧장 항구로 발걸음을 옮겼습니다.

일본으로 가는 일의 가장 큰 문제는 중공군과 일본의 적대관계였습니다.

일본에 가려면 어떻게든 바다를 통할 수밖에 없는데, 당시 일본 선박에 대한 중공군 잠수함의 폭침 위협과 승객 피랍이 비일비재(非一非再)하던 때라 항구에는 늘 긴장감이 맴돌았습니다.

특히 한반도를 교두보(橋頭堡)로 삼은 일본군을 세계가 집중하는 정세에서 일본행 선박을 탄다는 것은 목숨을 건 도전이었습니다. 다시 돌아올 때에도 배를 타야 하며 그동안 정세가 급변할 수도 있는 일이었으니 말입니다.

나는 부산으로 내려가는 와중에 내리 잠을 설쳤습니다.

중공군의 위협도 위협이지만, 사실상 고향과 학교 외에 내 자발적 의지로 직접 낯선 세상을 마주한 적이 없었기 때문입니다.

'게다가 오로지 살기 위해, 조국의 식민지 상황에서 적국의 배를 타고 또 다른 적국의 위협을 받으며, 적국의 고등학교에 진학하려 시험을 보러간다니……'

그렇게 생각하니 참으로 기이한 상황이었습니다.

그러나 내 결심은 이미 굳어있었습니다.

더 이상 목표 외에 잡생각으로 소모할 의지 따윈 남아있지 않았습니다.

나는 고등학교 시험쪽으로만 심지를 한층 더 북돋았습니다.

이른 아침, 부산의 바닷바람이 더 매섭게 느껴졌습니다.

바람에 넘실거리는 굵은 밧줄이, 바닷물 표면에서 더욱 크게 일렁이며 내 불안에 지느러미를 달아주었습니다.

'결국, 여기까지 왔구나.'

어수선한 항구를 둘러보니 내가 타야 할 일본행 선박과 긴 줄이 보였습니다.

그 뒤로 짐을 싣는 선원들과 까무잡잡한 한국인 노역자들을 제외하곤, 모두 깔끔한 차림새의 일본인들이었습니다.

나는 그 뒤에 줄을 서면서도 어딘가 위축되어 쭈뼛거렸습니다. 일본인들은 교복 입은 청년을 이상하게 쳐다보았습니다. 그때 내 뒤에서 누군가 내 어깨를 거칠게 툭툭 두들겼다. 나는 돌아보기에 앞서 마음을 다잡았습니다.

'뭐하는 녀석이냐고 물으면, 경도고등학교에 시험을 치러간다고 당당하게 말해야지.'

그런데 대답할 새도 없이 내 목에 차갑고 서늘한 것이 씌워졌습니다.

그 배의 선원들이 내려와 승객들에게 작은 구명조끼를 씌우기 시작한 것입니다.

"승객여러분, 아시다시피 바다에 나가면 적군의 공습이 있는 터라 최소한의 생존교육이 필요합니다. 우선 방금 나눠드린 구명조끼 착용 시연이 있겠습니다. 그리고 다음은 배에 탑승하셔서 비상탈출 교육을 진행하겠습니다."

배가 가라앉았을 때 살아나오기 위한 훈련을 실시하는 것이었습니다.

긴장이 풀린 나는 '어차피 어뢰나 미사일 맞으면 다 죽을 걸' 생각하며 짐짓 의연한 척, 줄 맨 뒤에서 딴청을 부렸습니다. 그때였습니다.

"너 이 자식, 죽고 싶어? 배가 가라앉기 시작해도 계속 그렇게 태평할 수 있나 보자!"

한 우락부락한 선원이 내 태도를 꾸짖으며 헐렁하게 걸쳐둔 구명조끼를 다시 단단히 여며주었습니다.

구명조끼의 축축하고 서늘한 감촉이 내 목을 뱀처럼 죄여왔습니다.

점점 일본으로 간다는 것이 실감나면서 손에 땀이 나기 시작했습니다.

다른 일본인 승객들도 잔뜩 긴장한 모습이었지만, 오히려 본국으로 돌아간다는 안도감에 휩싸여 금세 안정을 찾는 모양새였습니다.

'나는 어디에 마음을 두어야 할까?'

나는 답답한 마음에 곧장 짐을 풀고 갑판으로 향했습니다.

대체로 일본인들이었던 탑승객들은 삼삼오오 갑판에 나와 저들끼리 떠들어대고 있었습니다. 그리고 내가 탄 배의 것이 아닌, 또 다른 뱃고동 소리가 크게 울려왔습니다. 내가 탄 배 뒤로 커다란 포신을 단 일본군함 한 척이 따라붙었고, 하늘에는 중무장한 전투기가 앞서 날아가고 있었습니다.

여기까지 되짚어 봤을 때, 분명 나는 학업과 관계적 측면에서 특별히 결핍된 부분이 없었습니다. 오히려 어린 시절과 더불어 청춘의 한 시절을 분명 반짝이며 지나온 것입니다.

그러나 과연 그 시절, 나는 내 노력의 성취감과 자부심만을 느꼈을까요?

한 번 생각해봅시다. 칼을 찬 선생들이 지켜보는 가운데 같은 교복을 입은 교우들을 다른 나랏말로 가르치는 나의 모습을. 또한 현실을 변화시키기 위해 목숨을 걸고 홀로 일본으로 건너가야 했던 어린 청년을.

그 시절 나를 반짝이게 하던 모든 빛들에는, 주권을 잃은 나라의 역사 위에 비치는 서글픈 노을빛이 깃들어 있었습니다. 나는 그때의 눈 시린 햇살과 비릿한 바닷바람을 아직도 잊지 못합니다.

엿가락의 국위 선양

히로시마에 임시시험장에는 말끔하게 차려입은 일본 학생들이 저들끼리 무리를 지어있었습니다. 척 봐도 깔끔한 옷이며 흰 피부, 빛나는 안경들을 보니 일본에서도 고위층에 속하는 학생들이었습니다.

그런데 내가 시험장에 들어서는 순간, 그 일대가 순식간에 조용해지는 것이었습니다. 함께 들어온 일본 학생들도 장내 분위기를 파악하고는, 나와 조금씩 거리를 두면서 이동하기 시작했습니다.

곧이어 아까와는 다른 말투로 저들끼리 쑥덕거리는 소리가 여기저기서 들려왔습니다.

"저 녀석은 어디 박혀있는 학교에서 온 거야?"

"아니, 조선인 아냐? 웬 조센징이 여기까지……."

뒷말이 흐려 정확한 말뜻을 이해하진 못했지만, 분명 일본인들의 경계심어린 눈빛과 딱딱한 태도를 느낄 수 있었습니다.

아무래도 복장부터 테가 다르니 그럴만했습니다. 하물며 일본에서도 엘리트들이 모이는 시험장에 웬 후줄근한 옷을 입은 조선인이 나타났으니 눈에 가시 같았을 것입니다.

내딛는 한 걸음 한 걸음, 코끼리만한 중압감이 나를 짓눌렀습니다. 나는 속으로 마음을 다잡아야 했습니다.

'적진 한 가운데서 자신과의 일기토를 하는 장수가 이런 마음일까? 그래, 나에게만 집중하자. 나는 당당히 내 실력으로 여기까지 왔어. 나 김주일, 전혀 기죽을 이유 없어!'

그렇게 손에 펜 대신 칼을 뽑은 심정으로 시험을 치르기 시작했습니다.

'아, 그런데 잠깐. 이름을 어떻게 써야 하지. 일본어와 한국어로? 하긴, 거기서나 여기서나 일본이잖아. 나는 일본의 식민지에 사는 조선인이고……'

시험장 분위기에 압도당하지 않으려 애썼지만, 다른 나라의 시험장에서 다른 나라의 말로 쓰인 시험지를 보니 한층 아찔해지는 건 어쩔 수 없었습니다.

어찌되었든 시험은 치러졌고, 나는 일본 학생들과 뒤섞여 시험장을 빠져나왔습니다. 같은 시험을 치러서인지 이전보다는 한결 눈초리가 부드러워진 것 같았습니다. 주춤거리며 일본 학생들을 따라 근처 시내로 들어서자, 나는 마음이 한결 차분해지고 이유모를 자신감까지 생겼습니다.

'시험 결과야 내가 노력할 만큼은 했고, 나머지는 천운에 맡겨야지 별 도리가 있을까. 지금은 쉴 곳만 생각하자, 부산으로 내려오는 길부터 내내 잠을 설쳤잖아.'

나는 잡생각을 죽이며 걷다가 한 무리의 학생들을 따라 여관에 들어섰습니다.

여관 주인은 기모노를 입고 창백한 분을 살짝 바르고 있었습니다.

눈을 가늘게 뜨고 웃고 있어 더 없이 서늘해보였습니다.

나는 마른침을 삼키고 대뜸 이렇게 말했습니다.

"나는 한국인입니다. 여기서 묵고 싶습니다."

큰 시험도 치렀겠다, 어떤 결기가 생겼기 때문입니다.

잠시 내 용모를 살피던 여주인은 부드럽게 미소 지으며 말했습니다.

"일본인이면 어떻고 한국인이면 어떻습니까. 제겐 다 같은 손님인걸요. 시험을 치르느라 피곤하셨을 텐데, 어서 안으로 드시지요."

여관에는 시험을 치른 일본 학생들이 둘러앉아 시끌벅적 이야기를 나누고 있었습니다.

그런데 아니나 다를까, 이번에도 내가 여관에 들어서자 시험장에서와 같은 장면이 연출되었습니다. 따가운 눈총과 정적이 흘렀습니다.

이번에는 마음을 좀 편하게 먹고 먼저 말을 걸기로 했습니다.

'맞아, 일본인과 한국인이 뭐 어때서? 여긴 다 같은 학생들뿐이잖아.'

"안녕하시오. 나도 시험장에서 오는 길인데, 여러분은 시험 잘 치렀소?"

다행히 대부분의 일본 학생들은 나를 친절히 대해주었습니다. 그런데 단순히 일본인 특유의 친절한 태도인 것인지, 아직 그 경계심을 다 풀지 못한 듯 보였습니다.

바로 그때 부산으로 떠나긴 전날 밤, 어머니께서 잔뜩 챙겨주신 엿가락이 생각났습니다.

"아, 혹시 엿가락이라고 아시오? 이게 한국의 전통 간식, 말하자면 한국식 사탕이라는 건데, 드셔보시겠소?"

몇몇 일본 학생들이 관심을 보이긴 했으나, 짐짓 시큰둥한 표정이었습니다.

하지만 이내 엿가락의 그윽한 달달함이 일본 학생들의 입맛을 사로잡았습니다. 제각각 엿가락을 열심히 오물거리던 일본 학생들 중 한 명이 감탄하며 이렇게 말한 것입니다.

"이 기다란 사탕 정말 맛있구려! 한국의 사탕들은 죄다 이렇게 맛있소? 도대체 어떤 설탕을 넣었기에 이렇게 달달하면서 그윽한 맛이 나는 거요?"

"하하, 맛있다니 다행이오. 그런데 놀랍게도, 이 엿가락에는 단맛을 내는 설탕이 단 한 톨도 들어가지 않았다오."

"그게 가능하오? 일본에서는 사탕이든 반찬이든 장이든, 설탕이 필수인데……."

"그러니까, 다 우리 한국만의 고유한 비법이 담긴 단맛이라는 게 아니겠소. 자, 하나씩 더 드리오?"

"흠흠…… 뭐, 남는 거 있으면 하나 더 줘보시구려."

짐짓 조선인의 사탕에서 기껏해야 설탕 단맛이나 나겠거니, 낮춰보던 일본 학생들은 엿가락을 맛보자 진심으로 놀라는 모습이었습니다. 그 일본 학생들은 서로 눈치를 보며 엿가락을 하나씩 더 집어갔습니다. 나중에는 다른 일본 학생들까지 합세하여 내가 먹을 엿가락도 없게 되었습니다. 하지만 나는 그걸로 충분히 만족스러웠습니다.

그때 한국의 엿가락 맛을 본 일본 학생들은 다른 일본인과 만날 때, 한국에서는 설탕이 넣지 않고도 설탕보다 맛있는 단맛을 낸다고 떠벌리고 다녔습니다. 그 모습을 바라보면서 마치 어머니와 내가 국위선양이라도 한 것처럼 얼마나 흡족했는지 모릅니다.

지금 생각해보면, 개인적으로 일본인의 한국에 대한 인식을 그 엿가락만큼 드라마틱하게 바꿔놓았던 경험이 또 있나 싶습니다. 아직도 드문드문, 아이들이 입에 물고 있는 사탕을 보거나 유원지에서 공연하는 엿장수들을 보면, 그 시절이 떠올라 절로 미소가 지어집니다.

히로시마의 이방인(異邦人)들

시험장에서는 학생 무리가 쉽게 구분되었습니다. 출신 학교를 중심으로 나뉘거나 지역의 유지들, 아니면 노동자계급의 자녀 정도로 나뉘는 것 같았습니다.

나는 두말할 것도 없이 갈피를 잡지 못하고 이리저리 배회하고 있었습니다.

그때 일본 학생들 무리 사이로 몇몇 어중이떠중이들이 보였습니다. 우리는 서로의 처지를 알아보았고 함께 어울리게 되었습니다.

대체로 나처럼 한국에서 시험을 치르러 왔거나 일본 변두리에서 혼자 올라온 사연 많은 학생들이었습니다.

"우리 이렇게 모인 것도 인연이잖아? 다음 시험까지 시간도 있으니까 전차 타고 신사(神社) 구경하러 가자."

누군가 추진한 소풍에 하나둘 동조하더니, 나중에는 열댓 명 정도 모여 꽤나 시끌벅적하게 되었습니다.

그중에서도 진남포에서 온 어떤 남학생이 유달리 눈에 띄었습니다. 자신의 아버지가 일본인이고 어머니는 한국인이라고 소개한 그는 무척 쾌활해보였습니다.

그런데 어찌나 쉴 새 없이 떠드는지, 기본적으로 조용한 분위기인 일본인들과 대비되어 혼이 빠질 지경이었습니다. 또 옆에서 떠들면 귓전에서 꽹과리가 울리는 것처럼 말소리마저 컸습니다.

나는 그 친구의 종잡을 수 없는 쾌활함이 마음에 들었지만, 동시에 어떤 애잔함 마음이 든 게 사실입니다. 우리를 한 마디로 정의하자면, '히로시마의 이방인(異邦人)'이었으니까요. 그 친구는 일본에서 한국인 어머니를 뒀다는 사실에 시달릴 것이고, 한국에서는 일본인 핏줄이라는 사실에 시달려왔을 것입니다. 그의 쾌활함 뒤에는 짙은 우울이 깔려있는 것이었습니다.

나는 그 친구를 보며 한국의 가족들을 또 한 번 떠올렸습니다.

우리는 함께 전차를 타게 되었습니다. 그 친구는 전차에 오르기 전부터 호들갑이었습니다. 내가 한마디를 하면 기본 두세 마디에 주제를 바꿔가며 계속 떠들어댔습니다.

"일본 전차는 엄청 빠르구나."

"그치? 같은 석탄인데 이렇게 빠를 수 있다니. 그것보다 이렇게 길이 좁은데 차들이 씽씽 달리는 게 신기하다. 사람들은 또 얼마나 조용하니. 얘들아 저것 봐!"

"야야, 너 좀 조용히 해라. 사람들이 우리들만 쳐다보잖아."

객석으로 고개를 돌려보니 이목이 집중되어 있었습니다. 전차 안의 일본사람들은 '대체 누군데 저렇게 크게 떠드나' 눈을 찌푸리며 우리 쪽을 연신 째려보았습니다.

단순히 말소리만 큰 게 아니라, 그 학생의 억양에 한국인 어머니께 배운 말버릇이 섞여있어 일본말이 어색하게 들렸기 때문인 것 같습니다.

한국말을 섞어가며 일본어로 떠들어대는 우리 패거리를 보고, 그들은 무슨 생각을 했으며 무슨 감정에 휩싸였을까요?

돌이켜보니, 그 이상하게 조용한 분위기와 눈빛에는, 그들 나름의 전쟁에 대한 아픔과 허무가 깔려있었던 것만 같습니다. 사회분위기상 '조센징'이라며 손가락질하던 그들이었지만, 같은 인간으로서 어떤 동질감이나 연민 같은 것이 솟아나 자신들의 마음을 일그러진 불편하게 만들었던 것이겠지요.

한번은 점심을 먹으러 그 이방인 친구들을 이끌고 히로시마 시내 근처 식당을 찾아 나선 적이 있습니다.

시내는 한산했는데, 유독 길가의 한 식당에서 그릇 부딪는 소리가 따닥따닥 들리는 것이, 분명 유명한 음식점으로 보였습니다. 가까이 가보니 일본해군 장병들이 모여 식사를 하고 있었습니다.

더 자세히 들여다보니 근처에 해군 병원이 온 것인지, 다친 병사들이 많이 섞여있었습니다. 음식을 나눠주는 것도 일반사람들이 아니라 덩치가 있는 취사병 같아보였습니다. 그때 문 옆에서 빠끔 얼굴을 내밀고 지켜보던 우리를 밀치고 일반 복장의 사람들이 들어왔습니다.

그런데 당시 일본군인들 특유의 살벌한 기운 때문인지, 그냥 돌아서버리는 것이었습니다. 나는 어차피 여기까지 온 거, 맛있는 음식도 먹어보고 최대한 견문을 넓히고 돌아가고 싶은 마음이 두려움을 앞질렀습니다.

우리는 조용하지만 재빠르게 자리로 파고들었고, 군인들과 테이블 하나를 사이에 두고 앉게 되었습니다. 그리고 차렷 자세로 곁눈질을 하며 메뉴를 고민하고 있었습니다. 그때 붙임성 좋은 한 일본인 친구가 그 취사병 같은 사람에게 뭔가를 묻더니, 여기가 실은 군인들의 지정식당이라고 알려줬습니다. 그리고 덧붙이는 말이 짐짓 우스꽝스러웠습니다.

"그래도 안심해! 여기도 엄연한 식당이니 맛은 보장한다는군."

그런데 들어오면서부터 유달리 신경 쓰이던 것이, 그릇 부딪는 소리와 면발을 세차게 빨아들이는 소리인데, 한국의 식탁에서는 상상도 못할 모습이었습니다.

일본 군인들은 너나할 것 없이 우동을 그릇째 들고 먹거나 면발을 빨아들이며 후루룩 소리를 내며 먹고 있었습니다. 게다가 다 먹은 뒤에는 그릇을 절도 있게 탁, 하고 놓으며 나를 화들짝 놀라게 만들었습니다.

"주일, 뭘 그렇게 쭈뼛거려?"

"어, 저 군인들은 많이 배고팠나봐? 아주 맛있게 먹는 거 같은데, 소리가 너무 커서 말이지."

"아아, 이거?"

그 일본인 친구는 아주 천연덕스럽게 그 군인들이 먹는 방법을 다시 한 번 보여주었습니다.

일본에서는 면으로 된 음식을 먹을 때 면 빨아들이는 소리를 내어야 맛있다는 뜻이며, 그것이 요리한 사람에 대한 예의라는 것입니다. 그리고 국물까지 말끔하게 비웠다는 표시로 소리가 나게 그릇을 내려놓는다고요.

잘 기억나지 않지만, 당시 그 군인들을 따라 우동과 카레를 나눠 먹었던 것으로 기억합니다. 맛은 아주 깔끔하고 깊은 맛이 우러났습니다. 다만, 역시 한국인인 내 입맛에는 너무 달달한 것이, 아무래도 고추장이 있었으면 괜찮았을 것 같았습니다.

그렇게 우리 히로시마의 이방인들은 음식을 먹으며 희뿌연 창밖의 거리를 살펴보았습니다.

행인의 십중팔구는 여자들이었고 아주 조용히 사뿐사뿐 거닐고 있었습니다. 간혹 군인이 아닌 일반남자가 있어도 어린이거나 늙은 사람, 어딘가 아파보이는 사람들뿐이었습니다. 건장한 청년부터 중년 이하의 남자들까지 전부 징병되어버린 것입니다.

분명 침략을 당한 조선보다야 평화로운 분위기였으나, 어딘가 쓸쓸하고 허전한 기운을 지울 수 없었습니다.

광주의학전문학교에 입학하다

입학시험의 결과가 발표되었습니다.

'탈락'이었습니다. 난생처음 받아본 결과에 나는 정신이 아득해지고 온몸에 힘이 풀렸습니다.

'목숨을 걸고 일본까지 건너왔는데, 탈락이라니…… 한국에 가면 당장 내가 무얼 할 수 있을까?'

돌아오니 한국은 아직 전문학교 시험 접수 기간이었습니다. 나는 별다른 기획 없이 곧장 경기중학교로 돌아왔습니다.

"선생님, 저 돌아왔습니다."

"그래, 먼 길 수고 많았다. 시험은 어찌 되었나?"

"그게…… 떨어졌습니다."

"음, 그렇구나. 아쉽게 되었어. 그래, 그럼 앞으로 어쩔 생각인가. 계획은 세우고 왔겠지?"

"그건…… 잘 모르겠습니다."

"너, 주일이 이 짜식! 그깟 시험 떨어졌다고 마냥 가만히 풀 죽어 있을 거야? 우선 사람이 살고 봐야지."

당시 여자들은 일본군 위안부에 끌려가고 남자들은 일본으로 징병을 당하는 아주 열악한 상황이었습니다.

담임은 마침 전라도에 광주의학전문학교가 생겼다며 나를 볼 때마다 시험을 치라고 닦달하기 시작했습니다. 내가 정신을 차리고 학업을 포기하지 않은 건 그 담임 덕분이었습니다. 그리고 그는 내 생명의 은인이기도 합니다.

그렇게 어영부영 담임의 등살에 못이기는 척 시험을 치른 후, 나는 광주의학전문학교에 입학하게 되었습니다.

그 당시 의학과에 진학한 이유에는 현실적인 직업으로서 벌이가 확실히 보장되고 사람들에게 직접적인 도움이 된다는 정도의 생각에서 선택한 것이었습니다.

입학하고 얼마 지나지 않아, 나는 거리 곳곳에서 강제징용을 하러다니는 일본군들과 마주하게 되었습니다. 그들은 군용트럭을 몰고 다니며 청년들을 무작위로 차출하고 있었습니다.

"……자, 다음! 너, 학생인가?"

"광주의학전문학교 다닙니다."

"어느 과 소속이야?"

"의학과입니다. 왜 그러십니까?"

"그래? 학생증 줘봐."

학생증을 건네고 보니, 시동이 걸린 트럭 위에 한국학생들 몇몇이 걸터앉아 불안한 눈빛으로 이쪽을 바라보고 있었습니다. 붙잡혀 끌려온 청년들을 통솔하는 군인들 어깨에서 총구가 반짝였습니다.

"흠…… 운 좋은 줄 알아. 자, 다음!"

광주의학전문학교 학생증, 그러니까 의학전문학과라고 적혀있는 것을 보고 징용 리스트에서 제외시켜준 것입니다. 무슨 이유에서인지 학과들 중에서도 의학과만 면제를 해주었는데, 나중에 알고 보니 한반도에 주둔하는 일본군과 관료들의 진료를 위함이었습니다.

당시 건장한 청년이나 남자들은 무작위로 차출 당하여 일본의용군에 끌려가거나 강제노역을 하러갔습니다. 이에 반항하거나 도망을 쳐 숨었다가 발각되는 경우, 심한 매질을 당하여 감옥에 갇히거나 즉결심판, 즉 총살을 당하기도 했던 것입니다.

특히 여학생들은 결혼을 하지 않은 이상, 정신대(당시 위안부)에 차출 당하였습니다. 고등교육과 전문화 과정을 거친 아리따운 한국 여학생들은 일본인들의 이목을 끌었기 때문입니다.

따라서 여학생들은 살기 위해서라도 적령기보다 일찍 결혼할 남성을 찾아나섰고, 그마저 건장한 남성들은 모두 의용군에 끌려가기 직전이었기 때문에, 처음 만난 그날로 결혼날짜를 잡아야 했습니다. 그리고 지금은 상상도 못할 일이지만, 오로지 살아남기 위해서 위장결혼까지 불사하던 시절이었습니다.

그렇게 어수선하고 불안한 나날이 계속되었습니다.

라디오에서는 간헐적으로 연합군과 일본군의 격돌 소식이 전해졌습니다.

살아남은 청년들은 밤마다 누군가의 골방이나 대학가의 주점으로 향했습니다.

우리가 할 수 있는 일이라곤, 세찬 바람에 맞서 각자의 등불을 손으로 가리고 모여 서로의 안부를 확인하고 무사안녕을 기원하는 것뿐이었습니다.

일본의 패전, 외과의사가 되다

몇 번의 계절이 바뀌었을까요?

1945년 8월 15일 정오, 일왕 히로히토의 떨리는 목소리가 라디오와 공공기관의 스피커를 통해 흐릿하게 들려왔습니다.

"잘 안 들리는데, 대체 무슨 소리야?"

"야야, 가만있어봐. 일 터졌나보다."

"어? 이, 이거……!"

전문학교 교수들과 나는 함께 라디오 음량을 높이고 귀를 기울였습니다.

"짐은 깊이 세계의 대세와 제국의 현상에 감하여 비상조치로써 시국을 수습코자, 여기 충량한 그대들 신민에게 고하노라.

짐은 제국정부로 하여금 미국, 영국, 소련, 그리고 중국 등 4개국에 대하여, 그 공동선언을 수락할 뜻을 통고케 하였다. 생각건대 제국 신민의 강령을 도모하고 만방 공영의 낙을 같이함은, 황조황종의 유범으로서 짐의 권권복응 하는 바, 전일에 미국과 영국 양구에 선전한 소이도 또한 실로 제국의 자존과 동아의 안전을 서기함에 불과하고, 타국의 주권을 배하고 영토를 범함은 물론 짐의 뜻이 아니었다……"

뭔가 석연찮은 변명일변도(辨明一邊倒)였지만, 그건 분명 일본의 패전소식이었습니다! 학교 여기저기서 만세 소리와 박수가 터져 나왔고 거리는 금세 시끌벅적해졌습니다.

"해방이다, 해방이야! 만세!"

당시 학생들을 교련하던 한 일본인 대좌는 일본어 라디오 방송을 듣지 못했는지 패전 소식을 저녁까지 모르고 있었습니다.

하지만 교련을 받던 학생들이 자신을 무시하고 떼를 지어 가버리니, 처음엔 호통을 치다가 나중에 소식을 듣고서 쥐죽은 듯 조용히 학교를 빠져나갔습니다.

일본이 패전했다는 소식을 들은 전문학교의 일본인 교수들과 관료들은 꽁무니를 빼기 바빴습니다.

우리를 가르치던 생리학 교수는 휴가를 받아 일본에 들어가 있었는데, 결국 돌아오지 않았습니다. 해부학 교수는 요직을 차지하고 한 달을 버티다가 결국 도망쳤습니다. 이렇게 대부분의 교수들이 패전 방송 직후 하나둘 자취를 감췄습니다.

하지만 소수의 몇몇 교수들은 끝까지 수업을 마무리했습니다.

나는 그들 중에서도 마츠모토라는 교수가 기억납니다. 마츠모토 교수는 무엇보다 수업을 굉장히 잘했습니다. 그리고 한국학생들을 식민지의 학생들이 아니라, 진정으로 자기 제자로서 대해주어 학생들 사이에서도 신망이 높았습니다.

그는 학기 도중 미얀마에 파견되는 군의관으로 차출되어 떠났고, 일본의 패전 즈음 부상을 당했는지 곧장 한국으로 돌아왔습니다.

그의 수업 날이 되었습니다. 다들 마츠모토가 다시 일본으로 도망갔을지, 아니면 남아 수업을 마무리 지을 지 의견이 분분한 상태로 강의실이 떠들썩했습니다.

"에이, 다른 일본인 교수들은 죄다 도망갔잖아. 아무리 마츠모토라도 강의를 하겠어?"

"야, 마츠모토잖아. 그 사람이라면 가능하지."

"술값 내기나 할까? 나는 마츠모토가 도망갔다에 건다."

"음, 나는……"

바로 그때였습니다. 강의실 문이 세차게 열렸습니다.

마츠모토가 특유의 남자다운 걸음걸이로 성큼성큼 단상에 올랐습니다. 그러더니 우리를 한번 스윽 둘러보고는 이렇게 말했습니다.

"이게 나의 마지막 강의다. 내가 미얀마에서 군의관을 지내며 여러모로 느낀 바가 많다. 첫째로, 군의관은 전쟁에서 가장 잘 죽는다는 사실이다. 우리는 총을 다룰 줄 모르니까 말이다. 만일 병원이 습격당하면 전투 훈련이 덜 된 우리는 그저 죽은 목숨이다. 그러나 둘째로, 우리가 죽으면 더 많은 환자들이 죽는다는 사실이다. 따라서 우리는 어떻게든 살아남아야 한다……"

그는 패전 소식을 접하고도 일본으로 돌아가지 않고 강의를 마무리하려 한국으로 돌아온 것입니다. 그리고는 일본인 대 한국인, 선생 대 학생, 인간 대 인간으로서 이야기를 계속해나갔습니다. 세월이 세월인지라 강의 내용이 전부 기억나진 않지만, 그의 마지막 말은 아직도 인상 깊게 남아있습니다.

"……시간이 되었다. 더 할 말도 없다. 이제 너희 한국인은 갈수록 기쁜 일이 생기겠지만, 우리 일본인은 갈수록 눈물 나는 일만 생길 것이다. 이것으로, 강의를 마친다."

그 이후로 그의 소식을 더는 들을 수 없었습니다. 당시 "갈수록 기쁜 일"이 무엇인지는 몰랐으나, '조국해방'이라는 사실만큼은 진정 희망찬 것이었습니다.

그러나 전쟁의 참상을 복구하는 와중에, 복구될 수 없는 희생들을 더욱 분명히 알아가면서 슬퍼지는 마음은 어쩔 수 없었습니다.

그것은 전범국인 일본도, 그 안에 살아가는 일본인들도 마찬가지였을 것입니다.

그래도 숨이 붙어있는 한 어떻게든 살아가야 했습니다.

해방 직후, 누구나 그랬겠지만 나 또한 혼란한 시절을 겪으며 생존했으니, 그동안 돌보지 못했던 실존적 물음에 휩싸였습니다. 무엇보다 광주의학전문학교에서의 배움이 소중한 나였지만, 보다 큰 세상에서 내 뜻을 펼치길 바라는 야망이 싹튼 것입니다.

분명 밝아지고 희망이 엿보였지만 식민군의 큰 물살이 빠져나가 어수선한 시내를 등지고, 나는 곧장 서울대학교로 편입을 준비했습니다.

몇몇 동기들에게만 편입준비를 알린 뒤, 얼마간의 공부시간을 가졌습니다. 당시 광주의학전문학교도 명문이었으나, 이전에 히로시마에서 탈락의 고배를 마신 것이 못내 아쉬웠던 것입니다.

'지금의 나는 그때의 나보다 분명 나아졌어. 게다가 해방된 한국에서라야 내 꿈을 접어둘 이유가 있을까?'

그리고 시험을 치르고 나는 당당히 서울대학교에 편입을 하게 되었습니다.

서울대학교 의학과에 진학한 이상, 배워야 할 것들은 정말 끝이 없었습니다.

하지만 시간은 흘렀고, 어느덧 4학년 되고 전공을 결정하는 시기가 되었습니다. 나는 이리저리 진로를 기획해보았습니다.

우선 당시에는 안과가 유망했습니다. 그러나 극도로 섬세한 손기술을 필요로 했으며 그만큼 전문화 과정을 거쳐 진료활동의 범위가 좁았습니다. 또 분명 돈을 벌기엔 좋았지만, 당시 젊고 혈기왕성한 나의 성질과 맞지 않았습니다.

나는 전란을 거치며 보아온 많은 부상자들을 생각했습니다. 그리고 무엇보다도 내 실력을 적극 발휘하여 더 많은 사람들과 사회에 공헌할 수 있기를 바랐습니다.

그것도 야망이라면 야망이었을까요?

심장이 뛰는 방향을 따라 걷다보니, 나는 한 명의 외과의사가 되어 있었습니다.

6·25전쟁, 방공호 속에서의 한 철

외과의사로 2년 정도 진료를 보던 어느 여름날이었습니다.

1950년 6·25전쟁이 발발하게 되었습니다. 당시 군부(軍部)는 대학의 여러 학과 중에서도 특히 의학과 학생들을 학교에 가둬두고 나가지 못하게 감금, 밤낮으로 강제 진료를 보도록 하였습니다.

수많은 부상병들과 난민들이 대학병원의 문을 두드렸습니다. 그러나 난민들은 군인들의 등살에 밀려나기 시작했습니다. 문제는 부상병을 업고 온 군인들이었는데, 그들은 문을 두드렸다기보다는 박차고 쳐들어왔다고 해도 과언이 아니었습니다.

기존에 진료를 받던 많은 시민들과 학생들은 자리에서 쫓겨났고, 의사들과 의과대학생들은 각 진료실에서 꼼짝없이 못 박혀 부상병들을 돌보아야 했습니다. 후에 들어보니, 대학병원뿐만 아니라 각처의 적십자병원부터 의원들까지 부상병들로 가득 차 있었다고 합니다.

당시에는 의사의 월급이 적어서 개인병원이 필수였는데, 내 직속 교수도 마찬가지로 외부에 개인병원을 두고 진료를 하던 사람이었습니다. 그 교수는 당장 자기 가족을 돌보아야 하는데 병실을 나오지 못하니 죽을 맛이라고 했습니다. 하지만 당장 들이닥치는 환자들을 돌보느라 정신이 없었고 곧 그 생활에 적응하기 시작했습니다. 나 또한 오로지 먹고 자는 일 외에는 오로지 진료에만 몰두해야 했습니다.

전쟁의 참상은 심각했습니다. 그것은 훼손된 신체들로 그려내는 장대한 지옥도와 같았습니다.

폭격이 떨어져 창자가 터진 몸, 사지가 떨어져 겨우 추슬러 모아 온 몸, 듣지도 보지도 말하지도 알아볼 수도 없는 머리, 차라리 죽겠다는 울부짖음…… 온갖 끔찍한 부상을 입은 몸들이 조각조각 모이는 병원이 바로 전쟁터였습니다.

그렇게 아비규환(阿鼻叫喚)의 나날이 지속되었습니다.

그 즈음 서울대 의학과 임직원과 학생들은 모두 부산으로 내려가게 되어있었습니다. 일종의 의료진 동원령이 떨어진 것인데, 우선 연합군 부대진지가 부산으로 후퇴하여 진영을 가다듬는다는 전략이었습니다.

사실 부산으로 내려가도 고생길이었습니다.

나중에 동기들에게 들어보니, 부산에서는 개인 집을 빌리거나 천막을 설치하고는 대학이라고 불렀답니다. 실상은 공부도 못하고 부상자들을 돌보는데 바빴고, 기술이 아무리 서투르더라도 십자마크가 붙어있으면 곧 의사선생으로 불리며 이리저리 불려 다녔다고 합니다.

그런데 나에게는 그 적다는 외과전공임에도 불구하고 따로 통보가 없었습니다.

나중에 동문에게 들으니, 서울이 함락되기 직전에 몰리자 연합군이 대강의 기별 닿는 인원만 추려간 것이라 했습니다.

그때 내 직속 교수는 항거(抗拒)의 뜻으로 한 진료실문을 닫고 나오지 않았다고 합니다. 농성에 들어간 것입니다. 사람들의 생명을 다루는 의사로서 환자를 그대로 두고 가기 어렵기도 했고, 아직 피난을 가지 못한 가족들의 안위도 걱정이 되었던 것입니다.

그런데 문제는, 서울대학교에 잔류한 의료진과 슬하 직원들을 서울을 점거한 인민군이 강제로 이북으로 싣고 갔다는 것입니다.

서울대병원 의사가 모조리 북으로 끌려가던 날, 나는 잠시 병원 밖에 조무원으로 나가 있던 덕분에 화를 면할 수 있었던 것이었습니다.

그날 끌려간 인원이 대략 50명 안팎이었다고 들었습니다.

얼마 지나지 않아 트럭은 수풀이 우거진 교차로에서 속도를 줄이기 시작했답니다. 그리고 그 비좁은 트럭에서 사람들은 필사의 도주를 감행했다고 전해집니다.

"반공(反共)!"

그 외마디 함성을 신호로 젊은 사람들은 일사분란하게 뛰어내렸고, 달아나는 그들 등 뒤에서 호각소리가 요란하게 울리면서 무차별 사격이 가해졌답니다. 당시 거동이 불편한 사람들과 나이든 사람들은 결국 이북으로 끌려갔다고 전해집니다.

이런 긴장의 끈을 놓을 수 없는 상황에서 나는 어찌할 줄을 몰랐습니다.

혼자 진료를 감당하기엔 정신적으로나 육체적으로나 너무 큰 부담이 되었습니다. 그리고 잠시 잊고 지내던 가족들의 안녕이 걱정되어 견딜 수 없는 지경이 되었습니다.

나는 이리저리 휩쓸리다가 결국, 외톨이가 되었습니다.

때마침 쌀을 배달하던 삼촌이 내 사정을 알고 비밀리에 기별을 넣었습니다.

"주일, 정신 똑바로 차리고 잘 들어. 그날 그때 삼촌이 서울 거쳐 개성에 쌀 배달 가기로 되어 있다. 호랑이굴에 들어가도 정신만 차리면 산다잖니? 고향 개성으로 가서 후일을 도모하자! 우선 살아남는 게 먼저야. 삼촌 따라서 배달하는 척하면 된다. 그도 여의치 않으면 쌀자루에라도 들어가 있어라. 알겠지?"

삼촌과 나는 일사분란하게 움직여 병원을 빠져나올 수 있었고, 검문소를 피해 개성까지 무사히 당도할 수 있었습니다.

그리고 나는 곧장 삼촌이 소개해준 개성 덕암동의 지하 방공호 같은 곳에 숨어들었습니다.

얼마나 시간이 지났을까요?

나는 점점 현실감각이 무뎌져갔습니다.

그리고 곧 생존에 위협을 느끼기 시작했습니다.

경계가 강화되어 당장 먹을 것 수급이 어려워진 실정이었습니다.

그때 바깥에는 논이 드넓게 펼쳐져 있었습니다.

파란 벼가 바람에 일렁여 더욱 시퍼렇게 보였습니다.

'이게 아닌데, 이러기 위해 내가 견뎌온 게 아닌데. 아…… 내 새파란 청춘도 삶도 이렇게 휩쓸려가는구나. 하지만 아직은 아냐, 아직은 아냐. 나 김주일 여기서 허망하게 죽을 순 없어. 우선 살아야 해. 살아서 다시 하늘을 보자.'

나는 내 새파란 청춘을 그리고 아직 채 여물지 않은 시퍼런 벼를 씹으며 연명하기 시작했습니다.

폭격과 색출의 밤을 지나

나름대로 생존에 요령이 생긴 나는 개성에 머물고 있는 할머니와 어린 동생과 비밀리에 왕래를 하며 지내게 되었습니다.

드디어 활로를 튼 것입니다.

할머니는 생존에 필요한 음식과 옷가지 등을 조달해주었습니다. 그리고 길이 눈에 익자, 차고 어둡고 습한 지하에서 벗어나 아늑한 집 안에서 잠들 수 있게 되었습니다.

내 바싹 마른 가슴에서도 막연하고 미약하지만, 조금씩 희망의 박동소리가 들려오기 시작했습니다.

그러던 어느 밤.

서늘한 밤공기를 가르는 강철날개 소리와 엔진폭음이 먼 공중에서 점점 가까워오더니, 근방 하늘에서 빠르게 선회하는 소리가 들렸습니다.

나는 잠자리를 박차고 일어났습니다.

잠귀가 밝은 할머니는 이미 어린 동생을 깨워 품 안에 안고 있었습니다.

나는 창문 옆으로 다가가 가만히 귀를 기울였습니다.

공중을 가르는 미확인 비행체는 잘 보이지 않았지만, 분명 하나가 아니라 여럿이었으며 편대를 이루고 있었습니다. 나는 창문으로 살며시 다가가 커튼을 슬며시 걷었습니다.

곧장 성난 파열음이 창공을 찢으며 내 눈과 귀를 먹먹하게 만들었습니다.

정신을 추스르고 다시 창밖을 내다보니, 큰 길 쪽이 모조리 화염에 휩싸여 있었습니다. 그리고 숨 돌릴 틈도 없이 다시 강철날개 소리가 가까워오기 시작했습니다.

대규모 폭격이었습니다. 폭발은 강산을 메아리치며 하늘을 환하게 밝혔습니다.

우리는 서둘러 대피를 하려고 하였으나, 마을 근방에서 인민군들의 총포와 고함소리가 들려와 다시 집 안으로 숨을 수밖에 없었습니다. 잔뜩 예민해진 인민군들이 경계수위를 높인 것입니다.

우리는 밤새도록 서로를 부둥켜안고 떨어야 했습니다.

폭발은 세찬 심장박동처럼 끝이 없었습니다.

어느덧 여명이 밝아오기 시작했습니다.

나는 어스름을 틈타 사태를 확인하러 조금 큰 길로 나섰습니다.

워낙 외진 곳이라 드문드문 떨어져 있는 집들은 모두 무사했으나, 근방을 지나는 철로가 흔적도 없이 증발해버렸습니다.

계속되는 전략폭격으로 임진강의 철교들이 대다수 끊어진 것입니다. 게다가 임진강 주변이 대포알을 모아두는 탄약고 근처여서, 한 번 불붙은 대포알들이 멈출 줄 모르고 한 줄기의 포도알들처럼 연쇄폭발을 일으킨 것이었습니다.

한 번은 괴한 무리가 8시 무렵의 어스름을 틈타 집으로 들이닥친 일이 있습니다.

그날도 평소처럼 창문에 두터운 커튼을 내걸고 일찌감치 이부자리 펴고 누워있었습니다. 이른 아침엔 방공호에 들어가 있어야 했기 때문입니다.

어린 동생은 할머니 품에 안겨 잠들었고, 나는 할머니와 가족들의 안부를 걱정하며 이야기를 하고 있었습니다.

그때 커튼 너머로 어스름에 비친 한 무리의 그림자와 발소리가 가까워왔습니다.

그리고 담장 근처에 이르자 재빨리 흩어져 각자 자리를 잡는 것이었습니다.

분명 집을 포위하고 있던 것입니다. 불길한 예감이 들면서 온몸에 소름이 돋았습니다.

그때 문이 세차게 열리며 번뜩이는 총구가 먼저 집 안으로 들어왔습니다.

"꼼짝 말라!"

그들의 말은 굉장히 단호하고 서늘했습니다.

"할멈, 여기 미군부대 다니는 사람 있지?"

"미군부대요? 그런 사람 여기 없소만?"

"그래? 그럼 저기 이불 뒤집어쓴 건 누구요."

"우리 손주요."

"아, 손주? 거짓말 말고 어서 걷어보시오!"

할머니가 떨리는 손으로 이불을 들추었습니다. 그러자 어린 동생은 막 잠에서 깨어 눈이 벌겋게 충혈된 채로 이 살벌한 상황을 멍하게 바라보고만 있었습니다. 당시 동생은 잘 먹지 못하여 꼴이 말이 아니었습니다. 그들 눈에는 마치 아프고 실성한 소년처럼 보였을 것입니다.

"뭐, 뭐야! 왜 저러는 거요?"

할머니는 잠시 주춤하다가 이렇게 말했습니다.

"그, 그것이…… 여, 염병(染病)에 걸려서 그렇소!"

"염병!? 우욱…… 알겠소. 거, 마저 일 보시오."

그들은 염병이라는 말에 즉각 입을 틀어막고 집을 떠났습니다.

그들은 개성에 머무는 인민군들이었는데, 미군 부대에 삼촌이 왕래했다는 첩보를 받고 급히 수색을 나온 것이었습니다.

다행히 나는 그들이 들이닥쳤을 때 장롱 뒤에서 납작하게 서 있었습니다. 그들의 일사불란한 발소리를 듣고 곧장 장롱 뒤로 숨었던 것입니다.

장롱 틈으로 그들의 총구가 까딱거리는 것이 보였을 때는 정말 이대로 죽는구나 싶었습니다. 하지만 그 총구가 잠이 덜 깬 동생에게로 엇나간 것이 내 활로를 열어준 것입니다.

그리고 그때 할머니의 빠른 상황판단과 임기응변이 아니었다면, 나는 독자 여러분과 이렇게 글로 마주할 수 없었을 것입니다.

미군 군복을 입고 임진강까지 진격하다

당시 더글라스 맥아더 장군은 처음에 수원에 사령부를 둔다고 했다가, 인민군이 이미 대전까지 내려와 활개를 친다는 소식을 듣자, 낙동강 유역까지 후퇴에 후퇴를 거듭하였습니다.

사실상 무방비 상태였던 중부와 호남을 인민군이 물밀듯이 쓸어 내려온 것입니다.

국군과 함께 급하게 조직된 연합군은 이렇다 할 성과나 승전보 없이 그저 인민군의 기세에 떠밀려 전선이 밀어내려오게 된 것인데, 맥아더는 유엔군 총사령관으로서 결단을 내려야만 하는 상황이었습니다.

맥아더 장군은 최후의 수로 낙동강에 일종의 배수진(背水陣)을 쳤다고는 하지만, 당장 총알이 빗발치는 전선의 병사들에게까지 그러한 생각이 전해졌는지는 알 길이 없었습니다. 그들은 그저 애국심으로 장렬히 산화하며 시간을 벌어주는 것으로 족해야 했습니다.

동시에 맥아더는 회심의 일격으로 폭격기 B-29를 적진 깊숙이 대거 투입해 밤낮으로 폭격했습니다. 뒤이은 9월 15일 인천상륙작전이 시작되기 전까지, 그 폭격은 핵폭탄과 수소폭탄 등을 제외한 모든 폭탄 화력을 집중하는 것이었습니다.

그때 개성에서 내가 할머니와 함께 머물던 임진강 근처도 그 폭격의 주요대상이었습니다.

임진강 유역은 인민군에게 화약고이자 물자 보급이 이뤄지던 곳으로서, 다리와 철로 등이 갖춰져 전략의 요충지였습니다. 따라서 연합군 입장에서는 어떻게든 이 후방 요충지의 물자보급선을 끊어야 중장기전에서 조금이라도 유리한 입장이 되었을 것입니다.

그렇게 폭격기로 그 일대를 정리하며 38선 부근까지 강하게 치고 올라온 연합군은 파죽지세였고, 드디어 개성의 이 방공호 근방까지 행군해온다는 소식을 들었습니다.

나는 시내로 나가기 직전에 소속이 불분명한 기다란 행렬을 보았습니다.

그런데 멀리서 볼 때 뭔가 걷는 꼴이나 태도가 연합군이라고 보기엔 석연치 않았으나, 우선 살아야겠으니 나는 그들을 향해 걸음을 재촉했습니다.

가까이 가 보니, 시커멓게 그을리고 진흙 범벅이 된 인민군들이었습니다.

나는 그 자리에서 도망을 칠지 항복을 할지 몰라 창백하게 굳어버렸습니다.

그런데 그들은 나를 지나쳐 길 양옆으로 행군을 계속해나갔고, 그들 중 나름 멀끔하게 보이는 사내가 내 앞에 걸어와 대뜸 이렇게 말했습니다.

"거, 미군 부대가 어디오?"

"곧 이쪽으로 올라온다고는 들었소만……"

"그건 우리 동무들도 아는데, 그러니까 아직 도착 안 했단 거요?"

"그런 것 같소."

"하, 이거이 가다가 죽갔구만 기레…… 그럼 욕보시오."

그들은 바로 인민군 패잔병들이었습니다.

행렬 사이에 옷가지 등으로 급조한 흰 깃발들이 보였습니다.

당시 이처럼 폭격에 큰 타격을 받아 부대가 와해된 많은 인민군 패잔병들이 끝도 없이 걸어왔는데 아주 거지꼴이었습니다.

어떤 패잔병들은 뜯어먹던 배추나 무를 총에다 끼워왔습니다. 당장의 살 길이 막막해지니, 전열을 가다듬을 여력이나 의지가 사라진 것이었다.

그 패잔병들 말로는, 그 폭격에서 폭탄의 폭발력보다는, 후폭풍의 화염이 너무 뜨거워서 당장 강물로 뛰어들거나 흙더미 속에 몸을 파묻지 않고는 살 수 없을 정도였답니다.

폭격이 나름 정확하게 이루어진 것인지, 대체로 보급이나 연락이 끊겨 고립된 채로 폭격을 버티다가 끝내 항복을 하게 된 것입니다.

나는 조금 더 아래쪽 시내로 내려가서 동태를 살폈습니다.

연합군은 도착한 지 얼마 되지 않은 듯, 막사를 세우고 빈 건물에 진지 구축을 하고 있었습니다.

나는 옷이 멀끔한 장교들을 찾아 헤맸습니다.

비정하게도, 장기에서 말을 다루는 손은 깨끗하기 때문입니다.

나는 방금 발령받은 연합군부대의 뒤를 따라가 사정을 말했고, 곧 인사담당 한국장교가 있다는 막사의 위치를 알게 되었습니다.

막사의 문을 두드렸더니, 책상에 턱을 괸 한국인 장교가 옆의 미군장교와 영어로 이야기를 나누고 있었습니다.

마침 미군부대에서는 통역관을 구한다고 했습니다.

"잘됐습니다. 마침 제가 서울대학교를 나와 일본어는 잘하고, 영어도 어지간히 알아듣고 조금 할 줄도 압니다. 그리고 고향이 개성이어서 지리도 훤하고요."

"좋군. 그런데, 개성에서 여태 뭐하고 있었지? 가만…… 너 이 자식, 빨갱이 스파이지! 이북으로 가려고 했었는데 우리한테 붙잡힐 거 알고 자수하는 척 하는 거잖아. 그게 아니면 서울에서 부산으로 가야지, 왜 개성으로 다시 왔어?"

나는 개성에서 머물던 그간의 자초지종을 자세히 설명했습니다.

면접관은 눈을 감고 짐짓 생각에 잠겼습니다. 그리고 이를 지켜보던 미군 간부와 이런저런 이야기를 하더니, 결국 나를 통역관에 임명하였습니다.

"자, 오해는 풀었소. 악감정은 갖지 마시오. 우리도 만일을 대비해서 철저하게 한 것일 뿐이니. 이제 우리 연합군을 위해 힘써주시오."

당시 개성에서 어떻게든 버텨왔던 난민들은 연합군의 일손을 거들며 생계를 이어갔을 것입니다. 나는 운이 좋은 사례였습니다. 대부분의 난민들은 노역이나 배달, 소식통의 역할을 하며 군부대 바깥에서 보호받지 못하는 활동을 하며 연명했으니 말입니다.

빳빳하고 어색하게 느껴지던 미군군복은 점점 내 몸에 맞아갔습니다.

그러던 어느 날, 전방의 전력보충을 위해 후방부대들 중 우리 부대가 진격하기로 결정되었다는 소식이 들려왔습니다.

급작스런 전방 진격소식에 우리 부대 전체가 술렁였습니다.

단순 전력보충이라면 각 부대에서 기존에 하던 것처럼 곧장 조금씩 징발하면 될 것이었다. 그런데 부대 전체가 이동한다는 것은, 분명 무슨 일이 벌어지기 직전이라는 뜻이었습니다.

장교들 말로는, 중공군의 동태가 수상하다는 전방 첩보가 들어와, 만일을 미리 그에 대응할 전력을 움직여놓는다는 것이었습니다.

불길한 예감이 들었습니다.

'어느 깨끗한 손이 우리 부대를 움직여 희생양으로 삼는 건 아닐까'라는 생각도 들었습니다.

덜 마른 핏방울

초저녁에 출발한 행군은 새벽까지 이어졌습니다.

트럭운전병들이 다리에 쥐가 나서 운전을 못하겠다고 하니, 펜 굴릴 줄만 알던 서기에게 속성 과외를 하여 운전대를 잡게 하는 둥, 온갖 임기응변으로 행군을 강행했습니다.

그렇게 우리 연합군의 트럭 행렬은 꼬박 10시간을 내달렸습니다.

우리는 어느새 평양을 지나 평안북도 남동부에 있는 영변(寧邊) 근처에 이르렀습니다.

장교들은 우선 영변 근처에 잔류하거나 숨어든 인민군 수색에 집중하기로 했습니다. 당시 나는 통역관을 겸하여 후방 헌병대에 배속되어 있었습니다. 나는 여러 대원들과 함께 진지 근방의 집들을 수색하기 시작했습니다.

보통은 빈 건물들이었지만, 이상한 기척이 느껴지는 건물들이 있었습니다.

하지만 막상 수색을 하면 대체로 노인들이나 거동이 불편한 주민들이 떠나지 못하고 몇몇 남아있는 것이 대다수였습니다.

그렇게 마지막 길목의 건물들을 수색하는데, 노인들 대여섯 명이 한 방에 둥그렇게 모여 있는 것이 보였습니다.

아마 거동이 불편하여 대피하지 못한 것이라 판단하고 넘어가려는데, 집 분위기가 스산한 것이 뭔가 이상한 기운이 느껴졌습니다. 노인들도 무언가 감추며 불안해하는 모습이었습니다.

"무슨 일이오? 연합군이 왔다는 소식은 들었소만……"

"어르신, 안심하십쇼. 저희는 연합군입니다. 경계를 위하여 근방을 수색하러 온 것입니다. 곧 끝납니다."

우리는 짐짓 눈짓과 수신호로 건물 근방을 사주경계하기 시작했습니다. 노인들이 모인 큰 방은 나와 상사와 헌병대원 한 명이 틀어막고 있었습니다.

상사가 노인들과 대화하며 시선을 끄는 동안, 나와 대원은 부엌과 창고를 수색했습니다.

좀 더 자세히 살펴보니 집안 곳곳에 작은 핏방울이 떨어져있었습니다.

우리는 서로를 바라보며 무언가를 직감했습니다.

"어르신, 이게 무슨 핍니까?"

"다, 닭을 잡아먹었소."

"닭? 아직 닭이 남아있었습니까?"

"인민군이 다 털어가려는 거, 한 마리 감춰뒀다가 잡은 거요. 참 말이오!"

그때 건물 외곽 쪽에 있던 대원이 이쪽으로 외치는 소리가 들렸습니다.

"상사님! 잠시 이쪽으로 와주십쇼."

"뭔데 그러나?"

그 대원은 큰 방 입구로 달려와서 손에 묻혀온 핏방울을 상사에게 보여줬습니다.

"보십쇼. 이 핏방울…… 아직 덜 말랐습니다."

일순간 우리가 들이마신 공기가 폐부에서 팽팽하게 당겨지고 온몸의 피가 발바닥으로 빠져나가는 것만 같았습니다.

상사는 잽싸게 허리춤에서 권총을 빼들고 그 노인들을 겨누며 소리쳤습니다.

"이보시오, 노인장! 당장 이실직고 하시오!"

그때 함께 창고 근방에서 사주경계를 하던 다른 상사가 다가오더니, 우리에게만 들릴 정도로 속삭였습니다.

"어이, 됐어. 여기…… 뭔가 있어. 까딱하다간 우리 모두 죽을지도 몰라. 조용히 여길 뜨자고. 어서!"

우리는 재빨리 그 건물에서 빠져나왔습니다.

핏방울은 건물을 돌아 청천강(淸川江)으로 이어지는 물가 방향으로 그 붉은 궤적이 그어져 있었습니다.

우리는 창고와 더불어 근방 일대를 강화하여 수색하기 시작했습니다.

그러던 중, 건물과 불과 200미터 정도 떨어진 곳에서 폭발음이 들렸습니다.

다시 그 건물을 돌아보니, 노인들은 창가에 서서 우리 쪽을 겁에 질린 눈으로 바라보고 있었습니다.

"우리는 아무 잘못 없소! 여기 갇혀있었을 뿐이오. 참말이오."

아니나 다를까, 마지막까지 잔류하던 인민군 공작에 의해 다리가 끊어져 있었습니다.

연합군이 온다는 소식을 듣고 끝까지 물자를 운반하다가 부대 규모를 확인하고는 진군을 할 수 없도록 다리를 폭파한 것이었습니다.

만일 당시 노인장들을 무시하고 창고와 물가를 더 깊숙이 수색했다면, 매복공격이나 폭발함정에 걸려 수색대가 궤멸했을 수도 있었을 것입니다.

다행히 내가 배속되어있던 부대에서는 별다른 문제가 없었습니다. 곧 연합군 공병대가 와서 신속히 다리를 놓고 물자와 병력을 운반하기 시작했습니다.

십만 중공군과 조우하다

얼마 지나지 않아 연합군 진지가 구축되었습니다.

방어선의 화력은 모두 인근 산들과 압록강으로 이어진 협곡을 향하도록 배치되었습니다.

당시 인민군이 있을 법한 산기슭에 야포로 계속해서 폭격을 가하고 있었지만, 곧 중공군이 합세하여 내려올 거라는 첩보가 있었던 것입니다.

그 수는 처음에 약 삼천 명으로 집계되었습니다.

연합군은 긴장감이 감도는 가운데 수색과 경계에 힘을 쏟았습니다. 어떻게든 이 진지를 지켜야만 했습니다. 영변은 산세가 있고 길이 좁았기 때문에 몇몇 요충지를 선점하는 쪽이 유리했던 것입니다.

그런데 그 첩보는 나중에 우리 쪽 정보원의 과소평가로 드러났습니다.

점점 첩보의 주기가 짧아지더니, 마지막 첩보에서는 압록강을 건너는 중공군 규모가 삼천이 아니라 십만이라는 것입니다!

충격을 받은 연합군은 진지방어와 후퇴 사이에서 고민하기 시작했습니다.

바람도 안 부는, 어스름에 휩싸인 산에서 수풀이 속닥속닥 움직이기 시작했습니다.

경계근무를 서던 군인들은 모두 숨죽인 채 산과 협곡을 주시했습니다.

그 움직임과 속닥거림은 점점 거대한 파도처럼 일렁이고 있었습니다.

그러다 갑자기 뚝— 하고 모든 움직임과 소리가 멎었습니다.

이윽고 포격소리, 고함소리, 호각소리가 어스름의 창백한 빛을 뚫고 이쪽을 향해 탄알을 쏟아내기 시작했습니다. 중공군들은 여기에 그치지 않고 북과 꽹과리는 물론 나팔까지 불어댔습니다.

요란한 소리를 내며 수십만의 중공군이 떼로 내려오기 시작했습니다. 중공군은 연대본부는 물론 인근 집들을 모조리 갈기고 있었습니다. 그런데 내 근방에 있던 연합군 탱크 병력은 맞서서 쏘지 않고 명령을 기다리기만 했습니다.

“발포명령은 언제 떨어지는 거야? 우리라도 먼저 쏴야 하는 거 아니냐고!”

그때 무전에서 미군 장교의 다급한 목소리가 들려왔습니다.

“Go back! Go back! All units back!”

무전으로 전군(全軍) 즉각 후퇴 명령이 떨어진 것입니다.

그리고 이어서 모든 물자를 움직일 수 있는 모든 거마(車馬)에 속히 실으라는 지시가 내려왔습니다.

동시에 후방에서는 아군의 후퇴를 돕기 위해, 거의 모든 야포를 동원하여 이편에 집중포화를 퍼붓고 있었습니다. 문제는 그 야포의 조준 범위가 우리군 진영과 너무 가까워 전방의 연합군까지 피해를 입었던 것입니다.

그러나 영어로 된 명령을 즉각 알아듣지 못한 한국인들은 너나 할 것 없이 먼저 트럭과 탱크 등에 올라타기 바빴습니다.

미군장교들과 국군사령관들은 장병들을 통솔하려 안간힘을 썼습니다. 그때 미군 장교들은 답답한 마음에 이렇게 외쳐댔습니다.

“Korean! Go down, Right now!”

이를 두고 몇 마디 영어를 알아들을 줄 알게 된 장병들은 이렇게 전파했습니다.

“우리 국군도 당장 출발하랍니다! 당장 올라타서 후퇴하랍니다!”

이 왜곡된 번역을 알아차린 몇몇 장교들은 그 장병들을 끌어내려 멱살을 잡았습니다.

"무슨 개수작이야! 우선 장비를 다 실어야 할 거 아냐!"

그러나 전방의 장비를 실어오던 장병들과 트럭들은 다시 돌아오지 않았습니다. 분명 변을 당한 것이었습니다.

멱살잡이를 한 그들 뒤로 포격의 불길이 성큼성큼 가까워져왔습니다.

상황판단이 빠른 장병들은 이미 발 빠르게 무리지어 후퇴하고 있는 상황이었습니다.

"아니, 저 빌어먹을 포격을 보고 말을 하쇼! 중공군이고 나발이고 가리지 않고 다 죽이잖소! 그렇게 장비가 아까우면 장비랑 같이 묻히쇼. 일단 우리가 살아야 후일을 도모하지 않겠소!"

한반도를 한 바퀴 돌아 금촌에 뿌리내리다

함께 후퇴하던 미군들은 대부분 탱크나 트럭에 올라타 우리 국군을 앞질러 갔습니다.

그리고 한국인들을 지나칠 때마다 이렇게 넋두리했습니다.

"Oh, God…… God Damn Korea!"

'한국 때문에 우리가 이렇게 개고생이며, 아주 넌덜머리가 난다'는 속뜻이었습니다.

1사단 한국군은 중간 거점마다 후퇴하는 소대를 재규합하여 움직였습니다. 계급과 무기 소지 상태, 무엇보다 부상병들의 행군을 고려한 처사였습니다.

연합군 모두 피로한 상태였지만 서로를 독려하며 밤낮으로 걸었습니다. 당시 유엔군 병사들은 중공군의 인해전술과 요란한 나팔과 꽹과리를 동원한 야간 습격에 완전히 밀리기 했습니다. 그렇게 장장 2주일 동안 혹한을 뚫고 약 250㎞를 후퇴해야 했습니다.

결국 내가 속한 소대는 대동강에 이르렀습니다.

대동강은 물이 얼고 낮아져서 걸어서 건널 수 있었는데, 다리 근처에 이르자 미군헌병들이 내가 속한 무리를 발견하고 검문을 실시했습니다.

"스톱, 너는 미군군복을 입었는데 어째서 미군과 떨어져서 오지? 위장한 스파이인가?"

"노, 나는 1사단 소속, 한국인 통역이다. 타던 차량이 포격으로 망가져 여태 걸어온 것이다."

"오, 코리안! 정말 영어 할 줄 아는군?"

헌병들은 내가 영어로 설명하니 놀라는 눈치였습니다.

그리고 검문대기 중이던 한 트럭을 가리켰습니다. 그 트럭의 주인은 평양에 가서 사과를 파는 상인이었고, 상황이 좋지 않게 되어 다시 내려가던 참에, 검문소에서 발이 묶인 것이었습니다.

헌병들은 그 상인에게 퇴각한 본부까지 나를 태우고 가라고 명했습니다. 거기서는 통역관이 꼭 필요할 거라는 말이었습니다.

'중공군과 포격을 피해 여기까지 왔건만. 이번엔 트럭 뒤의 이 깨진 사과신세군!'

얼마나 달렸을까요?

내가 깨진 사과 한 알을 들고 내린 곳은 토성(土城)의 기차역 근방이었습니다.

마침 또 다른 미군헌병대가 보였습니다. 자초지종을 설명하고 채용시켜 달라 부탁했습니다. 처음이 어려웠지, 그간의 이력과 내 행로를 되짚어보더니 그 자리에서 바로 채용되었습니다.

미군군복에 이어 이번엔 헌병의 완장을 차고 카빈소총을 받게 되었습니다. 받아든 소총은 아주 차갑고 묵직했습니다. 그리고 방금 닦은 듯 기름 냄새가 코를 찔렀습니다.

'펜에서 매스로, 매스에서 카빈소총으로, 이 다음엔 무엇이 내 손에 쥐여질까?'

나는 미군헌병에 소속되었으니 얼마간의 안정을 기대했습니다.

그러나 그것은 크나큰 착각이었습니다.

이제껏 힘겹게 움직여온 거리보다 더 긴 트랙이 내 앞에 놓여있었습니다.

나는 토성에서 대전으로, 대전에서 천안으로, 영등포에서 의정부로…… 기억이 다 나지 않을 정도로 이리저리 거점을 옮겨 다녀야 했습니다.

그 즈음 중공군과 연합군의 전선(前線) 또한 계속해서 서로 밀고 당기며 매듭지어질 기미를 보이지 않았고, 그에 맞춰 출렁이던 내 동선(動線)도 점점 더 꼬여만 갔습니다. 한반도 지도 위에 내가 전란 속에 움직인 길들을 표시하면, 아마 그럴싸한 한반도 일주 코스가 짜일 것입니다.

그러던 어느 날, 내가 소속된 부대로 의정부에서 새로운 통역관이 배속되어 들어왔습니다. 그는 영어를 배우려 미국에서 유학하려던 중 참전하게 되었다고 말했습니다.

"그렇게 먼 길을 돌아왔다니, 딱하게 되었소. 그래서 김 형은 전쟁 전에는 대체 뭐하던 사람이었소?"

"나는 서울대학교 외과에서 근무했었소."

"참말이오? 그런데 왜 통역관을 합니까? 지금 1군단 본부에서 급히 의사를 구한다던데, 그 소식은 못들은 게요?"

"아니, 정말이오? 지금 1군단 본부가 정확히 어디에 있소?"

그 1군단은 의정부에 주둔하고 있었고 급히 의사를 찾고 있다고 했습니다. 하여 나는 당시 부대 소령이었던 민사처장을 방문했습니다. 나는 곧장 신분증과 의사면허증을 제시하며 한국군1사단에 군의관으로 지원의사를 밝혔습니다.

그는 무척이나 반가워했습니다. 앞서 중공군과 인민군이 인근에 있던 의료진들을 데려가서 의사를 구하기가 너무나 힘들었다는 것입니다.

"아, 도대체 어디 박혀있었던 거요? 하하하, 내가 찾던 인재가 드디어 왔구만! 함께 국군1사단본부 민사처로 갑시다."

그렇게 나는 이 금촌의원 자리에 있던, 금촌 민간인구호소에 배정되었습니다. 당시 금촌 민간인구호소에는 이미 선임의사가 있었는데, 여러모로 그 의료행태가 수상했습니다. 분명 의사라면 기본적으로 갖추거나 고려했어야 할 여러 가지 의료사항이 있는데, 이 의사는 매번 어리숙하게 굴었기 때문입니다.

직원들에게 물어보았을 때 그에 대한 말들도 조금 이상했습니다. 직접 수술을 집도하지는 못했지만 상처 봉합 정도와 일반 진료는 정상적으로 했다는 것입니다. 그런데 내가 온 뒤로부터 진료와 간단한 처방전 작성까지 불안해하더라는 것입니다.

'전란에 힘든 일을 많이 겪어서 그런가 보군. 외상 후 스트레스 장애인가?'

나는 이런 식으로 생각하며 대수롭지 않게 넘기며 함께 진료를 보았습니다.

그런데 빨갱이를 조사한다며 헌병이 들이닥치니, 그 사람은 어느새 종적을 감추어버렸습니다. 알고 보니 그 선임의사는 간단한 의료 업무만 볼 줄 아는 가짜였고 신분을 세탁하기 위해 구호소에 위장취업을 했던 것입니다.

즉, 살기위하여 이제까지 적과의 동침을 해왔던 것입니다.

이제 금촌 민간인구호소에는 나 홀로 진료를 보게 되었습니다.

그때가 1951년 9월이었습니다. 금촌 민간인 구호소는 정확히 25사단 민간인 구호소라 불리었습니다. 당시 모든 진료는 무료였으며 하루 약 120명을 받았습니다. 화장실 한 번 다녀오는 것도 힘들고 눈치가 보일 정도로 바쁜 나날이었지만 보람은 그만큼 컸습니다.

그렇지만 당시로서는 이해하기 어려운 것이 있었습니다. 미군이 약을 가져다주는데 전부 일본산 의약품이었던 것입니다.

'미군이 조달해주는 일본산의약품이라니……'

그 아이러니가 참으로 기가 막혔습니다.

거대한 역사의 속, 이 복잡한 인생사는 그 시작과 끝이 분명치 않고 이렇게 서로 뒤섞여있는 것이었습니다. 그리고 다시금 입은 이 흰 가운, 미군군복 위에 한국의사 가운을 입은 내 모습은 어떻게 받아들여야 할지 몰랐습니다.

하지만 나는 그러한 혼란 속에서 내 신념을 빚어냈습니다.

'그래, 지금 나는 의사다. 내 야망은 의사가 되는 것이었지만, 내 신념은 의사로서 천명(天命)을 다하여 널리 세상을 이롭게 하는 것으로 하자. 이 금촌에서!'

이후, 나는 내 신념대로 살아가기 시작했습니다.

그리고 묵묵히 외길을 걸어왔습니다.

이 기나긴 서사가 드디어 종착역에 다다랐습니다.

파주, 금촌에 뿌리를 내리기까지, 나는 한반도의 역사를 한 바퀴 돌아온 셈입니다.

친애하는 라이온들과의 봉사활동과 행사를 뒤로 하고 홀로 길을 걷다보면 문득, 그 시절 생사를 넘나들던 고난의 길들이, 내 심장부터 모세혈관까지 검문소의 불을 밝히고 서 있는 것만 같습니다.

1952년 금촌에 국군 5816부대 민사처 민간인 구호소장으로 근무.

1954년 미 25사단 소속으로 민사처 금촌 병원장도 역임.

무료진료 노고를 인정해준 미해병 제1사단장으로부터 표창.

1955년 1월부터 경기도립병원장 역임.

1957년 경기도립 금촌병원장 역임, 하루 평균 200명 이상의 환자들을 무료로 치료.

1960년 지금의 주소지에 금촌의원을 개업하여 현재까지 운영 중.

Vision 3

나는 어떤 비전으로 봉사해왔는가

나는 자기인식에 따른 이타성의 발현을 이렇게 정의합니다.

'나를 통하여 남을 위하고 남을 통하여 나를 위하는 방법을 찾아 실행하는 것'

나는 이 단순한 말을 깨닫고 실천하려 그 오랜 세월을 전력투구해왔습니다.

그러나 비전은 단발성으로 무언가를 이루었다고 해서 끝나는 것이 아니었습니다.

그 비전을 지속하면서 나아가 더 큰 비전으로 확장시켜, 다른 사람들의 비전도 싹트게 만들어야한다는 것을 알게 되었습니다. 그것이 내가 더 나은 사람이, 삶이, 비전이 되기 위한 과제이며 이 책을 쓴 목적입니다.

타인에게서 자신을 발견하라

오늘날 도덕을 말하는 것이 한낱 교과서 외우기에 불과한 것처럼 보일 수 있습니다. 하지만 나는 오늘날 도덕은 단순히 '바르게 살자'의 지침과는 다른 차원에서 다루어져야만 한다고 생각합니다.

모든 가치들이 자본과 물질에로 향할 때, 우리는 더 이상 의미의 존재가 아닌 욕망만을 좇는 1차원적 삶으로 진입하게 될 것입니다.

나는 세상이 삭막해졌다는 사실을 체감할 때마다 도덕의 근본을 생각해왔습니다.

임마누엘 칸트는 "사람이 동물과 다른 점은 도덕률(道德律)이 있기 때문"이라고 말했습니다. 나는 이점에 깊이 착안하였습니다. 그리고 다음과 같은 결론에 이르렀습니다.

도덕이 공동의 생활과 번영을 위한 일종의 지침이라면, 나는 그 공동의 생활과 번영에서 소외된 이들을 위한 지침도 이 도덕에 포함이 되어야 마땅하다고 생각합니다.

인간과 달리 동물의 세계는 적자생존(適者生存)의 원칙이 강하게 적용됩니다.

하지만 인간은 아무리 경쟁에서 도태되더라도, 인간으로서의 존엄과 그를 위한 복지를 체계로서 보장하는 유일한 동물입니다.

이것은 인간의 존엄 중 하나입니다.

만약 체계와 복지가 닿지 않는 곳에서, 어떤 생명이 위협받는다거나 최소한의 존엄이 훼손되는 사람이 있다면, 나는 인간으로서 우리 모두가 그에 관심을 가져야함이 마땅하다고 생각합니다.

그 이유를 묻는다면, 나는 그것이 우리가 개인과 소속된 단체뿐만 아니라, 다른 국가와 인종을 넘어서 인류 전체를 의식할 수 있는 유일한 생명체이기 때문이라고 주장하겠습니다.

이것은 '인간만의 존엄'입니다.

곧 능력이며, 권리이며, 의무입니다.

그리고 이러한 인간의 존엄은 오직 사랑을 통해서 이루어질 수 있습니다.

흔히들 사랑하는 사람은 바보가 된다고 합니다. 그것은 일견 맞는 말입니다. 사랑의 감정은 사실 지능과도 밀접한 관련이 있습니다.

하지만 나는 사랑하는 사람들이 바보여서 대상을 위해 헌신하고 대상 앞에 무방비해지는 것이 아니라고 생각합니다.

오히려 진정으로 사랑하는 사람들은 그 공감의 영역이 넓고 예민하며 복잡한 관계망을 고려할 수 있는 사람들이어서, 그 대상을 위한 헌신과 배려의 방법을 알고 있는 사람들입니다.

사랑에 빠진 사람에게 세상의 가치판단은 모두 사랑을 위한 수단일 뿐입니다.

나는 젊은 날의 격정, 가족 간의 사랑, 신체에서 호르몬의 작용, 종교적 사랑 등을 내 사랑의 경험과 의사로서의 공부를 통해 깨달았습니다.

세상은 사랑에 대해 온갖 설명과 수식을 하려들지만, 내가 보기엔 모든 사랑의 공통적인 기반은 '이기심과 이타심의 숭고한 결합'이라고 생각합니다.

이는 다음의 의식 단계를 밟습니다.

'너를 위한 행동들이 우리의 관계를 지속한다.'

'너를 사랑하는 것이 나를 기쁘게 한다.'

'네가 있어 내가 있다.'

나의 의미를 너에게서 찾는다는 말은 진정한 사랑을 해본 사람이라면, 위의 말들에 고개를 끄덕일 것이고, 이 말들이 낭만적인 수식으로만 끝나는 것이 아님을 알 것입니다.

따라서 헤르만 헤세가 "남을 사랑할 수 있는 사람은 행복한 사람"이라고 말한 기저에는 존재의 의미가 깃들어 있는 것입니다.

서로에게 깊은 영향을 주고받은 대상에게는 내 존재의 뿌리가 있는 것이고, 그 뿌리가 훼손되거나 단절되는 경우 나의 존립이 위태로운 상태가 될 수도 있는 것임을 뼈저리게 경험해 보았기 때문일 것입니다.

따라서 사랑의 감정은 그 강도의 측면에서 죽음에 대한 공포만큼 강력한 기제로 작용합니다.

그럼에도 불구하고 진정 사랑하는 사람들은 죽음을 무릅쓰면서까지 그 사랑의 대상을 지키려합니다. 그리하여 사랑은 가장 초월적인 가치이며, 사람은 사랑을 추구하는 것만으로 더 나은 존재가 됩니다.

나는 죽는 그날까지 그러한 사랑의 가치에 헌신하며 봉사하는 삶을 살고 싶습니다.

하지만 그것은 나의 명망을 위한 것이 결코 아닙니다.

오로지 나의 행복 때문입니다. 나의 행복은 남과 더불어 행복하게 사는 삶이기 때문에 남을 돕는 것은 곧 나를 포함한 우리의 행복을 도모하는 최선의 길이라고 생각합니다.

그러나 내 주변사람들은 물론, 명망이 높은 사람부터 순진무구한 아이들까지 자신의 가치를 타인과 사회의 인정에서 구하는 모습을 볼 수 있습니다.

이것은 복잡한 관계망 속, 현대사회를 살아가는 우리들의 숙명입니다.

대체적으로 오늘날 사람의 가치는 자본의 소유와 직위와 명예와 권력, 재능의 희소성 등에 따라 판가름됩니다.

사실상 자신에 대한 평가도 이와 비슷한 척도로 판가름하기 마련입니다.

하지만 우리가 명심해야 할 것은, "사람의 가치는 남에게서 얼마만큼 받았느냐에 의해서 결정되는 것이 아니라 남에게 얼마만큼 주었느냐에 의해서 결정된다"는 아인슈타인의 말처럼, 그 판단의 기준이 모두 자신이 이득을 본 것에 대한 측정이 아니라, 자신이 남에게 얼마만큼 영향을 끼쳤느냐에 따라 측정된다는 것입니다.

'그 사람의 가치가 높다'는 말은, 영향력이 넓고 깊고 근원적인 부분에 미쳤다는 것이며, 진정으로 그 대상을 위한 것이었다는 평가입니다.

앞서 사랑하는 사람의 행복도 이와 같은 뿌리를 지닙니다.

내가 생각하기에 우리가 진정한 기쁨을 느끼는 상태는 더 많이 받는 것, 받은 만큼 주는 것, 가만히 있어도 받는 상태가 아닙니다.

오히려 내가 무한히 베풀 수 있는 상태에 있을 때, 우리는 가장 행복할 수 있는 것입니다.

이 행복할 수 있는 상태에 대해서는 마더 테레사의 명언이 떠오릅니다.

"나눔은 우리를 '진정한 부자'로 만들며, 나누는 행위를 통해 자신이 누구이며 또 무엇인지를 발견하게 된다."

내가 이러한 마더 테레사의 말을 처음 들었을 때의 충격을 잊지 못합니다.

힘겨운 봉사의 나날이 맑은 거울이 되어 내 삶의 의미와 참모습을 비춰주었기 때문입니다.

'자신이 누구이며 또 무엇인지를 발견하게 된다'는 말은 위에서 말한 '무한히 베풀 수 있는 상태'에 대한 좋은 정의가 된다고 생각합니다.

왜냐하면 '나누는 행위'는 우선 무엇을 나눌지를 고민해야 하기 때문입니다.

우리가 나눌 수 있는 것에는 여러 가지가 있습니다.

금전과 물질 등을 제외하더라도, 특정한 관점이나 일상적인 안부, 실용적인 정보나 따뜻한 체온 등이 있습니다.

나는 여기서 최상의 것은 '온정'이라고 생각합니다. 그것은 나눠도 줄어들지 않고 오히려 증폭되어 널리 세상을 따뜻하게 만들기 때문입니다.

우리는 이러한 '나눔'을 통해 서로에게 영향력을 행사합니다.

나눔의 관계 속에서, 우리는 스스로의 한계를 알게 되는 동시에 그 토대를 알게 됩니다. 그리고 자신의 역량을 발휘하는 동시에 타인의 존재를 실감하게 됩니다.

이전의 내가 그러했듯이, 이 글을 읽는 당신도 다음 질문을 깊이 생각하고 답해보기 바랍니다.

'당신이 사람들과 나눌 수 있는 가장 가치 있는 것은 무엇인가?'

그것이 무엇이 되었든 간에, 우리는 일방적인 관계에 놓여있지 않다는 사실을 깨닫게 될 것입니다. 그것은 복잡하고 심오하게 얽힌 우리들의 운명과 같습니다.

슈바이처는 평생을 불우하고 소외된 사람들을 위해 의사로서의 역량을 발휘했습니다.

그는 내가 한 사람의 봉사자이자 의사로서 존경하는 인물이기도 합니다.

"나는 당신이 어떤 운명으로 살지 모른다. 하지만 이것만은 장담할 수 있다. 정말 행복한 사람들은 어떻게 봉사할지를 찾고 발견한 사람들이다."라고 말했을 정도로 봉사 자체에서 자신의 천명을 발견한 사람입니다.

이 말에서 '어떻게 봉사할지를 찾고 발견한 사람들'은, 앞서 말한 '무엇을 나눌지'를 찾은 뒤, 이것을 어떠한 방법으로 나눌지를 발견한 사람들을 뜻합니다.

만약 우리가 가장 가치 있다고 생각하는 그 무엇이 돈과 물질이라 할지라도, 그것을 받는 사람은 희망, 용기, 사랑, 평화처럼 더 커다란 무엇을 선물 받았다고 느낄 수 있습니다.

당장 빈민국의 사람들과 난민, 장애인과 소년소녀가장과 노숙자 등을 생각해봅시다. 이렇게 곤경에 처하거나 소외된 사람들은 당신의 시의적절한 지원금과 지원물품에서 삶에의 희망과 인류애를 발견할 것입니다.

그것이 당신이 나누는 무엇에 대한 진정한 가치입니다.

내가 그러했듯이 작은 봉사라도 꾸준히 행하면서 자신의 영향력을 새삼 다르게 받아들일 것입니다.

그리고 자신이 가진 것이 어떠한 방법으로 최상의 가치를 발현할 수 있을지 생각해보는 계기가 될 것입니다.

또 이러한 최상의 가치는 진심어린 봉사를 통해서만 이룩할 수 있습니다.

"보상을 구하지 않는 봉사는 남을 행복하게 할 뿐 아니라 우리 자신도 행복하게 한다."

내가 인용한 간디의 말은 위의 논의들을 종합하는 결론이라고 볼 수 있습니다.

봉사자들이 '보상을 구하지 않는' 이유는 이미 보상을 받았다고 느끼기 때문입니다. 그것은 사회의 인정일 수도 있고, 자존감일 수도 있습니다.

하지만 내가 생각하기에 최상의 이유는 '더 높은 가치를 추구하며 느끼는 고양된 의식'이라고 생각합니다.

분명한 사실은, 봉사는 자신의 존재 의미를 깨닫는 최선의 방법이라는 것입니다.

단언컨대 사람이 자신의 존재 의미를 깨닫는 것만큼 행복한 것은 없습니다.

이는 최상의 가치인 사랑을 깨닫는 시작이며 그 최종 목적입니다.

나는 어떻게 봉사해왔는가

막상 봉사내역을 공개하려니 업적을 과시하는 것으로 읽힐까 염려되고 부끄럽습니다.

하지만 파주 라이온스클럽의 일원이자 회장과 총재를 지냈던 오랜 봉사자로서, 이 책이 여러 독자들과 봉사자들, 그리고 후임 라이온들에게 어떤 실증적인 교본(教本)이나 지침이 된다고 생각하면, 한낱 부끄러움이나 질타도 기꺼이 받을 수 있습니다.

우선 나는 '금촌의원 원장의 이름으로' 시각장애인과 그 외 장애인에게 진료비를 1/3 가량 적게 받아왔습니다. 10년째 내원하는 시각장애인환자가 있는데 내원했던 사람들 중에는 오직 그 환자만 알고 있는 사실입니다.

이 사실은 주변 지인들도 몰랐을 것입니다. 사실상 같은 공간에서 진료를 돕는 간호사 외엔 모두에게 비밀로 해왔기 때문입니다.

그 이유는 첫째, 라이온스의 이름으로 하는 봉사 외에 나 스스로 생활 속의 봉사를 꾸준히 실천하고 싶었기 때문입니다. 라이온스의 단체봉사는 분명 그 효과가 크고 영향력이 있으나, 라이온스라는 큰 단체의 이름으로 봉사하기 이전에 사회의 한 개인으로서 나의 역량을 성심껏 발휘하고 싶었습니다.

무엇보다도 생활 속의 봉사는 어떤 커다란 명분이나 이익을 보려는 목적을 지향하는 일이 아니라는 점, 그리고 어느 누구든 그 능력의 한도 내에서 충분히 실천할 수 있다는 점을 나에게 끊임없이 상기해주는 일입니다. 이것이 라이온스의 이름으로 행하는 큰 봉사의 기획과 실천에도 도움을 주었다고 생각합니다.

둘째, 장애인들에게 봉사를 하면 의도가 아무리 훌륭하고 결과가 좋다고 하더라도, 막상 봉사를 받는 사람들은 거북해하거나 부끄럽게 생각하는 경우가 많기 때문입니다. 특히 적은 돈을 봉사하거나 지원할 때는 나 스스로 '큰 봉사도 아닌데 너무 생색내는 것이 아닌가' 하는 생각이 앞섰습니다. 동시에 봉사를 받는 사람들 입장에서 생각해볼 때 '내가 이런 지원을 받아야 할 정도로 처량한 사람인가', '혹여 또 다른 빚을 지는 것이 아닌가' 하여 부담을 갖거나 자괴감에 빠질 수 있기 때문입니다.

우리 봉사자들이 알아야 할 것은 봉사를 하는 입장에서의 보람과 기쁨도 중요하지만, 봉사를 받는 사람의 심정을 헤아리는 일이 언제나 최우선이어야 합니다.

때로 어떤 사업의 대의가 아무리 훌륭하더라도, 그 사업의 대상이 불쾌감, 강압, 수치심 등을 느낀다면 이는 참여율 저조로 이어져 일회적인 봉사나 비효율적인 봉사에 그칠 것입니다. 따라서 이러한 심정을 헤아려 미리 배려하는 것도 봉사자의 중요한 역할입니다.

또한 나는 라이온스 회원일 경우, 내원 비용이 얼마가 초과되든 되도록 1만 원에 맞춰 받아왔습니다. 그 이유로 나는 늘 같은 봉사자의 입장에서 봉사자들의 복지를 염려하기 때문입니다. 봉사자들은 다른 사람들을 위해 물질적, 정신적, 육체적 지원을 아끼지 않습니다. 그럼에도 그 활동이 사회적 공로를 인정받기는커녕, 후에 병에 걸리거나 사고를 당해도 그에 상응하는 복지혜택을 받는 일이 거의 없습니다.

또한 사회가 아니더라도 주변 지인들이나 가족들이 그 노고를 알아주는 일도 드물며, 오히려 봉사의 노고에 해당하는 만큼 가족들에게 빚을 진다는 심정이 들기 때문입니다. 물론 봉사자들이 어떤 이익이나 혜택을 바라며 봉사를 하는 것은 아닐 것입니다.

하지만 같은 봉사자의 이심전심(以心傳心)으로, 겉으로 드러나지 않는 최소한의 예우를 행한 것이라 생각합니다. 나는 앞으로도 이러한 예우를 계속할 것이며, 혹여 이를 두고 마음이 불편한 봉사자가 있다면 사과드립니다.

그리고 나는 '전(창시) 총재 김주일 라이온의 이름'과 '확신, 정열 그리고 실천(Conviction, Enthusiasm & Practice)'을 주제로 봉사를 실천해왔습니다.

아래는 나의 봉사내역입니다.

(1)총 봉사액: 1,623,659,330원

(2)LCIF 기탁액 당회기 46,500달러(2017년도 기준)

(3)10개 신생 클럽 창립(2개 레오 클럽 포함)

(4)회원 순증가: 489명

(5)지구 내 40명에게 안과 진료 또는 무료시술: 25,000,000원

(6)수재민 구제활동: 9,000,000원

(7)지구분구안 상정, 통과, 국제이사회승인, 354-H 지구 창시

(8)스리랑카, 필리핀 자매 지구 지원: 6,000,000원

(9)연차대회 기념 봉사사업 지원: 시각장애인용 음성시계 8,600,000원

(11)지구발전기금 모금 골프대회 지원: 13,080,000원

(12)페루 지진, 미국 테러 참사, 캄보디아 난민 지원: 6,054,000원

(13)119 구조대 열린 음악회 지원: 4,000,000원

(14)시설원 지원: 2,500,000원

(15)한수이북 신생클럽 탄생 시 1,000,000원씩 사재로 지원

(16)한수이북 신입회원 1인당 100,000원 보조

(17)『라이온스 철학』 책자 저작 배포

(18)제40차 태국방콕 동양 및 동남아대회(2001. 12. 6.~9.)

(19)제85차 일본오사카 국제대회 참석(2002. 7. 7.~12.)

(20)불우시설 지속적으로 지원

(21)파주 내 초·중·고교 학생들에게 15년째 장학사업

위에서 내가 특히 신경 쓰는 사업은 우리 라이온스 정신에 의거한 시력우선사업입니다. 파주 라이온스클럽 또는 3지역(파주시)에 시각장애인을 위한 심청의 날 행사를 위해 매년 1,200만 원씩 개

인 사비를 들여 지난 10년 넘게 지원해왔습니다.

라이온스에 입회한 2018년 현재까지 나는 시각장애인 수술사업을 후원하며 많은 기적을 보았습니다. 그리고 그 기적에 힘을 보탤 수 있게 되어 이루 말할 수 없이 기쁘고 영광일 따름입니다.

'한 사람이 눈을 뜬다는 것은 또 하나의 세상이 눈을 뜬다는 것과 같다.'

그리고 그렇게 눈을 뜬 사람은 어둠 속을 헤매는 사람들에게 그 존재만으로 희망의 표본이 될 것입니다.

그리고 파주에서 장학 사업을 15년째 진행하고 있습니다.

주로 중학생들을 위주로 하며 소년소녀가장이나 장애가 있는 학생들에게 장학금이나 생필품 등을 지급하여 왔습니다. 이 학생들은 두말할 것도 없이 우리들의 미래입니다. 우리가 미래에 투자하지 않는다면 어디에 투자를 하겠습니까?

당장의 내 자녀들에게 손주들에게 투자를 하는 것도 옳은 방법입니다.

하지만 내 자녀와 손주들이 함께 살아갈 이들이 이러한 학생들 세대일 것입니다. 이들의 어려움과 고난을 헤아리지 않는다면, 미래 세대의 계급갈등은 심화될 것이며 미래에는 보다 삭막한 세상이 될 것입니다.

요즘 젊은이들의 인간의 정(情)을 잘 알지 못하는 것은 그들 자체의 문제라기보다 우리 기성세대, 웃어른들의 책임이 크다고 생각합니다. 학생들은 선생이나 어른들에게 이론적으로만 '남을 진정으로 위하는 것이 최고의 선(善)'이라고 배워왔지, 실제로 주변에서 행하는 이들을 본 적이 드뭅니다.

오히려 요즘에는 배금주의(拜金主義)에 빠져 학생들, 여성들, 장애인들 등 사회적 약자들을 볼모로 잡고 자신들의 사리사욕을 채우는 어른들의 행태가 연일 낯 뜨겁게 보도되고 있습니다. 이런 파렴치들이 우리 사회의 물을 흐리고 종국에는 또 다른 수많은 희생양을 낳게 만드는 악인(惡人)의 사회에 기여하는 것입니다.

때문에 어린 학생들은 남을 위한다는 것이 구체적으로 무엇인지, 그것이 어째서 최고의 선(善)인지, 어떻게 자신에게까지 좋은 영향을 주는지 모르는 불감증(不感症)에 걸린 것입니다.

나는 이를 타파하기 위해서 '실천하는 진정한 어른, 진정한 리더, 진정한 봉사자'로서 모범을 보이려 노력한 것입니다.

우리가 하는 사업은 주로 자선 및 공익사업입니다.

이를 계속하다보니, 우리들의 봉사 대상인 불우한 사람들이 발생하는 원인이 무엇인가를 생각하게 됩니다. 내 생각에 결국 그 원인은 사회문제에 있으며, 우리가 오랜 시간 간직해온 귀중한 윤리도덕이 갑자기 밀어닥친 물질문명에 압도되어 그 설자리를 잃어가는 데서 비롯된 것이라고 여겨집니다.

예를 들면, 보행인 및 승객의 안전을 무시한 교통사고는 장애인을 만들고, 가정 학교사회에 있어서의 인성교육과 철학의 부재는 충효사상, 인의사상, 공덕심 및 양심을 마비시켜 범죄자를 양산합니다. 또한 신용카드 남용, 증수뢰(贈收賂) 및 인터넷 악용은 사회비용을 증가시키고 심지어 자살을 부채질하며 우리의 실존을 위협하고 있습니다.

이러한 세태에서 최상의 치료법은 예방이라고 생각합니다. 봉사자들은 기존의 물질적 봉사를 계속하는 한편, 불우한 사람들에게 정서적인 안정을 주고 사회문제를 연구하고 예방하면서 도덕적 재무장에 앞장서야 합니다.

나는 이에 따른 실천으로 바르게살기운동파주시협의회 주관, 한국자살예방센터와 협조하는 '소중한 나, 하나뿐인 소중한 생명' 강연을 주도적으로 후원했습니다. 그리고 파주 국제라이온스협회 주관의 자살예방 이색교육을 실시 심신 회복·생명 소중함 일깨우려 노력했습니다.

*

어떤 사람들은 내 봉사의 진위를 의심할 수도 있겠거니와 봉사 내역을 믿는다 하더라도, 그만큼 사정이 좋기 때문이라고 생각할 수도 있습니다.

그러나 이는 절반만 맞는 말입니다.

봉사는 실질적으로 몸소 활동하거나 후원한 내역으로 증명하는 것입니다. 그 활동과 후원에 공명심이 섞여있다 하더라도, 봉사를 하지 않은 것보다는 진정한 봉사에 훨씬 가까운 일을 한 것이라 생각합니다.

그리고 그러한 공명심에 따른 활동과 증명은 남들에게 보이는 효과보다도, 그 봉사의 대상이 되는 사람과 그와 비슷한 사람들에게 '당신을 늘 지켜보고 도움을 주려는 사람이 있다'고 힘을 실어주는 효과가 훨씬 크다고 생각합니다.

또한 사정이 좋아서 남을 도울 수 있다는 말은 관점의 차이라고 생각합니다.

나는 뒤에서 나올 내용이지만, 파주 금촌의원 원장이 되기 이전부터 그리고 라이온스에 입회하기 이전부터 무료진료 등의 봉사를 해왔습니다.

모든 봉사에는 자신의 몸, 시간, 자본, 의지가 쓰입니다. 그리고 봉사자의 그것만이 아니라, 봉사자의 가족들과 가까운 이들의 희생과 조력이 있어야 지속적인 봉사가 가능한 것입니다.

이 모든 것은 내 삶의 경험들과 그에 따라 형성된 가치관에 따른 자율적이며 주체적인 결정에 따른 것입니다.

아래의 시(詩) 구절에서 봉사의 참 의미를 엿볼 수 있습니다.

"작은 봉사라도 그것이 계속된다면 참다운 봉사이다.
데이지꽃은 제 그림자로,
아롱지는 이슬방울을 햇빛으로부터 지켜준다."

—윌리엄 워즈워스

요즘은 말이 너무 많아 말이 없는 시대라고 생각합니다.

진정한 말이란, 그 의미를 져버리지 않는 약속의 내용이며, 신념이 담긴 그릇이라고 생각합니다.

그 신념이 아무리 무겁더라도 그것은 꽃봉오리의 무게일 따름이며 우리 삶의 향기를 위해서라면 기꺼이 받들 수 있는 것입니다.

그리고 그 개화(開花), 실천에 있어서 보상은 다른 이들과의 진정한 연결에 있는 것입니다. 이슬방울을 지켜주는 꽃은 단순히 품을 베푸는 것이 아닌, 그 투명한 이슬방울에 맺힌 자신을 알아보고 기뻐하는 것입니다.

위대한 봉사단체 라이온스

다음은 내 비전에 가장 큰 영향을 준 '진정한 봉사 정신'과 '위대한 봉사단체'에 관한 이야기입니다.

누가 뭐래도 라이온스(Lions)는 세계 최대 규모의 봉사단체입니다.

우리에게 잘 알려진 사회사업가 헬렌 켈러를 비롯하여 미국의 대통령들은 물론, 각계각층의 주요 인사들과 사업가, 여러 현인들이 소속된 봉사사업의 첨단을 달리는 비정부기관(NGO)입니다.

라이온스는 50년 이상 한국에서 활약했지만, 그에 비해 일반 시민들에게 알려진 내용은 극히 일부분에 불과합니다.

나는 한국 라이온스의 초창기부터 함께 활동해온 사람으로서, 이들의 고귀한 이념과 그 활약상을 알려 사람들에게 봉사활동에의 영감을 주고 싶은 마음에 이 글을 쓰게 되었습니다.

국제라이온스협회는 민족과 인종을 초월한 인도주의적 봉사를 실천하기 위하여 1968년 국제라이온스재단(Lions Clubs International Foundation)을 설치했습니다.

이후 시력 보존(개안수술), 청력 보존(보청기), 장애인 돕기(휠체어), 청년사업(마약퇴치, 직업교육, 성폭행 및 학교폭력 예방) 및 각종 자연재해 발생 시 국제간 긴급 구호사업을 실시함으로서 인류에게 지대한 공헌을 하고 있습니다.

이 기금은 대부분 라이온스 회원 개인이 기탁한 것으로 국제라이온스재단은 매년 평균 3,000만 달러(약 320억 원)를 세계 각처의 필요한 곳에 교부하고 있습니다. 국제라이온스 재단이 2007년 영국의 파이낸셜타임즈(Financial Times)의 공정한 심사를 통해 세계 최고의 비정부기관(NGO)으로 선정되었습니다.

이러한 라이온스는 1958년 미국인 사업가 오키프 씨에 의해 라이온스의 봉사 이념과 활동상이 처음으로 국내에 소개되었습니다.

이를 계기로 지역사회 봉사에 뜻을 가진 각계 인사 19명이 이듬해인 1959년 서울 반도호텔에서 '서울 라이온스클럽' 조직 총회를 열었고(초대회장 전예용L), 마침내 2월 19일 코리아 하우스에서 역사적인 헌장 전수식을 가졌습니다. 이로써 한국 라이온스는 세계 최대 국제봉사단체인 국제라이온스협회의 일원이 된 것입니다.

한국 라이온스의 회원 증가 속도와 봉사활동의 확산은 눈부실 정도였습니다.

특히 무료 백내장 수술 등 안과 봉사는 라이온스 봉사의 상징이 되었습니다.

그리고 불과 6년만인 1965년, 309단일지구가 되어 이듬해 제5차 동양 및 동남아시아 대회(조직위원장 전예용L)를 개최하더니, 곧 2개 지구로 분할해 1971년 7월 1일자로 309복합지구로 승격했습니다. 1974년에는 미국 샌프란시스코 국제대회에서 한국인으로서는 최초로 한복L이 국제이사에 당선되었습니다.

1982년 7월 3일 국제라이온스협회에서 한국어를 공용어로 채택하여 한국 라이온스가 국제무대에서도 막강한 영향력을 발휘하게 되었습니다.

현 한국연합회의 전신인 국제라이온스협회 309복합지구가 외무부 산하 단체로 인가된 것은 1979년 4월 21일입니다. 이후, 안팎의 상황 변화와 라이온들의 요구에 따라 4개 복합지구로 분할되었다가, 다시 1개 복합지구로 통합되는 등 우여곡절을 겪었지만, 라이온스 봉사에 대한 한국 라이온들의 열정은 꺾일 줄 몰랐고, 마침내 1995년 7월 4일부터 7일까지 전 세계에서 약 25,000명이 참가한 가운데 제78차 국제대회를 서울에서 개최하는 저력을 만방에 과시합니다.

309복합지구가 1997년에 다시 2개 복합지구(354, 355복합지구)로 재분할하면서 그해 7월에 외교통상부 산하 전국 법인으로 (사)국제라이온스협회 한국연합회가 새롭게 출범했습니다. 더불어 2002년 제86차 미국 덴버 국제대회에서 이태섭L을 한국인 최초의 국제회장으로 배출하는 쾌거를 이루면서 한국 라이온스의 회세는 비약적인 상승 국면에 접어들었습니다. 그 정점은 2011년 6월 말이지만, 그 전해에 356복합지구가 분할해 3개 복합지구 체제를 맞이했던 한국 라이온스의 공식 회원수가 이때 무려 83,337명에 이르게 되었습니다.

2017년 6월 9일, 전 세계의 라이온들은 라이온스 창립 100주년의 영광을 맞이했습니다. 국제무대에서 한국 라이온들의 위상 또한 여전합니다. 세계 제4위의 회원 수와 1인당 LCIF 평균 기탁액 제3위의 성과는 차치하고라도, 그동안 개최한 국제대회가 2회이며, 국제이사에 당선된 라이온만 무려 20명에 이릅니다.

무엇보다도, 2016년 후쿠오카 국제대회에서 최중열L을 국제3부회장으로 배출한 것은 커다란 쾌거로 일컬어지고 있습니다. 새로운 리더십과 전 회원들의 단합으로, 한국 라이온스는 반드시 제2의 도약을 이루어내고야 말 것입니다.

라이오니즘(Lionism)은 사랑의 운동이다

나는 '라이오니즘(Lionism)'이란 가장 숭고한 인도적 봉사와 이념에 전념하는 것이라 생각합니다.

내가 감화된 부분은 바로 인종, 상이한 이념, 국경, 계급 등으로 분리된 사람들을 인류애로 연결시켜, 보다 더 좋은 인간관계로 유도해보려는 이 봉사단체의 진정성이었습니다.

이는 하나의 고귀하고 순수한 신념이며 삶에 밀착된 정신이라고 볼 수 있습니다.

라이온스에서 오랜 기간 봉사를 하면서 나는 또 다른 진정한 봉사자들과 동료들을 만났고 과거와 세계로부터 이어져온 눈물겨운 인류애를 느끼게 되었습니다.

이를 통해 라이오니즘은 사람이 살아가기 위한 근본원리의 조합이며 사회봉사, 윤리책임, 개인관계에서의 최상의 길잡이라는 확신이 섰습니다.

하지만 라이온스 이외에도, 세상에는 좋은 목적으로 모이는 모임이 부지기수(不知其數)로 존재합니다.

그중에는 정신적인 결합체도 있고, 물리적인 힘의 결합체도 있습니다.

라이온스는 이 둘 모두를 사회에 기여하는 쪽으로 나아가게 하는 결합체입니다.

숭고한 이념과 지성적 명철, 그리고 인격적으로 존경받는 성공한 사람들이 모여 순수한 정신적 결합을 이루어 물질적 정신적 봉사를 실천하는 곳이 곧 라이온스입니다.

여기서 '순수하다'함은 명예나 권력이나 물질이 배제된 것을 의미합니다.

뿐만 아니라 완전히 비정치적이라는 사실에 있습니다.

정치적 제도나 종교적 의식, 문화적이거나 역사적 산물이 아닌 정신적 결합은 숭고한 것입니다. 또한 국가와 민족, 인종과 종교, 역사와 문화에 관계없이 모이고 활동하게 되는 것입니다.

내가 살고 있는 지역사회는 물론, 순수한 사회 봉사단체로서 세계의 평화와 자유와 인류복지의 증진을 위해 국제친선을 도모하는 최대 최고의 클럽이 라이온스 조직입니다.

내가 활동하고 있는 파주 라이온스클럽을 포함하여, 전국의 라이온들은 각 지역의 라이온스클럽 모임에 참석합니다. 그리고 지역사회의 발전을 위해 어떻게 최대한으로 도울 수 있는가를 서로 의논하고 결정하며 각종 봉사 계획을 수립합니다.

불우하거나 소외된 가족과 단체 또는 개인을 돕는데 전념하며, 때로는 지역주민의 참여와 후원을 포함한 지역사회 전반적인 사업계획에 선봉자가 됩니다.

우리의 봉사는 복지사회 건설에 이바지하기 위한 것이며, 그로 인해 자유로워지고 융화가 이루어져 궁극적으로는 인류의 평화 달성에 기여하는 것입니다. 이러한 숭고한 이념을 가진 사람들이 사랑을 바탕으로 하고 성실한 자세로 모여 라이온스 윤리강령을 준수하며 적극적으로 봉사해 나아가는 그 정신이 바로 라이오니즘(Lionism)인 것입니다.

우리들의 목표는 빈곤, 질병, 기아, 무지, 공포 또는 전쟁의 비참함을 추방하자는 것입니다. 천재지변에 대비하고 질병 또는 빈곤으로 인하여 비탄에 잠긴 사람들이 도움을 요청할 때 그들의 편에 서서 일하는 것입니다.

또한 필요하다고 생각되는 사회사업을 즐거운 마음으로 시작해 나가는 것이며 장애인, 고아, 불우노인들에게 도움의 손길을 펼쳐 나가는 일입니다.

따라서 라이온스의 사업목표와 그 영향력은 헤아릴 수 없을 정도로 언제, 어디에나 있는 것입니다. 이러한 라이오니즘은 다음처럼 압축하여 말할 수 있습니다.

'라이오니즘이란 나누는 것이다.'

'라이오니즘이란 바치는 것이다.'

'라이오니즘이란 생활 그 자체이다.'

나는 '라이오니즘이란 우리 삶의 총채'이며 서로가 함께 할 때 더욱 풍부한 뜻을 펼칠 수 있다고 생각합니다. 라이온이라 불리는 135만여 명의 사람들이 이웃들을 생각하여 그들이 가진 것을 나누는 것입니다.

시간과 돈은 물론, 가장 귀한 '사랑을 나누는 운동'인 것입니다. 이와 관련된 아름다운 사랑의 시를 한 편 소개하겠습니다.

그래서 더욱 아름다운 사랑입니다

-공석진

사랑은 동사입니다
실행하지 않는 사랑이 무슨 소용입니까
가진 것 모두 남김없이 비워내
따뜻이 안아 주어 허물조차 감싸는
사랑은 동사입니다

사랑은 조사입니다
오른손이 하는 일을 왼손이 모르게 하듯
나의 존재를 숨기어 타인을 도와

예쁜 사랑을 지켜 주는
사랑은 조사입니다

사랑은 감탄사입니다
비난에 익숙한 우리들
사소한 기쁨에도 환한 미소로 반기어
뜨거운 가슴으로 맞장구치는
사랑은 감탄사입니다

사랑은 형용사입니다
세상에 던져진 보잘것없는 암석을
찬란한 보석으로 다듬어
존재하는 것만으로 더없이 소중한
사랑은 형용사입니다

사랑은 접미사입니다
아무 것도 내세울 것 없는 나
머리보다는 꼬리가 되어
균형을 잡아 주어 사랑을 완성하는
사랑은 접미사입니다

그래서 더욱
아름다운 사랑입니다

파주 라이온스클럽의 창립 회장이 되기까지

나는 라이온스와의 첫 만남을 아직도 생생하게 기억합니다.

그 기억은 서울에 무학 라이온스클럽이 있었던 시절로 거슬러 올라갑니다.

당시 한국은 국내 소규모 자원봉사단체들과 소수의 부호들을 중심으로 봉사활동이 이뤄지고 있는 실정이었습니다. 이는 복지 사각지대에 놓인 사람들의 케어가 절대적으로 부족한 상황이었고 대규모로 이루어진 단체의 지속적인 사업을 필요로 했습니다.

따라서 세계적 규모의 라이온스클럽은 아시아에서도 특히 최근 전란을 겪은 한국에 관심을 두고 있었습니다. 라이온스 봉사 정신의 확장을 통하여, 한국에서도 자생적이며 큰 규모의 봉사활동이 이뤄져 소외받은 이들이 구제받기를 바란 것입니다.

서울 무학 라이온스클럽은 창립 6개월밖에 되지 않은 신생클럽이었지만, 한국에 라이온스를 전파하는 선두자로서 고군분투하고 있었습니다.

그리고 마침 파주의 유지(有志)들을 입회시키기 위하여 동분서주하던 중, 라이온스회원 7여 명이 나를 찾게 되었습니다.

당시 파주 전국회의원 정대천, 경기도 전경찰국장 박사학, 경동고등학교 교장, 한국주유소 협회장 등이 금촌의원을 방문하여 라이온스클럽의 가입을 권유하였습니다.

그들은 대뜸 라이온스클럽을 이렇게 소개했습니다.

"우리 라이온스클럽은, 지역마다 명망 있고 남을 도울 여력이 있는 사람들이 의기투합하여, 어렵게 살아가는 사람들을 돕는 단체요. 이 파주에서는 금촌의원 원장이 명망이 높고 사업을 할 만큼 여력도 있다고 들었소. 그러니 라이온스클럽의 봉사 리더를 맡아 어려운 사람들을 돕는 게 어떻소?"

그 투박하고 단순한 말은 중언부언 떠보는 기색 없이 핵심을 가리켰습니다.

그때까지도 나는 그들과 그들이 소개하는 라이온스클럽에 대해 자세히 몰랐습니다.

하지만 그들의 분명하고 당당한 태도와 꾸밈없는 말을 통해, 이들과 함께라면 나의 역량이 세상을 이롭게 하는데 쓰일 것임을 직감했습니다.

그래서 곧장 그들과 함께 파주 라이온스클럽을 만드는데 착수하였습니다.

그래서 금촌의원 원장인 나를 필두로, 무학클럽 회원들과 함께 당시 파주에 내로라하는 병원들을 직접 방문하게 되었습니다.

순전히 그들의 건강한 결기를 믿고 행동에 옮기긴 하였으나, 스스로에게는 아직 확신이 없었습니다. 무료 진료를 꾸준히 실천하며 어려운 이들을 돕기는 하였으나, 어떤 단체의 지도자를 맡아 봉사 활동을 펼쳐본 일은 없기 때문입니다.

그래서 각 병원장을 마주할 때마다 나는 다음과 같이 솔직하게 말했습니다.

"비록 나도 라이온스가 무엇인지 잘 모르는 상태에서 입회하였으나, 그 취지와 목적이 올바르고 큰 봉사를 통해 세상을 이롭게 하려는 단체임에는 틀림없소. 그러니 여러분도 입회하여 그 뜻에 동참하는 게 어떻소?”

금촌의원의 원장인 내가 이렇게 당차게 입회를 권유를 하니, 각 병원의 원장들은 곧 마음의 문을 열고 입회를 하게 되었습니다.

그렇게 각계 인사 약 35명의 회원을 조직하여 1969년 봄에 금촌에 있는 문산농업고등학교 강당에서 창립총회를 가졌습니다. 그때 309-G 지구 총재 강성태와 전치안국장을 지낸 문봉재 사무총장, 전국회의원 정대천 등 여러 라이온과 내빈을 모시고 헌장의 밤을 성대히 개최한 것이 우리 파주 라이온의 시초입니다.

354-H 지구의 창시 총재가 되기까지

국제라이온스협회 354-H 지구가 창립된 지 어언 15년이 흘렀습니다.

당시 분구추진에 분투하던 나는, 분구추진의 험난하고 장대했던 8년의 과정에서 끝까지 함께했던 여러 라이온들의 노고가 아직도 생생하게 떠오릅니다.

그 지난한 시간 속에서 우리 영광스런 354-H 지구 창립까지의 과정을 연혁별로 되짚어보았습니다.

1995년 2월 당시 이재원 총재가 경기북부지역 클럽 확장 및

354-B 지구 분구의 필요성을 인식하였습니다. 이후 지구 분구추진위원회를 설치하여 위원장에 정우진L, 부위원장 6명, 위원 50명으로 구성하여 운영을 시작했습니다(클럽 16개, 회원 581명).

1997년 12월 송철흠 총재는 분구추진위원회를 재편하여 위원장인 나를 필두로, 부위원장 4명, 위원 53명을 위촉하고 경기북부지역 부총재를 당연직으로 편성하여 운영을 시작했습니다(클럽 22개, 회원 701명).

1998년 3월 송철흠 총재는 지구분구 사무실을 의정부역 앞 지구본부에서 1억 1,000만 원을 지원(사무실 임대료 9,000만 원, 운영비 2,000만 원)받아 내가 분구추진위원장을 맡게 되었고, 수석부위원장에는 김한구L으로 임명되어 사무실을 운영하였습니다. 그러나 물심양면(物心兩面)의 노력에도 불구하고 1999년부터 회원이 701명에서 615명으로 감소하여 상심이 매우 컸습니다.

2000년 3월 김주원 총재는 추진위원장의 의견을 받아들여 사무실을 철수하게 되었습니다. 2000년 7월 분구추진위원회에서 조재복 총재는 분구추진위원장을 지구총재로 격상, 부위원장을 지구부총재로 격상하였습니다. 따라서 추진위원장에 총재 조재복L, 부위원장에 지구부총재인 내가 임명되었습니다. 고문에는 전 총재 이행섭L과 이필용L, 김정환L, 이재원L, 오광열L, 송철흠L, 조재환L, 김주원L이 임명되었습니다. 총무에는 심종섭 지구사무총장, 부총무 송연수 지구재무총장이 임명되었습니다. 위원에는 경기북부지역 지역부총재를 당연직으로 참여시켜 운영하였습니다.

2001년 7월 나는 분구추진위원장에 임명되었고, 이어서 부위원장에 지구부총재 임성규L이 임명되었습니다. 고문에 전 총재단, 위원에 경기북부지역 직전 지역부총재 및 지역부총재로 편성하였습니다. 2001년 8월 분구추진위원회에서는 분구추진의 이유로 다음을 뽑았습니다.

“첫째, 광대한 지역분포로 통재가 불가능하다. 둘째, 교통이 불편하여 지구발전과 클럽 활성화가 저조하다. 셋째, 인구가 적은 355-복합지구(12개 지구)보다 354-복합지구(7개 지구)는 경기도 인구가 900만에 354-B 지구 1개 지구이나, 경상남도는 인구가 300만에 355-G 지구(마산) 355-I 지구(울산) 355-J 지구(진주)로 1997년에 분구되었음을 볼 때, 경기 지구의 분구 필요성을 공감한다.”

분구 방법으로 중부권(수원근교) 354-B 지구 동남부(성남권과 평택권) 354-B/2 지구, 북서권(한수이북과 부천권) 354-B/1 지구로 먼저 분구하기로 의결하였습니다. 그리고 분구추진위 구성을 현 지구 총재단과 임원 및 지역 부총재 등 상임위원으로 구성, 이때부터 7년간 한수이북지역의 분구를 위해 노력하였습니다.

그러나 IMF한파와 폭우피해로 회원 수가 크게 늘지 못했습니다.

이에 맞춰 다른 지역을 포함해서 분구를 추진하고 354-B 지구는 물론, 한강이북지역과 서부지역권(부천권)의 클럽확장위원회를 조직하여 시군별 및 클럽 회원 배가운동 500명을 목표로 움직이기 시작했습니다.

이 당시 지구사무국에서 분구추진을 위한 행정업무를 적극적으로 지원했고, 그해 4~5월에 걸쳐 지구 및 복합지구 연차대회에서 본 사안을 결의하였습니다. 그리고 국제이사회에 서류를 제출하여 10월에 승인을 받아내었습니다.

곧이어 지구사무실을 지정하고 초대총재를 선출한 뒤, 다음 회계연도 7월부터 지구사무실에서 활동을 개시하였습니다. 354-B 지구 분구추진위원회 구성으로 고문에 전 총재 이재원L, 오광열L, 최인영L, 송철흠L, 조재복L이 임명되었습니다. 위원장인 나를 필두로 부위원장에 지구부총재 임성규L이 임명되었습니다. 상임위원에는 안민규L, 최수길L, 정승일L, 최시원L, 김만자L, 우영숙L이 임명되었습니다. 위원에는 지역부총재 16명이 임명되었습니다. 총무에는 지구사무총장 이장수L과 부총무 지구재무총장 장성근L이 임명되었습니다. 간사에는 권호준L, 지구사무국장에 김병우L로 재편성하였습니다.

2001년 11월 전 총재 및 분구추진위원회 확대회의에서 2003년 7월 1일부로 분구가 되도록 노력하고 경기 북부 지역과 부천, 김포를 묶어 분구하는 안건을 상정하도록 의결했습니다.

2002년 1월 경기 북부 지역 신입회원 연수회의에서 나는 한수이북신생클럽 탄생 시 지구본부에서 200만 원을 지원하도록 명했습니다. 그리고 개인사비로 100만 원, 1인당 10만 원을 분구요건 충족기준(35개 클럽, 1,250명의 굿 스탠딩 회원)까지 지원하였습니다.

동시에 회원배가운동과 클럽확장운동을 전개하였습니다. 3월 20일 대의원대회에서 총인원 291명이 투표하여 찬성 239명, 반대

51명, 무효 1명으로 분구 안건이 가결되었습니다(한수이북지역 32개 클럽, 회원 1,035명/부천지역 12개 클럽, 회원 412명).

4월 2일에는 354-B 지구 신생지구 조직 계획안을 제출, 의결하였습니다. 주요 기획안 논의 내용은 다음과 같습니다.

"첫째, 명칭은 354-B/1 지구 또는 354-H 지구로 한다. 둘째, 한수이북지역과 부천권(김포 포함)으로 한다."

이와 같은 기획은 창립준비위원회에서 보다 적극적으로 추진되었습니다.

이는 북부지역 라이온 지도자들로 '지구창립준비위원회'를 조직하기에 이릅니다. 고문에 전 총재단 위원장인 내가 임명되었고, 부위원장에 안민규L, 이만수L, 김우규L, 정병열L이 임명되었습니다. 상임위원에 최시원L, 정승일L, 김선일L, 우영숙L, 최수길L, 김지훈L이 임명되었습니다. 위원에 윤성형L, 윤영이L, 나훈L, 김용훈L, 김항오L, 박제철L, 박훈섭L, 최남순L, 김재훈L, 최종성L, 민경조L, 유환시L이 임명되었고, 간사에 이장수L이 위촉되었습니다.

2002년 4월 20일 지구창립준비위원회는 경기 북부지역에 활성화된 분위기를 조성하기 위해 지구연차대회를 의정부 체육관에서 개최하는 등 많은 노력을 기울였습니다.

하지만 나와 여러 임원들의 노력에도 불구하고 대다수 김포, 부천 지역 회원들이 반대여론이 거세었습니다. 또한 부천지역이 1~2년 후 재복귀 주장에 따른 대책으로 한수이북지역(12~15지역)만으로 분구추진을 재결의를 하였습니다. 따라서 2002년 7월 3일 당시 분구기준에 부족한 클럽 2개와 부족한 회원 186명을 보충해야 했습니다.

이에 대한 대책으로 각 클럽 별 신입회원 10명 이상을 책임지고 영입하도록 결정하였습니다. 또한 연말연시 명절에 한수이북에 집중적으로 봉사하였고, 지구 부총재를 경기북부에서 배출하여 경기북부지역클럽회장, 총무, 재무가 세미나를 가졌습니다. 그리고 경기북부지역 클럽순방을 하며 활성화에 적극 가담하였습니다.

임성규 총재는 취임과 동시에 2002년 8월 말 분할요건에 3클럽 200여 명이 부족한 상태에서 조건부 승인을 신청하였으나, 클럽 및 회원 수 부족으로 국제본부에서 승인이 보류되었습니다. 때문에 클럽과 회원을 확장하고 복합지구총재협의회와 각 지구 대의원대회에서 동의를 구하는 한편, 새로운 지구의 헌장 및 재규정 등 모든 절차를 완벽하게 갖추어 2003년 2월 6일 354-B 지구 분할 승인 신청하였습니다.

이는 국제헌장 부치 제2조 3항에 의거 2개 지구로 분할요청 안건이었는데, 분할 이유는 다음과 같습니다.

“첫째, 지역이 광활하여 총재 리더십 발휘에 애로사항이 있다. 둘째, 북부지역 회원들의 강력한 요청이 있다. 셋째, 경기도 제2청사 운영에 따른 도(道)행정 관할구역 분할 시기는 2003년 7월 1일이다.”

분할방법은 당시 354-B 지구 147개 클럽, 5,304명의 회원을 지역에 맞춰 2개 지구로 분할하는 것이었습니다. 희망 명칭은 354-B 지구(클럽 108개, 회원 4,068명) 354-H 지구(클럽 39개, 회원 1,296명) 등으로 국제본부에 보고하였고, 2003년 4월 마침내 국제이사회에서 354-H 지구의 창립이 공식 승인되었습니다.

이에 354-B 지구 제25회 연차대회에서 안민규L이 354-H 지구 초대 총재의 선서와 함께 지구깃발을 받아들었습니다. 그리고 전 총재회의와 지구임원회의에서 사무실 분양금 3억과 행정기기 및 기타 준비금 2,000만 원을 지원 받아 의정부시 금오동 금오플러스 905호에 지구본부사무실을 매입하였습니다.

그리하여 마침내 2003년 7월 12일, 경민대학 대강당에서 역사적인 국제라이온스협회 354-H 지구 창립기념식 및 총재 부총재 취임식을 개최하며 분구추진을 시작한 지 장정 8년 만에 결실을 맺게 되었습니다.

*

이 어려운 기간 동안 함께 해준 전 총재분들, 임성규 총재, 안민규 354-H 지구 초대총재, 최시원 총재, 김한구 지역부총재, 이장수 총장 그리고 특별히 북부지역 라이온들의 노고에 진심으로 감사를 전합니다. 또한 당시 국제회장 이태섭L, 국제이사 이시욱L, 354복합지구의장 진재철L의 성원과 협조에 감사를 드립니다.

나는 아직도 창립기념회의 성대한 밤을 생각하면, 지구 창립에 산파(産婆)역할을 한 라이온(354-B 지구 24대 총재)으로서 감개무량하고 가슴이 북받칩니다. 그동안 10대에 걸쳐 총재들이 신생지구의 안정적인 발전을 위한 노력과 지구임원 및 회원들의 협조와 참여로 위기를 슬기롭게 극복하는 데 큰 밑거름이 되었습니다. 진심으로 고맙게 생각합니다.

그러나 아직도 우리가 힘을 합쳐 해결해야 할 문제가 많습니다. 우선 클럽확장과 회원 증강으로 2,000명 이상 회원을 유지하면서 지구의 재정을 안정시켜야 하고, 총재 및 부총재의 선출이 원활하게 이루어질 수 있도록 모든 라이온들이 최대의 노력을 경주(傾注)해야만 할 것입니다.

354-H 지구의 탄생 비화

나는 354-H 지구를 창시하면서 겪은 일련의 과정들이 내가 당시 총재로서 책임감과 그 역할의 중요성을 깨닫는 계기가 되었다고 생각합니다.

실질적인 분구추진의 주도자들은 이태섭 국제회장, 이시욱 국이사, 그리고 354-B 지구총재인 나를 포함하여 3명이었습니다. 우리는 삼위일체(三位一體)를 이루어 비교적 수월하게 분리독립사업을 추진하고 있었습니다.

여느 날처럼 열띤 분구 회의를 잘 마치고 나머지 서류작업을 마무리하자 저저로 미소가 지어졌습니다. 그리고 오래 준비한 만큼 우리는 끝까지 잘 매듭지을 수 있도록 서로를 격려하려 전화를 하려던 참이었습니다.

그런데 전화를 들자마자 벨이 요란하게 울리기 시작했습니다.

이시욱 국제이사의 긴급전화가 걸려온 것입니다.

"총재님, 보내주신 회의록 잘 받았습니다. 그런데 그 분구 회의록에서 가장 중요한 사항이 빠진 것 같습니다. 추진 사업으로 바쁘신 줄은 잘 아오나, 사안이 사안인 만큼 즉시 국제협회에 보고해야 하는 사항이어서요. 상세한 회의 내용과 주요 사안의 영어 번역본이 필요한 상황입니다."

다름 아닌 354-H 지구가 제출한 분구에 관한 회의록이 분구에 관한 사항만 기록되어 있고, 그날 행해진 일반 전체적인 회의록이 아니라는 것입니다. 게다가 국제협회에 보고해야 하는 상황이니 영어로 번역도 필요한 사항이었습니다. 따라서 후자에 대한 기록도 함께 기록하여 '즉시 제출'하기 바란다는 요청이었습니다.

나는 순간 눈앞이 아득해졌습니다.

'많은 임원들과 함께 진행한 회의를 다시 떠올리며 그 내용을 상술해야 하는 것도 모자라 영어원문으로 번역해야 하다니, 이 일을 누가 할 수 있겠나.'

회의에 참석한 라이온들은 분명 각자의 역할에 충실했고 일의 성사만을 애타게 바라는 상태였습니다. 보통은 회의에서의 역할분담을 되짚고 이를 누락한 라이온에게 시키면 될 일이었습니다.

하지만 내가 누군가의 잘잘못을 가린다면, 분명 내부결속에 타격이 있을 것이라는 생각이 들었습니다. 또한 전문번역자에게 맡긴다고 하더라도 라이온스에 대한 이해도가 전혀 없는 사람에게 맡긴다는 사실이 탐탁지 않았습니다.

결국 나는 3일 밤낮을 지새우며 회의록을 영어로 번역하고 보완하여 송부하였습니다. 그리고 354-B 지구의 임병기 사무국장에게 재상신할 것을 명하였습니다. 그 말을 들은 모두들 그 책임감에 놀라는 동시에 감사의 마음을 다 전할 수가 없었다고 하니다.

하지만 나는 국장으로서, 그리고 함께 일을 했던 라이온들이 맡은 바 최선을 다했을 뿐이라고 생각합니다.

만약 그 기한 내에 도착하지 않았다면 최소한 4개월은 승인이 지연되기 때문이요, 결국 우리 354-H 지구 라이온들의 규합에 차질이 생겼을 것이기 때문입니다.

Vision 4

봉사는 곧 자신에 이르는 도(道)다

나무는 전체가 뿌리다

내 나이 95세입니다. 약 한 세기 가까이 살아온 것입니다.

그 한 세기에는 의사로서 약 70년간 외과진료를 수행한 시간과 한 명의 봉사자로서 50년간 봉사활동을 수행한 시간이 나란히 놓여있습니다.

길고 짧음의 비교 없이, 그 두 시간은 모두 '봉사'라는 하나의 도(道)로 통합니다.

그리고 그 바탕에는 앞서 살펴본 바와 같이, 일제강점기와 6·25 전쟁 등 역사의 굵직한 사건들을 지나오며 깨닫게 된 바가 아로새겨져 있습니다.

그것은 여전히 나와 함께 살아 숨 쉬는 또 하나의 생(生)입니다.

나는 이 봉사의 길이 결국엔 내 삶에 대한 헌신이자 구원이라고 생각합니다.

또한 봉사의 길이 아니더라도, 우리의 삶은 세상의 모든 길들이 서로 밀접하게 연결되어있듯이 만나고 교차하고 이어지고 있습니다.

이것은 누구나 동의할 수 있는 말입니다.

그러나 그것이 주로 '무엇으로 연결되어있는가'를 물었을 때는 대체로 답변이 다를 것입니다. 대부분은 시스템과 돈을 들어 설명할 수 있을 것이고 또 언어나 감정, 현대의 첨단 미디어를 말하는 사람들도 있을 것입니다.

나는 그러한 수많은 연결 중에서도 '봉사'가 가장 최선의 연결방법이라고 생각합니다.

우리가 서로 연결되어있다면 누군가는 나의 사랑하는 사람들, 나의 부모와 형제자매와 자식까지도 닿아있을 것입니다. 또한 어떤 이들에게서는 나의 과거와 현재와 미래가 연결되어있다는 것도 알아차리는 순간이 있을 것입니다.

나는 앞선 논의들을 총체적으로 되짚어보며 '진정한 연결'에 대한 한 편의 시를 써보았습니다.

나무는 전체가 뿌리다

나무는 눈에 보이는 몸통과 가지보다
더 깊고 넓게 뻗은 뿌리를 갖고 있습니다

그것을 인식하는 일이 곧 자신을 돌아보며
현재에 의미를 부여하는 길입니다

삶에 꽃을 피우고 열매를 맺는 것은
전적으로 그 뿌리를 인식하는 일에 달려있습니다

그 뿌리가 길을 내던 땅이 모질어
아무리 아픈 곡절이 많았을 지라도,
나의 질기고 단단한 뿌리와 마디를 이루어준다는 사실을
항상 생각해야 합니다, 그 나무가 자라나는 과정에서
언제나 다른 이들이 함께 했다는 사실을

먼저 자라난 이들은
뙤약볕을 가려주는 그늘이 되어주었고
나중에 자라난 이들은
비바람을 견디며 주변의 흙을 더 단단히 여며주었고
같이 자라난 이들은
지금 나에게 맺혀있는 꽃과 열매를 함께 빚어준 것입니다

그러니 이웃들 속에서 자신을 발견하세요
그것은 하나의 역사 속에 깃든
우리 모두의 역사입니다
봉사는 곧 자신에 이르는 길입니다

'의미'라는 것은 결코 혼자서 존재할 수 없는 것입니다. 내가 존재하려면 네가 존재해야 합니다. 우리는 너와 나의 연결

에 있는 것이며 우리를 이룰 수 있을 때 나와 너의 진정한 관계가 성립되는 것입니다. 따라서 세상의 모든 극단적 분리주의와 이분법적 사고들을 그 한계가 명확합니다.

선—악, 해—달, 진보—보수, 몸—마음, 남—여, 흑—백, 성공—실패……

이러한 이항관계는 대비되는 것으로 여겨지지만, 본래는 상호 협조적이며 오히려 같은 체계를 갖는 경우가 대다수입니다.

게다가 애초에 특정지어 분할할 수 없는 것들입니다. 현실에서는 극단적으로 이 둘만 존재하는 것이 아니라, 그 단계와 상태와 다른 요소들의 작용으로 세분되어있습니다.

이를테면, 종교에서의 선악의 구분이 사회 법체계에서의 정의와 정확히 맞아떨어지는 경우는 흔치않습니다.

몸과 마음은 서로에게 필수적이며 불가분(不可分)의 관계입니다.

남성과 여성은 모두 인간이며 생물학적 차이 외에도 사회적 역할과 성향에 따라 신체와 다른 성정체성을 갖기도 합니다.

성공과 실패는 개인이나 단체의 성공에 대한 가치관이나 의식이 사회의 통념적인 기준에 부합하지 않는 경우가 많습니다.

그리고 분류 자체는 고정불변의 것이 아니라, 인간의 가치판단에 의한 상대적인 것입니다.

이러한 가치판단과 의미는, 우리가 모두 개별적이면서도 공통된 특성을 지녔다는 점에서 만나게 됩니다.

사람들은 개개의 차이점이 더 많아 보이지만, 사실 그러한 차이점들의 주요한 기반은 '공통점'입니다.

이를 테면, 우리는 지구에서 같은 생리(生理)로 살아가고 있고, 각각의 문화를 이루어 삶을 살아가며, 모든 생물들과 마찬가지로 생로병사를 겪는다는 사실입니다.

현인들의 비전은 그 공통 뿌리에 대한 인식에서부터 시작하고 끝나며, 이러한 생명 자체에 대한 사랑의 정신을 세상에 널리 퍼뜨립니다. 그들은 자신을 한 명의 개인으로 축소하는 것이 아니라, 인류의 구성원으로서 자율적이며 능동적으로 영향을 끼칠 수 있는 커다란 주체의 관점으로 바라보는 것입니다.

여기까지 이해할 수 있다면 다음과 같은 의문이 생길 것입니다.

'누구나 자기 관점이 있는데, 어째서 비전은 누구나 갖고 있지 않은 걸까?'

'누구나 자기 개성이 있는데, 어째서 재능은 누구나 갖고 있지 않은 걸까?'

여기서 나는 '갖는 것'이라는 표현에 주목해야 한다고 봅니다.

사람들은 보통 어떤 재능을 갖는 것, 즉 소유하고 독점하는 것이라 생각합니다.

또한 이를 통하여 남들보다 우위에 서는 것이라 인식합니다.

하지만 재능을 가진 사람들은 그 재능이 있기 전에, 자신이 탁월함을 발휘할 수 있는 대상이 무엇인지를 깨닫는 게 우선이었습니다.

그 다음 자신의 재능이나 탁월함을 발휘할 수 있도록 알맞은 환경이나 대상에 노출시키며 실력을 갈고 닦은 것입니다.

그리고 재능의 발현과 탁월함은 사회의 인정이 필요합니다.

아무리 독수공방의 천재라 하더라도, 그 천재의 진가를 알아보는 다른 관점에 의해 힘을 얻는 것입니다.

또한 그 이전에 다른 천재들의 영향과 그 사람을 둘러싼 환경과 체제와 인간관계 등의 영향도 무시할 수 없습니다.

이러한 복잡한 연결망을 깨닫는 것이 비전이 싹트는 첫 번째 요건입니다.

주지했다시피 그 깨달음은 '나 자신에 대한 근본적 성찰'에 있습니다.

단순히 내가 무얼 잘하고 못하느냐를 묻는 게 아닙니다.

내가 사회적, 환경적, 개인적 그리고 의식적으로 어떠한 사람인지 객관화시켜 알아보는 것입니다.

사회적으로는 자신의 문화권-소속된 단체-가정환경-인간관계 등에 대한 것이고, 개인적으로는 자신의 성격-특기-생활반경과 태도 등에 대한 것이며, 의식적으로는 자신이 행복과 불행을 느끼는 가치-행동-대상에 대한 파악이 필요한 것입니다.

그리고 요즘은 무엇보다도, 의식적인 측면에서의 파악이 더 중요한 시대입니다.

환경이나 물질, 지능이나 직책 등이 아무리 갖춰진 사람이더라도 윤리관이나 준법정신이 없는 경우, 또 감성적 측면에서 타인의 동의나 공감을 이끌어내지 못하는 경우에는 재능의 발현이 어렵거나 사회에 악영향을 끼치는 경우가 많습니다.

이는 비전을 일면적으로만 파악한 것이며, 단기적인 이득이나 권력을 취할 수 있겠지만, 장기적인 이득과 진정한 자아실현이라고는 볼 수 없는 것입니다.

비전은 진정으로 타인을 위할 때, 자신을 위하는 길이 열리는 것을 알아보는 관점이라고 정의할 수 있습니다. 이것은 고정된 소유물이 아니라는 점, 나누면 나눌수록 그 영향력과 가치가 배가되어 드러난다는 점에서 사회의 정의와도 부합합니다.

가진 게 없더라도 누구든지 봉사할 수 있다

내가 주변에 늘 강조하는 말이 있습니다.

가진 게 없다고 해서 봉사할 수 없다는 말은 핑계에 불과하다는 말입니다.

이는 아래 부처의 가르침에서 명백하게 알 수 있습니다.

어떤 이가 부처를 찾아가 이렇게 호소했다고 합니다.

"저는 하는 일마다 되는 일이 없으니, 무슨 이유입니까?"

"그것은 네가 남에게 베풀지 않았기 때문이다."

"저는 아무것도 가진 게 업는 빈털터리입니다. 남에게 줄 것이 있어야 주지, 거지인 제가 뭘 줄 수 있겠습니까?"

"그렇지 않다. 아무리 줄 게 없다하더라도, 누구나 줄 수 있는 일곱 가지는 가지고 있다.

첫째는 화안시(和顔施)로서 얼굴에 희색을 띠고, 부드럽게 정다운 얼굴로 남을 대하는 것이다.

둘째는 언시(言施)로서 사랑의 말, 칭찬의 말, 격려의 말, 위로의 말, 양보의 말, 부드러운 말로써 베푸는 것이다.

셋째는 심시(心施)로서 문을 열고 따뜻한 마음을 주는 것이다.

넷째는 안시(眼施)로서 호의를 담은 눈으로 사람을 보는 것처럼 눈으로 베푸는 것이다.

다섯째는 신시(身施)로서 몸으로 베푸는 것으로 다른 사람의 짐을 들어주거나 일을 도와주는 것이다.

여섯째는 좌시(座施)로서 때와 장소에 알맞게 자리를 내주어 양보하는 것이다.

일곱째는 찰시(察施)로서 굳이 묻지 않고도 상대방의 마음을 헤아려 알아서 도와주는 것이다.

네가 이 일곱 가지를 행하여 몸에 습관이 되면 너에게 운이 따르리라."

이러한 칠시(七施)의 가르침은 현대의 물질문명에 압도당한 우리에게 큰 깨달음을 줍니다.

우리는 보통 봉사, 기부를 생각하면 가진 것, 소유물로만 가능한 것이라 여깁니다.

하지만 부처는 우리가 가진 것을 단순히 물질적인 환산이 가능한 것에서 찾지 않습니다. 진정한 봉사란 오히려 이러한 물질적인 것들이 수단에 불과하다는 것을 일깨우는 것에 있다는 것입니다.

자신이 남들과 함께 일 때 기분이 좋았던 행동을 생각해봅시다.

대체로 자신이 기분이 좋았던 행동들은 남들도 그렇게 하는 것을 좋아하며, 자신이 싫어했던 행동들은 남들도 그렇게 하는 것을 싫어합니다.

이점은 많은 것을 환기하지만, 가장 중요한 점은 '다른 사람을 위했을 때 얻어지는 행복이 곧 나를 포함한 우리 모두의 행복이라는 것'을 깨닫는 것입니다.

봉사단체에서 관용(寬容)의 미덕

전(前) 국제이사인 김태영 라이온이 인천에서 개최된 동남아 대회의 주제로 '관용'을 제시한 적이 있습니다.

관용이란 '너그럽거나 넓다는 뜻'의 관(寬) 자와 '얼굴이나 몸가짐 혹은 그릇에 담는다는 뜻'의 용(容) 자의 조합입니다.

이를 두고 공자는 이렇게 풀이했습니다.

"화합하지만 그렇다고 무조건 동의하는 것은 아니고, 남과 언쟁하지만 자신의 말을 듣지 않는다고 틀어져 둘로 갈라지는 것이 아니다."

라이온스를 비롯한 여러 봉사단체에서 회장과 회원간, 회장과 전 회장 간, 또는 클럽의 계파와 계파 간의 "관용의 미덕"이 없어, 다투어서 크게 틀어지거나 클럽이 없어지는 일을 종종 봅니다.

클럽의 소멸은 회원 감소는 물론이고, 클럽이 오랜 기간 전승해 온 봉사의 미덕과 나름의 가치들까지 훼손되는 일입니다. 그러니

봉사자들은 상호 간의 관용의 미덕을 반드시 겸비해야 하며, 자신들 사이의 관계가 피봉사자들에게 행하는 봉사활동에까지 큰 영향을 끼친다는 사실을 늘 인지하고 있어야 합니다.

라이오니즘과 오륜(五倫)

모든 라이온은 도덕적으로도 남의 모범이 되어야 합니다.

다시 말하면 유교에서 말하는 오륜(五倫)을 지켜야 한다는 뜻입니다.

물론 유교에서 삼강(三綱)의 경우, 양존음비(陽尊陰卑)에 따라 폐단이 많은 수직구조만을 강하게 지시하여 현대 사회에 적용하기에는 무리가 있습니다.

하지만 아래 오륜의 경우엔, 이를 깊이 들여다보면 참된 봉사 정신과 연관되었음을 알 수 있습니다.

군신유의(君臣有義): 임금과 신하 간에는 의리(義理)가 있어야 한다.
부자유친(父子有親): 아버지와 아들 간에는 친애(親愛)가 있어야 한다.
부부유별(夫婦有別): 아비와 아내 간에는 분별(分別)이 있어야 한다.
붕우유신(朋友有信): 친구 사이에서는 신용(信用)이 있어야 한다.
장유유서(長幼有序): 어른과 어린이 간에는 차례가 있어야 한다.

요즘은 임금이 따로 없고 신하가 따로 없으며 오히려 '갑질'을 통한 권력자의 횡포가 대중매체에 연일 보도되어 사람들의 공분을습니다.

이렇게 여러 사회조직에서 수평적이고 자율적인 조직화에 힘쓰는 분위기라지만, 분명 현대 조직에서도 리더는 존재하며 그 동료들의 관계는 여전히 맡은 역할에 따라 차이가 있을 수밖에 없습니다.

따라서 각자 맡은 바 최선을 다하여 상호 간 신뢰를 쌓는 것, 그리고 조직의 강령과 의리를 저버리지 않는 것은 현대의 여러 조직에서도 가장 중요한 덕목입니다.

이는 비단 기업이나 사회단체만이 아니라 가족에도 적용되는 것입니다.

아버지와 아들 간에는 전통적으로 가계(家系)의 계승자 관계가 성립되어 뼈보다 두텁고 피보다 끈끈한 무언가가 있었습니다. 또한 동성 친구들, 특히 남성들의 의리와 형제애도 이에 못지않았습니다.

하지만 2008년을 기점으로 남성을 중심으로 두는 호주(戶主)제도는 이미 폐지되어 사회 분위기는 물론 체제에도 분명한 변화가 있었습니다.

물론 나도 '모든 인간은 평등하다'는 주장에 동의합니다. 다만, 기존 전통을 잘못 인식하거나 악용한 사람들의 폐단만을 강조한 나머지, 기존의 좋은 면들까지 뭉뚱그려 폄하하는 것 같아 안타까운 마음입니다.

여성들은 여성의 인간됨, 권리, 능력 등을 살려 기존의 남성위주로 일구던 사회의 한계를 보완하는 차원에서 나아가 어떤 사회적 대안으로까지 작용하는 것이 중요하다고 생각합니다.

쉬운 예를 들자면, 직접봉사에서 여성 봉사자들의 적극성, 측은지심, 공감능력은 평균적인 남성봉사자의 그것을 능가한다는 사실입니다. 여기에 진정한 분별(分別)을 발휘하여 남성봉사자들의 봉사금과 기획추진력, 조직력이 합쳐진다면 남성과 여성의 평등과 더불어 차이에 따른 각자의 능력 발휘를 최대로 할 수 있지 않겠습니까?

살펴본 바와 같이 현대적 의미에서의 오류을 파악하여 우리 라이온스의 봉사 정신에 이바지 할 수 있는 정신무장을 하는 것이 중요합니다. 그것은 생활의 작은 부분까지도 적용되어야 합니다.

잔뿌리가 많은 나무일수록 강하다

나는 헬렌 켈러와 여러 라이온스 지도자들이 강조했듯이 봉사는 힘을 모아 실천하는 것이 그 효과가 배가된다고 생각합니다. 그 이유는 다음과 같습니다.

첫째, 여럿이 힘을 모으면 큰 힘이 됩니다.

단순한 계산만으로도 한두 명의 적은 인원이 모으는 봉사금보다 많은 인원이 모으는 지원금이 훨씬 많아진다는 것을 알 수 있습니다.

회원 개개인은 사실상 사회를 위해 조직적이고 적극적인 봉사활동을 펼치기가 어렵습니다. 하지만 여러 회원들이 함께 모여 힘을 합칠 경우 대단한 위력으로 적극적인 봉사활동을 전개할 수 있습니다.

그리고 그 단합된 힘의 사회적 파급력은 실로 대단한 것이어서 더 많은 이들의 참여를 이끌어낼뿐더러, 여러 피드백과 아이디어 규합으로 더 효과적인 봉사를 수행할 수 있게끔 작용합니다.

둘째, 적은 비용으로 상황에 맞는 효율적인 봉사를 할 수 있습니다.

라이온스클럽에는 각계각층의 많은 인원들이 모여 개인이 가진 재능과 경제적 능력, 사회적 지위나 신분 및 인격 등을 잘 조화시키면 보다 많은 신선한 아이디어와 새로운 에너지를 발생시켜 효율적인 봉사사업을 추진할 수 있습니다.

흔히들 봉사는 금전이나 물품으로만 하는 것으로 여기는데, 그것은 아주 잘못된 생각입니다. 금전이 아니고도 얼마든지 봉사를 할 수 있으며 어떤 면에서는 물질적인 봉사보다 더 효과적이고 보람을 느끼는 봉사가 될 수 있습니다.

노력봉사: 환경정화, 장애인과 등산하기, 질서지킴이, 목욕시키기 등
재능봉사: 검진진료, 노래자랑, 미용시술, 사진촬영, 요리지원 등
시간봉사: 책 읽어주기, 말벗되어주기, 봉사캠페인 참여 등
맞춤봉사: 피봉사자와 상의하여 개인에게 효과적인 봉사를 행함

이러한 다양한 층위의 봉사는 개인이 혼자서 하는 것보다도 단체로서 하는 것이 좋습니다. 왜냐하면 봉사자 개인에게 동료 봉사자가 있다는 안정감과 소속감을 제공하여 큰 활력을 북돋을 뿐 아니라, 상호 간 봉사의 질을 신경써주고 개선시킬 수 있기 때문입니다.

Vision 5
사자 한 마리가 이끄는 양 떼가 양 한 마리가 이끄는 사자 떼를 이긴다

진정한 리더란 무엇인가

나는 지도력에 대한 물음에 몇 가지 명언을 즐겨 인용하여 설명합니다.

다음은 그 명언들에 대한 내 나름의 해석과 리더십에 대한 정의입니다.

"사자 한 마리가 이끄는 양 떼가 양 한 마리가 이끄는 사자 떼를 이긴다."

—아랍의 속담

나는 리더에 관한 수많은 말들 중에서도 이 아랍의 속담이 진정한 리더의 모습을 가장 선명하게 드러낸다고 생각합니다.

우선 우리 라이온스의 명칭과 모습을 용맹한 사자에서 따왔다는 점에서 이 명언은 라이온스의 지도력을 잘 형상화해준다고 봅니다. 게다가 양 떼와의 관계가 포식자와 포식동물의 먹이사슬이 아니라, 지도자와 그 구성원이라는 점이 참으로 놀라웠습니다. 이는 인종과 국경과 계급을 뛰어넘는 우리 라이온스의 봉사 정신과 일치한다고 볼 수 있습니다.

좀 더 깊이 있게 속담을 해석해보자면, 이때의 사자 한 마리가 이끄는 양 떼는 사자의 지도력과 비전에 따라 움직인다는 것을 알 수 있습니다.

무엇보다도 사자 한 마리라는 상징성은 사자 떼를 이끄는 양 한 마리와 대비되는 것입니다.

제 아무리 용맹한 사자들이라 하더라도, 온순한 가축으로 사육되어진 양의 비전과 지도력에 따라 움직인다면, 그 실력을 제대로 발휘할 수 없을 것입니다.

반면, 제 아무리 온순한 양들이 규합한 양 떼라 하더라도, 용맹하고 진취적인 사자의 비전과 지도력에 따라 움직인다면, 그 실력은 자신의 본성 이상의 것들을 쟁취할 수 있을 것입니다.

즉, 진정한 지도자란 자신이 이끄는 단체의 구성원들이 제 실력을 충분히 발휘하고, 그 이상 발전할 수 있는 가능성과 목표를 자신의 비전을 통해 밝혀줄 수 있어야 합니다.

다음 노자의 가르침은 지도자의 자질은 물론 그 태도에 대한 지침을 제공합니다.

"사람들이 몰라보는 지도자가 최고의 지도자요. 사람들이 복종하고 갈채를 보내는 지도자는 좋지 않은 지도자요. 사람들이 경멸하는 지도자는 제일 나쁜 지도자이다.

그리고 좋은 지도자는 말수가 적고 목표와 일이 이루어졌을 때 사람들로 하여금 우리가 해냈다는 말이 나오게 만드는 지도자이다."

—노자

노자가 생각하는 지도자란, 눈에 드러나지 않게 리더십을 발휘하여 구성원들에게 목표한 바에 대한 주체적 노력을 하게끔 이끌어가는 사람인 것입니다.

지도자로서 비전을 제시하면서도 '겸손한 태도'와 '타인의 주체성을 고려'하는 것이 이 가르침의 핵심입니다.

진정한 지도자란, 구성원 위에 군림하여 그 주체성을 억압하고 자신이 바라는 방향으로만 동원하는 방식이 아닙니다. 구성원 모두의 주체성과 실력을 배가되게 하도록 영감을 불어넣고 더 나은 방향을 함께 모색하며 나아가는 사람인 것입니다.

이러한 지도자는 자신의 지도력을 통하여 구성원 모두가 지도자의 몫을 해낼 수 있도록 힘을 북돋는 사람입니다.

다음 명언은 구성원과의 의사소통을 강조합니다.

"지도자는 조직이 나아갈 명확할 비전을 가지고 있어야 한다.

그러나 그 비전을 구성원들과 공유하여 헌신을 이끌어내지 못한다면 그것은 무용지물이다.

그래서 지도력과 의사소통은 불가분의 것이다."

—캐나다 항공회장 클라우드 테일러

지도자는 당연하게도 그 구성원과의 의사소통을 통하여 조직력을 점검하고 방향을 알맞게 재설정 할 줄 알아야 합니다.

이것은 일면 기업이나 단체에서만 적용되는 것이 아닙니다. 일상에서 가까운 이들과 교류를 할 때에도 상황에 맞는 대화 주제, 상대방의 기분, 논의의 목적 등 여러 가지 면들을 고려해야 합니다. 그래야만 그 관계가 지속되거나 깊어질 수 있고 의미도 찾을 수 있는 것입니다.

이를 사회 전반에 적용시켜보면, 한 국가에서의 지도자는 민주적인 의사소통을 통해 주권과 국익은 물론, 국가 간의 상호이익과 평화에도 기여할 수 있는 비전을 갖춰야 합니다.

다음은 명언은 그러한 관계적 측면에서의 겸손과 경청의 중요성을 강조합니다.

"성공의 비결은 머리에서 뿔이 자라지 않게 하고 머리에 안테나를 다는 것이다."

—미시간 대학교 총장 제임스 엔젤

우선 머리에 돋아난 뿔은 곁에 있는 사람들에게 위협을 느끼게 하거나 상대방에 대한 방어적인 태도로 보일 것입니다. 또한 뿔은 사람들에게 자신의 키를 높아보이게 하고 쉽게 다가설 수 없도록 만듭니다. 이처럼 뿔은 거만함, 오만함을 상징하는 것입니다.

안테나는 귀가 들을 수 없는 신호를 잡아내거나 수신하는 역할을 합니다. 이것은 섬세하고 깊은 차원의 영역을 감지하는 비전과 닮아있습니다. 안테나가 민감하고 수신할 수 있는 신호의 폭이 넓을수록 그것을 받아들여 표현할 때의 선명도가 높아질 것입니다. 이처럼 안테나는 겸손, 경청, 소통에서의 섬세함을 뜻합니다.

따라서 자신의 머리에 돋아난 뿔을 제거하고 안테나를 다는 사람은 진정한 지도자, 비전을 발휘할 수 있는 지도자인 것입니다.

다음은 지도력과 봉사에 연관성에 대한 명언입니다.

"지도력이란 인간에 대한 봉사이며 끊임없는 노력과 준비 없이는 지도자가 될 수 없다."

—더글러스 싸우덜 프리만

프리만의 지도력에 대한 정의에는 '인간'과 '봉사'라는 단어가 직접적으로 연관되어 있습니다.

무엇보다도 인간은 지구상의 모든 생물을 통틀어 유일하게 다른 여러 종(種)들의 복지와 생존에 힘을 보태는 종입니다. 개, 고양이, 새, 소, 돼지, 양, 말 등 이루 다 말할 수 없는 동물들과의 공존 개념을 인식하고 이를 끝없이 추구하는 것입니다.

물론 다른 동물들을 이용하여 인간의 이익을 추구하고 남획과 환경파괴로 멸종시키는 경우도 많습니다. 하지만 그만큼 생명존중의 목소리는 세계 각지에서 커지고 있습니다. 사람들의 의식이 발전할수록 공감의 영역은 확대되고 그에 따른 인권신장은 물론 생명의 소중함 또한 일깨워지는 것입니다.

생명에 대한 봉사의식이야말로 진정한 인간 정신의 의미이며 실천인 것입니다. 이제 현대의 지도력은 단순히 단체의 성공과 이익을 얼마만큼 이루어냈느냐에 따라 결정되어지지 않습니다.

따라서 '끊임없는 노력과 준비'의 말은 사업에만 국한된 것이 아니라, '인간성에 대한 깊이 있는 성찰'까지 포함한 의미인 것입니다.

봉사단체에서 지도력의 중요성

지도력이란 봉사단체의 지도자들, 특히 나를 비롯하여 라이온스 총재 및 클럽 회장들이 겸비해야 할 중요한 자질입니다.

봉사는 사실 처음부터 능동적으로 할 수 있는 일이 아닙니다.

아무리 단순한 봉사나 지원이라 하더라도, 선임 봉사자들이나 그 단체의 회장이 방향을 설정해주어야만 신임 봉사자들이 진정 효과적인 봉사란 무엇인지 깨닫게 됩니다.

아무리 고귀한 봉사라 할지라도 엄연한 서비스이며 사업이기 때문입니다.

봉사에의 열정과 의지가 아무리 강하더라도, 실제적인 봉사자의 역할과 기능에 대해서 숙지해야만 합니다. 왜냐하면 피봉사자에게 진정으로 필요한 바를 즉각 정확히 알기는 어려우며, 전혀 예상치 못한 결과를 낳아 오히려 해를 끼칠 수도 있기 때문입니다.

그래서 라이온스는 지도자들의 역할이 막중합니다.

라이온스 지도자는 지역에 알맞은 봉사주제를 설정해야 하고, 이때 선임들의 봉사내역과 통계자료를 바탕으로 보다 효과적이며 전문적인 봉사기획을 수립해야 하기 때문입니다.

여러 봉사경험을 통해 알게 된 것이 있습니다. 안타깝지만, 봉사의 영역에서도 빈익빈부익부(貧益貧富益富)가 존재한다는 사실입니다.

국가의 복지정책이 적용될 때, 소득이나 주거환경 등의 기준에 따라 차등 지급되는 지원금이 있으면, 다른 비정부 봉사단체들도 이 기준에 근거하여 지원정책을 수립하기 마련이기 때문입니다.

하지만 사람들의 사는 모습과 처한 환경은 단순히 등급정도로 나눌 수 있는 것이 아닙니다. 여러 복잡한 관계망과 조건들이 얽혀있어 아무리 세심한 복지정책이더라도 누군가는 소외되기 마련입니다.

따라서 봉사자들, 특히 봉사단체의 수장들은 항상 그 부분을 염두하고 봉사기획을 수립해야 하는 것입니다.

기존의 여타 봉사단체들은 단체의 집중 봉사 영역과 참여에의 자율성으로 인해 방향설정과 봉사활동에서의 숙련도 차이가 심합니다. 이는 그만큼 많은 사람들이 봉사활동에 가담할 때 진입장벽이 낮다는 뜻입니다.

하지만 보다 전문적인 봉사가 필요한 분야의 경우에는 더 섬세한 교육과 정확한 체계가 필요한 것입니다.

이에 발맞춰 국제라이온스에서는 매년 약 7천만 원에서 1억 원을 들여 세계 각 클럽의 총재들을 교육시킵니다. 그만큼 클럽 회원들의 봉사에 방향성을 부여하는 것이 총재들의 중요한 임무라는 뜻입니다.

총재는 국제협회 임원으로 국제라이온스클럽의 총재는 약 800여 명으로 집계된다. 그 임명이나 승진은 오로지 국제협회의 권한입니다. 회원 개인이 투서를 넣거나 다수결을 통해 총재의 권한이나 직위를 좌지우지 할 수 없다는 뜻입니다.

그만큼 국제라이온스는 총재들을 존중하며 그 권위를 인정하는 바, 만약 총재직에만 눈이 멀어 경거망동하거나 라이온스의 본질을 져버린다면, 총재직뿐만 아니라 클럽 자체의 존망이 위태로울 수 있다는 사실을 환기합니다.

물론 라이온스도 다른 봉사단체들과 마찬가지로 실질적인 봉사내역이 중요합니다. 하지만 라이온스는 공명심과 선의의 경쟁심 자체를 제외한 것이 아니라, 오히려 이를 적극 활용하는 단체의 성격을 지니기 때문에, 기념식과 각종 행사든 총재는 반드시 봉사내용을 확인하고 점검해야 합니다.

단순한 겉치레 행사나 보여주기에 급급한 기획은 지적해야 하며, 실질적인 봉사내역과 지원금 규모 그리고 그 시의성을 두고 칭찬하고 격려해야 합니다. 그래야만 해당 클럽의 발전을 도모할 수 있고 총재들이 클럽의 세부 사정을 파악하여, 보다 나은 봉사 방향을 설정할 수 있기 때문입니다.

따라서 나는 진정한 지도자란 '특정한 상황에서 조직이 실현시킬 비전을 설정하고 그 비전을 실현하도록 구성원들의 행동에 영향을 미쳐 구성원들이 기꺼이 스스로 실행하도록 개인과 조직을 변화시키는 과정을 이끄는 힘을 갖고 있는 사람'이라고 생각합니다.

그러나 이러한 힘을 갖고 있어도 진정으로 할 마음이 없으면 행동으로 드러나지 않습니다. 따라서 지도자는 능력을 갖추고 그 능력을 행동으로 실천하는 사람이라고 볼 수 있습니다.

여기서 보스(독재자)와 지도자의 차이는 더욱 명백하게 드러납니다.

보스는 두려움의 대상이지만 지도자는 존경과 사랑의 대상입니다.

보스는 일방적으로 지시를 내리지만 지도자는 의사소통을 합니다.

보스는 군림하지만 지도자는 자신을 희생합니다.

보스는 소유하지만 지도자는 공유합니다.

보스는 현실에 집착하지만 지도자는 미래를 읽습니다.

결국 진정한 지도자는 이렇게 정의할 수 있을 것입니다.

'구성원보다 앞서 자신의 비전을 의사소통으로 공유하고 실천하며 어려운 위기에 봉착할 때 자신의 내던질 수 있는 사람'

나는 이러한 지도자가 되기 위한 요건을 7가지로 압축해보았습니다.

첫째, 비전을 제시할 수 있어야 합니다.

선견지명을 발휘하고 지식과 정열과 확신을 겸비할 수 있어야 단체를 선도할 수 있을 것입니다.

둘째, 동기부여와 의지를 불어넣을 수 있어야 합니다.

회원에게 회장의 말이 옳고 가치가 있으며 우리의 봉사에 우리가

다 같이 참여해야만 한다는 당위성을 각인시키는 것이 무엇보다 중요할 것입니다.

셋째, 정보 수집을 지속적이고 정확하게 해야 합니다.

왜냐하면 그 지역사회에 필수불가결한 봉사에 관한 정보를 수집한 뒤 보다 효율적이고 정확한 봉사를 기획해야 하기 때문입니다.

넷째, 단체의 방향과 역량에 알맞은 목표설정을 할 수 있어야 합니다.

봉사사업의 종류와 목적을 정할 때는 봉사 대상을 위하는 것도 중요하지만, 단체의 성격과 구성원들의 역량을 고려하는 것이 보다 지속적인 봉사활동에 도움이 될 것입니다.

다섯째, 기획수립의 적절성을 따질 수 있어야 합니다.

클럽의 재정과 인력에 맞는 계획을 짜야 하며 그것이 시의적절한 것인지 충분히 검토할 수 있는 혜안과 토의능력이 중요합니다.

여섯째, 무엇보다 실천력이 있어야 합니다.

행동이 없는 비전은 꿈에 불과합니다. 비전이 없는 행동은 시간 낭비이지만, 행동이 있는 비전은 세상을 바꿀 수 있습니다. 이러한 지도자의 비전을 구성원들이 공유할 때 실질적인 목표를 가지고 봉사할 것입니다.

마지막으로 평가에 따른 성찰이 필요합니다.

봉사를 실천한 뒤, 그 결과를 기록하고 평가하여 더 나은 봉사를 위한, 후대의 봉사자들을 위한 자료를 정확히 남겨야 할 의무가 있습니다.

결국, 라이온스의 리더란 무엇인가

리더가 되기 위해 타고나야 할 공통적인 특성과 성격은 없습니다.

모든 리더들은 진보와 향상을 위해서는 진로를 바꾸는데 서슴없으며, 백절불굴의 노력으로 그 참 방향을 찾아냅니다.

라이온 리더는 항상 타인의 필요성에 귀를 기울이고, 해결을 위해 백방으로 노력합니다.

라이온 리더는 현실적인 목표를 정하고, 동료회원들이 그 목표에 도달 하도록 전력을 다하여 도우며 격려합니다.

라이온 리더는 문제해결을 위해서는 새로운 방법의 적용을 두려워하지 않으며, 남에게 조언을 구하고, 도움을 망설이지 않습니다.

라이온 리더는 무엇을 해야 하는지, 어떻게 해야 하는지, 누가 그것을 해야 하는지를 잘 압니다.

라이온 리더는 일의 분담을 적절히 하며, 그 자신 업무를 미루지 않고 제때에 처리합니다.

라이온 리더는 시간을 효율적으로 사용하고, 능률적인 사무 처리로 항상 스케줄에 앞서 가는 여유를 갖습니다.

라이온 리더는 일에 대한 회원들의 불만이나 혼돈과 불안을 해소, 완화시켜 줍니다.

라이온 리더는 타협과 화해가 문제해결의 최선의 길임을 인식하며, 의견 상반에는 승패가 없다는 것을 익히 알고 있습니다.

라이온 리더는 회원들을 격려하며, 개인의 지위와 공적을 인정하고 존중합니다.

라이온 리더는 매사에 타 동료회원들의 솔선수범이 됩니다.

라이온 리더는 라이온스클럽의 업적이 지역사회 주민들의 관심사와 직결된다는 것을 확실히 압니다.

라이온 리더는 지역사회의 신뢰와 지지를 위해 노력하며, 이를 유지하기 위해 최선을 다합니다.

라이온 리더는 회원 개개인의 자질과 특기를 최대로 활용할 줄 압니다.

라이온 리더는 의견과 관심도에 차이가 있는 각 그룹들을 단결시켜 조화를 이루어냅니다.

라이온 리더는 인내심이 강하고, 정중하고 깍듯한 태도, 재치가 있는 화술과 수환으로 모든 사람들을 포용할 줄 압니다.

마지막으로, 동료회원들이 맡은 책임을 완수 했을 때 “우리들 스스로 이 일을 해냈다”라고 자부심과 긍지를 가질 때, 라이온 리더의 진정한 능력은 스스로 증명되는 것입니다.

나는 우리 라이온들을 비롯한 여러 봉사자들이 각자의 위치에서 비전을 가지고 있으리라 믿어 의심치 않습니다.

비전은 살펴본 바처럼 현실 속의 또 다른 현실을 꿈꾸는 일입니다.

봉사만큼 남에게 깊고 넓게 좋은 영향을 끼치는 힘도 없습니다.

그 봉사의 물결은 결국 가깝거나 먼 길을 돌아 기쁨의 물결로 다시 돌아올 것입니다. 그리고 우리를 또 다른 대양(大洋)으로, 커다란 사랑으로 나아가도록 힘을 실어줄 것입니다.

그것은 보이지 않으면서 보이고 보이면서 보이지 않는 힘으로, 우리를 우리답게 만들어줄 것입니다. 결국 진정한 지도자의 모습은 이렇게 정의할 수 있을 것입니다.

'진정한 지도자는 진정한 봉사자이며 진정한 봉사자란 곧 진정한 지도자이다.'

Vision 6
봉사의 패러다임을 바꾸다

나는 봉사나 기부에 대한 인식이 빈곤한 우리 한국 사회에 작은 반향을 일으켰으면 하는 바람에서 이 글을 쓰게 되었습니다. 그러기 위해선 이러한 봉사사업의 역사와 주요한 인물을 소개하는 것이 우선이 되어야 할 것입니다.

앞서 살펴보았듯이 진정한 지도자와 봉사자는 일맥상통합니다.

그들은 구성원과 타인을 위하는 것이 곧 자신을 위한 일임을 직관적으로 이해하고 이를 실천하는 사람입니다.

나는 라이온스의 창설자 멜빈 존스가 이러한 진정한 지도자의 덕목을 갖추었다고 생각합니다.

그는 진정 봉사의 패러다임을 바꾸어놓았습니다.

과거 봉사에 대한 인식은 헌신, 희생, 박애, 구호 등 다소 추상적으로 접근하는 것이 통상적이었습니다.

하지만 그 봉사의 결과나 효력은 분명 피봉사자의 입장에서 고려되어야 할 엄연한 복지 서비스이자 사회사업임이 분명합니다. 이는 현시대를 살아가는 우리에게 너무나 당연하여 그에 대한 의문을 품지 않을 것입니다.

하지만 이러한 현대적인 의미의 비정부기구 봉사사업은 제1차 세계대전과 여러 큰 재난 등을 통과하며 오랜 기간 단련되어온 결과물인 것입니다.

이 시기의 봉사는 보다 정확하고 효율적인 봉사 개념을 도입하는 것이 중요했습니다. 멜빈 존스는 이러한 변화된 시대에 발맞춰 보험회사에서의 투철한 서비스정신과 전문적 연구, 그리고 사람들의 공덕심을 창의적으로 활용하였습니다.

이를 통하여 그는 봉사의 패러다임을 바꾸는 것은 물론, 현대적 의미에서 봉사사업의 기틀을 마련했다고 평가할 수 있습니다.

라이온스의 창설자 멜빈 존스(Melvin Jones)

1879년 1월 13일, 아리조나주 포트 토마스(Fort Thomas)에서 정찰대를 지휘하던 미 육군 대위의 아들로 태어났습니다. 그 후 아버지는 전역했고, 멜빈 존스 가족은 동부로 이사했습니다. 멜빈 존스는 젊어서 일리노이주 시카고에 자기 집을 마련하였으며 보험회사에서 일을 시작했습니다. 그리고 1913년에는 자신의 보험회사를 차렸습니다.

그리고 그해 3월 시카고, 존스의 사무실에 윌리엄 타운이라는 남자가 방문하여 비즈니스 서클(Business Circle)에 참여를 권유했습니다. 이 비즈니스 서클은 서로에게 이익이 되게 하려는 사업가들의 오찬모임이었습니다. 당시 이 모임은 회원들의 재정적 이익을 도모하는 데만 전념하는 여러 모임 중 하나에 불과했고, 이런 한계로 곧 해체될 위기에 처해 있었습니다. 당시에는 급속도로 인구가 팽창하는 시카고 전역에서 이러한 서클들이 우후죽순 생겨나고 또 사라지고도 하였습니다.

라이온스 창립 배경

1914년, 제1차 세계대전이 발발하고 미국은 윌슨 대통령의 중립 선언으로 전쟁의 불씨가 꺼지는 듯했지만, 그 불씨는 유럽 전역으로 확산되어갔습니다. 미국은 결국 영국과 프랑스 진영에 군수품을 대며 경기를 활성화시키기에 이릅니다. 1915년엔 미국이 거꾸로 채권국이 되어 세계 경제흐름을 주도하기 시작했습니다.

이즈음 시카고는 경제 활성화의 수혜를 받는 지역이었고 갖가지 서클, 클럽, 단체 등에 소속되어 있는 것이 시민사회의 명예로서 인식되었습니다. 그리고 시대가 변함에 따라 몇 개의 시민 그룹, 전문직 그룹, 경제인 그룹 등이 시카고를 넘어 세계무대로의 외연확대를 시도하였습니다. 그런 시대에 발맞춰 흘러가던 멜빈 존스는 어느 날 다음과 같은 획기적인 질문을 던졌습니다.

"추진력과 지성 및 야망이 있어 성공할 수 있었던 이 사람들이 자신의 능력을 지역 발전을 위해 쏟아 붓는다면 어떻게 될까?"

서클의 간사를 맡고 있던 존스는 고심 끝에 결단을 내렸습니다. 비슷한 취지를 가진 서클 및 단체를 합병하여, 세계무대의 흐름에 뒤쳐지지 않는, 크고 탄탄한 클럽을 만드는 것이었습니다.

존스는 아내인 로즈와 함께 편지를 일일이 손으로 써가며 동료들과 다른 서클들의 참여를 독려하였고, 미국 각지의 클럽을 순회방문하여 자신의 기획을 전파했습니다. 물론 아무런 보상도 바라지 않는 순수한 열정으로 도모한 일이었습니다. 존스는 자신의 주업이었던 보험에서의 노하우를 살려 각 지역의 특성과 니즈(needs)를 파악하기 시작했습니다.

라이온스 태동(胎動)

존스는 미국 전역의 클럽 3년의 조사결과를 바탕으로 본격적으로 기획을 실행했습니다. 서클의 임원회는 만장일치로 존스의 의견을 수용, 전체 기획추진의 지휘봉을 주었습니다.

마침내 1917년 6월 7일 목요일. 미국 전역의 27개 클럽에서 대표자 20명이 시카고 프란다스 호텔로 찾아왔습니다.

"몇 개월이나 전부터 비즈니스 서클은, 여러 가지 명칭으로 각지에서 활동해 오신 여러 단체와 연락을 취해왔습니다. 그것은 사회

사업적인 조직체를 만들고 싶다는 취지에서였는데, 오늘 이곳에 그 목적으로 모여 주셨습니다. 각 클럽 모두 각각 자유로운 입장에서 취사선택하는 것이 이 회의의 원칙입니다. 그러므로 현재의 클럽 명칭을 버리고 다른 이름을 붙일 수도 있습니다. 하지만, 개별 클럽의 이름들을 하나로 묶어주는 이름이 우리의 목적에 부합하겠지요? 우선 저는 제가 속한 시카고 비즈니스 서클의 이름을 내려놓겠습니다. 그리고 그 다음, 제가 제안하는 우리 협회의 이름은 라이온스(Lions)입니다. 그 의미는 사자라는 맹수의 의미보다 위대한 행위, 높은 이상과 같은 전통적 관념을 포괄하는 것입니다. 우리의 단합과 궁극적 목적에 어울리는 이름이라 자부합니다."

그곳에 모인 여러 클럽 대표들은 당연히 자기 클럽의 명칭을 우선하였지만, 존스의 이러한 뜻깊은 제안에 감화되었습니다. 따라서 제2의 선택지로는 모두들 '라이온스'를 염두에 두었습니다.

그리고 토의를 거칠수록 존스의 진정성 있는 발언이 힘을 받아 마침내 '라이온스클럽 협회'라는 명칭이 결정되었습니다.

역경을 딛고 실력으로 증명하다

1918년 11월, 제1차 세계대전이 끝나고, 미국은 전시경제로부터의 회복을 도모하지만 경기가 악화되어 1921년 실업자 수 475만 명이라는 침체기를 마주합니다. 그러나 1923년 사회경제적 민주주의라는 새로운 기치 아래 아메리카의 번영을 꾀하게 됩니다. 이 시기, 세계 각지의 전쟁터에서 견문을 넓히고 돌아온 젊은이들은 라이온스의 이상에 감화되었고 라이온스는 더욱 그 외연을 넓혀나갔습니다.

하지만 사회경제적 부흥의 물결에 목적을 알 수 없거나 봉사를 위시하는 척 이익만을 도모하는 클럽들이 생겨나기 시작했고, 언론들은 라이온스까지 싸잡아 매도하기도 했습니다. 이에 묵묵히 라이온스를 이끌던 멜빈 존스는 다음과 같이 핵심을 찌르는 말로 반박합니다.

"라이온스클럽이야말로 봉사 클럽으로서 최초의 단체이다. 왜냐하면 '어떤 클럽도 회원의 경제적 이익을 도모하는 것을 목적으로 삼아서는 안 된다'고, 확실하게 회칙으로 못 박은 것은 우리 협회가 최초이기 때문이다."

그러나 더욱 크나큰 역경이 기다리고 있었습니다. 1929년 주식시장의 붕괴를 시작으로 미국의 대공황이 도미노처럼 세계를 하나 둘 덮쳐가고 있었습니다. 대기업들부터 중소기업까지 모든 기업체가 타격을 입었습니다. 종사자들은 백수가 되어 길거리를 배회했고, 힘없는 변두리 시민들까지 일자리를 찾아 자꾸 도시로만 몰려들었습니다.

1933년에는 상황이 더 악화되어 실업자 1천500만 명에 이르렀습니다. 과거 1923~1925년의 지수를 100이라고 할 때, 이 시기의 공장 고용은 61, 노동자 임금은 38로 떨어졌습니다. 그리고 약 5천

개의 은행이 도산하고 900만 명의 예금이 증발했습니다.

시카고에 위치한 라이온스 국제협회도 사정은 마찬가지였습니다. 클럽수 약 3천에 7만 5천 명의 회원이 있었지만, 반년에 1인당 2.25달러의 회비도 납부할 수 없는 회원들이 나오기 시작했습니다. 때문에 본사직원들이 급여조차 지불하지 못하는 상황에 이르자 존스는 이를 자비로 부담하며 협회 운영에 전력을 기울였습니다.

그 결과, 1940년 6월 분기에는 연간수입 약 1만 3천494달러의 흑자를 남겨 4천358달러의 순이익을 내기에 이릅니다. 그런데도 존스는 자발적으로 자신의 급여를 25% 삭감하는 조치를 취합니다. 그는 자신의 성과에 따른 정당한 급여마저도 라이온스를 위해 헌납한 것입니다.

또한 제2차 세계대전이 발발했을 때 존스의 리더십은 더없이 빛을 발했습니다. 1944년 전쟁터로 나간 회원 수만 2만 4천 명에 이르는데, 42년부터 44년에 걸쳐서는 오히려 약 3만 명이 라이온스의 기치 아래 모여들게 되는 기적을 보입니다.

주요활동은 어쩔 수 없이 전시 상황에 맞춰졌습니다. 폐품 및 고철 회수, 병원과 기지 등에서 근무, 전시 채권 소화, 서적과 잡지 기증, 소아병원에서 봉사, 세탁 등과 같이 모든 분야에서 헌신하는 모습을 보여 어려운 여건 속 한줄기 빛이 되어 주었습니다. 그리고 1943년 전후대책위원회를 각지에 설치하여 귀환병의 취직, 주택마련에 도움, 복학에 도움, 유럽 전역으로 의류를 지원하는 등 그 숭고한 뜻을 실천했습니다.

이러한 활약상을 인정받아 1945년 4월, 국제연합(UN)의 발족을 맞아 라이온스클럽 국제협회는 42개 민간자문단체 중 하나로 당당히 선정되어 미국 정부 대표단의 수행을 받고 샌프란시스코 회의에 출석하게 됩니다. 존스와 함께 그 자리에 있었던 D. A. 스킨 회장은 그 무렵의 존스를 다음과 같이 평하고 있습니다.

"멜빈 존스는 그 일생을 라이온스에 바침에 따라 성장에 필요한 생기를 불어 넣었다. 라이온스 국제협회는 시민의 복지를 위해 사심 없는 봉사에 힘쓰는 사람들의 조직이며, 보다 좋은 사회를 실현하려는 강한 봉사의 마음으로, 서로 격려하는 라이온스의 활동은 열의를 낳고, 관심을 높이고, 나아가서는 새로운 클럽의 탄생을 맞이하는 것이다."

세계 화합의 무대를 이루어내다

제2차 세계대전 후, 라이온스클럽의 회원은 경이적으로 늘어나고 있었습니다. 1945년부터 46년에 걸친 증가 인원은 6만 1천 명에 달했습니다. 대부분 전쟁터에서 복귀해온 사람들이었으며, 클럽 수는 5천400여 개에 달하는 등 존스의 강력한 지도력은 유감없이 발휘되었습니다.

1947년에는 오스트레일리아, 48년 3월에는 스웨덴, 3주 뒤에는 스위스, 7월에는 프랑스 파리, 49년에는 노르웨이와 영국, 50년에는 덴마크와 핀란드, 51년에는 이탈리아와 네덜란드, 심지어는 독일의 뒤셀도르프까지 라이온스의 정신은 휘황한 불을 밝히게 되었습니다.

후에 국제이사를 맡은 라이온 루돌프란(독일 뒤셀도르프클럽은)은 다음과 같은 말은 존스가 주창한 라이온스 정신과 그 영향력을 증명하는 것이라 볼 수 있습니다.

"수개월 전 프랑스 북부의 루 츠케에 갔을 때의 일인데, 프랑스인 회원이 인사로 이렇게 말을 했습니다. '내 부친은 제1차 대전에서 돌아가시고, 나는 제2차 대전에서 독일의 포로가 되었습니다. 나는 두 번 다시는 독일인과 악수를 나눌 수 없다고 생각했었습니다. 그런데 라이온스 모임을 위해 독일의 바이스바덴으로 가게 되어 현지의 독일 라이온스 동료들과 교류한 것입니다. 이때의 만남을 계기로 나의 인생, 나의 세계는 다시 진지한 것으로 되돌아갔던 것입니다.' 이 프랑스 라이온의 말은 진실입니다. 전대미문의 비참하고 어리석은 전쟁이 끝난 몇 년 후, 이전의 적국의 국민들이 정기적으로 얼굴을 마주하고, 서로 가족 전부가 방문하고, 라이온스 일가의 일원으로서 함께 살아가는 이 사실, 이것이야말로 빛나는 기적입니다. 이것이야말로 라이온스 국제협회가 할 수 있는 일인 것입니다."

1954년 9월에 열린 국제협회에서는 라이온스의 모토 "We Serve(우리는 봉사한다)"를 채택하였고, 이후 라이온스의 세계화는 가속됩니다. 라이온스는 1955년까지 벨기에, 브라질, 파라과이, 레바논, 모로코, 스코틀랜드, 오스트리아, 룩셈부르크, 알제리, 리히

텐슈타인, 바하마, 요르단, 포르투갈, 그리스, 아르헨티나, 키프로스, 콩고, 시리아, 코르지보아르 카메룬, 세네갈, 뉴질랜드, 아일랜드, 중앙아프리카, 홍콩 등 셀 수 없이 많은 지역에 라이오니즘의 불씨를 퍼뜨렸습니다.

1955년 6월 23일 수요일, 뉴저지주 아틀란틱시티에서 제 38회 국제대회가 열려, 첼레의 산티아고 출신 라이온인 훌벨트 발렌즈웰라가 국제회장에 선출되었습니다. 그는 국경을 넘어서 퍼진 라이오니즘에 관해서 이렇게 말했습니다.

"라이오니즘의 발전은 그것이 정신적인 운동이기 때문이다. '사람은 모두 동포'라는 이념을 키우고, 진실로 국경을 초월한 것이기 때문이다. 라이오니즘은 그 팔에 모든 종교, 정치적 입장, 인종 등의 차별 없이 선의의 사람들을 포용한다. 그것은 하나하나의 지역사회를 움직이고, 사회 자체의 완성을 목표로 해서 향상시키는 원동력이 되는 것이다."

"성공한 사람은 남을 위해 봉사하는 사람이다"가 좌우명인 멜빈 존스는 1961년 6월 1일, 82세를 일기로 생을 마감했으며, 공공 의식을 가진 전 세계 사람들이 본받아야 할 모범이 되었습니다.

아래는 평소 멜빈 존스가 애송했다는 시인데, 이는 라이오니즘의 지도자로서 그리고 인류 평화에 기여한 위대한 봉사자로서의 모습을 담고 있는 듯합니다.

내가 죽었을 때
가능하다면
사람들에게서 듣고 싶다

그는
세상으로 손을 내밀었고
만약 사람들이 그렇게 말해준다면
그는 최선을 다하고
남자답게 행동했다고

그는 똑바른 길을 걷고
마음은 깨끗했다
다만 결점이라고 하면
너무 훌륭해서 고집이 없었다
그는 그 친구를 사랑하고 시험하고
모두에게 도움만 된다면
그것으로 만족했다고

멜빈 존스가 라이온스 태동의 숭고한 질문을 던진 약 100년 후인 현재, 국제라이온스협회는 지역사회를 향상시키자는 동일한 생각에 따라, 213개 지역 및 국가에 4만 8천여 클럽에서 143만여 명 이상의 회원을 통해, 수많은 성과를 올린 세계 최대의 봉사 조직으로 성장하게 됩니다.

Vision 7
명예로운 봉사자들, 라이온스

봉사자들은 대체로 자신의 활약과 노고를 드러내지 않는 것을 미덕으로 알고, 대부분의 봉사활동을 비밀에 부치거나 전면에 내세우지 않습니다.

하지만 나는, 신자본주의의 무한 경쟁사회에서 살아가는 사람들에게 참다운 봉사 정신과 인류애를 일깨우기 위해서라면, 우리 가진 모든 방법을 동원해야 한다고 생각합니다.

실질적으로 봉사의 방법과 규모에 있어서는 많은 발전이 있었지만, '봉사 정신의 고취와 확대를 위한 홍보방안'은 그 발전이 미진한 상황입니다.

매체를 통한 공익광고와 위인전, 봉사의 날, 장애인의 날 등의 재정 외에는 그 홍보방안을 사실상 찾아보기 힘듭니다.

이에 대한 작은 대안으로서, 나는 명예로운 봉사자들의 일화와 단상을 쓰게 되었습니다. 아래 글들이 조금이라도 한국사회에 봉사 정신이 확대될 수 있다면 좋겠습니다.

라이온스와 헬렌 켈러의 인연

특히 라이온스와 헬렌 켈러(Helen Keller, 1880~1968)의 관계는 불가분(不可分)입니다.

1953년 7월 8일 수요일, 3년 만에 시카고에서 국제대회가 개최되어, 헬렌 켈러 여사가 라이온스 회원들 앞에 섰습니다. 그녀는 1925년에 열린 제9회 국제대회에서 특별 강연을 통해 라이온스의 협력을 호소했는데, 28년 만에 다시국제대회 단상에 서서 라이온스의 활동이 어떻게 격려가 되었는지를 다음과 같이 이야기했습니다.

"라이온스 여러분, 맹인의 기사이신 여러분, 나는 여러분을 항상 이렇게 불러 왔습니다. 이렇게 여러분 앞에 서서, 전 세계 사람들 위에 여러분이 던져주신 광명을 생각할 때……. 주에서 주로, 나라에서 나라로 돌아다니며, 나는 여러분이 이 귀한 사업을 더욱 크게 넓히는 길을, 열심히 봉사하시는 모습을 보았습니다. 미국의 라이온스가 그 주된 활동의 하나로, 맹인 복지를 받아들여 주셨던 것은 알고 있었지만, 라이온스의 여러분들이 언어의 장벽을 넘어 손을 이어 잡아 구조의 손을 뻗쳐 주실 줄은 저도 몰랐습니다."

헬렌 켈러의 이 호소가 있은 이래 라이온스클럽은 시력장애인 돕기를 주요 봉사사업의 하나로 해오고 있습니다.

헬렌 켈러 여사는 1925년 국제대회의 감명적인 연설 후, 최초의 여성 라이온으로 명예회원이 되었으며, 그녀의 선생 설리번은 두 번째로 여성 명예회원이 되었습니다.

"혼자서 이룰 수 있는 것은 적지만 함께라면 많은 것을 이룰 수 있다."

이 헬렌 켈러 여사의 명언은 라이온스클럽의 봉사 원리에 해당됩니다.

헬렌 켈러는 개인봉사가 아닌 단체봉사의 장점을 이미 알고 있었던 것입니다.

특히 당시 불길처럼 번져가던 라이온스 활약을 짚은 것이라고 볼 수 있습니다.

헬렌 켈러는 앨라배마 주 터스컴비아에서 퇴역장군의 딸로 태어났습니다.

하지만 그녀가 19개월 되었을 때 성홍열(猩紅熱) 혹은 뇌척수막염으로 추정되는 병을 앓아 그 후유증으로 맹인농아가 되었습니다. 그러나 장애에 굴복하지 않고 퍼킨스 맹아학교에 입학, 그 학교의 교사인 앤 설리번(Anne Sullivan)이 39년간 헬렌 켈러를 교육하여 거의 정상인과 같이 생활하게끔 만들었습니다.

후에 래드클리프대학에 진학하지만, 부모님 사후에 유산을 물려받지 못하고 설리번도 약 10년간의 가정교사 월급을 받지 못해 궁핍에 시달리며 후원과 각종 순회강연은 물론 쇼 무대 출연료로 생활해야만했습니다. 심지어 어머니가 사망한 날에도 무대에 올라야 할 정도로 어려웠다고 합니다. 하지만 이런 역경을 딛고 헬렌 켈러는 24세에 대학을 졸업합니다.

한편 헬렌 켈러의 노력도 지대하였겠지만, 설리번의 노력도 높이 평가되어야 합니다. 헬렌 켈러와 마찬가지로 설리번의 삶 역시 순탄치 않았기 때문입니다. 설리번은 아일랜드 이민자 가정에서 태어나 고아로서 구빈원(救貧園)을 돌며 생활하였고, 이후 퍼킨스학교에서 점자와 수화를 배워 수석으로 졸업합니다. 또 설리번은 어릴 적 결막염으로 시력이 크게 손실되어 6번의 대수술 전에는 맹인과 다름없는 삶을 살았고, 헬렌 켈러를 도와 죽기 전까지도 사물이 둘러 겹쳐 보이는 시력을 감내해야만했습니다.

헬렌 켈러 여사는 1968년 6월 1일 88세로 세상을 떠났습니다.

라이온스클럽 국제협회의 창설자 멜빈 존스 또한 1961년 6월 1일에 82세로 세상을 떠났고 헬렌 켈러의 기일과도 같아 그 의미가 깊습니다.

이러한 헬렌 켈러의 정신을 받들어 1971년 국제라이온스이사회는 매년 6월 1일을 '헬렌 켈러의 날'로 기념사업을 행할 것을 선언, 이 날 세계 여러 나라의 라이온스 회원이 시력관련 봉사사업을 실시하는 것을 추천하고 있습니다.

이렇듯 위대한 두 봉사자의 인연은 봉사로 시작되었고 봉사로 끝납니다. 두 위대한 비전이 만나 서로를 알아보고 그 힘을 증폭시켜 세상을 널리 이롭게 한 것입니다. 그들에게 있어 장애는 장애물이 아니라 하나의 토대라고 할 수 있습니다.

이는 나를 포함한 세계의 봉사자들, 특히 라이온의 지도자들이 본받아 마땅한 모습이라고 생각합니다.

헬렌 켈러와 한국의 인연

또한 헬렌 켈러는 한국과의 인연도 깊습니다.

1937년'사회운동가'라는 직함으로 헬렌 켈러가 우리나라를 방문한 적이 있습니다. 그때는 내가 소학교에 다니던 시절인데, 선생들에게 '보이지도 듣지도 못하는 여성위인'이 한국에 방문하였다는 말을 지나가며 흘려들은 바가 있습니다.

하지만 그 사람이 내가 몸담은 라이온스의 첫 번째 명예회원이자 주요한 지도자인 헬렌 켈러였음을 알기까지는 오랜 세월이 걸렸습니다. 나는 이 사실을 알고 난 뒤부터 그녀의 말들을 자주 찾아 읽고 인용하며 그 봉사 정신을 알려왔습니다.

만약 그녀가 살아있다면, 전란과 분단과 여러 곡절을 겪고 이처럼 발전한 한국을 본다면 어떤 말을 하게 될까요? 그리고 한국을 다시 방문하여 라이온스의 위상과 그 봉사활약상을 알게 된다면 어떤 표정을 짓게 될까요?

나는 제2의, 제3의 헬렌 켈러와 앤 설리번이 한국에서도 충분히 나올 것이라 기대합니다.

한국에 방문한 헬렌 켈러는 전쟁 반대와 세계 평화를 주창하면서도, 특히 맹인과 농아를 도와줄 것을 호소하였다고 합니다. 대구 역전 공회당 대강당(1937년 7월 12일)에서 헬렌 켈러는 다음처럼 말했다고 전해집니다.

"나는 보는 바와 같이 삼중고를 받고 있으나 여러분과 같이 보트도 저을 수 있으며 승마도 할 수 있습니다. 다행히 삼중고를 받지 않는 여러분은 조선 안에 있는 수많은 불행한 맹아들을 위해서 많은 동정과 이해를 바랍니다. 그리고 그들을 잘 교육하여 사회에 소용되는 사람으로 만들어주는 것이 그들을 동정하는 유일한 방법입니다."

또한 동아일보(1937년 7월 15일자)를 통하여 한국의 봉사 정신 확대를 주창하는 글을 실기도 하였습니다. '조선 사람에게 보내는 메시지'라는 제목으로 실린 이 글은 당시 헬렌 켈러의 비전이 선명하게 드러나 있습니다.

"나의 유일한 소원은 세계 평화와 동포애입니다. 하나님이 나의 앞뒤에 계시니, 내 두려워할 것이 없고, 또한 모든 것이 뜻대로 되어갑니다. 바라건대 여러분은 조선의 맹아들을 도와서 그들의 불행을 성공에의 층계가 되게 하여 그들로 하여금 사회의 유용한 일

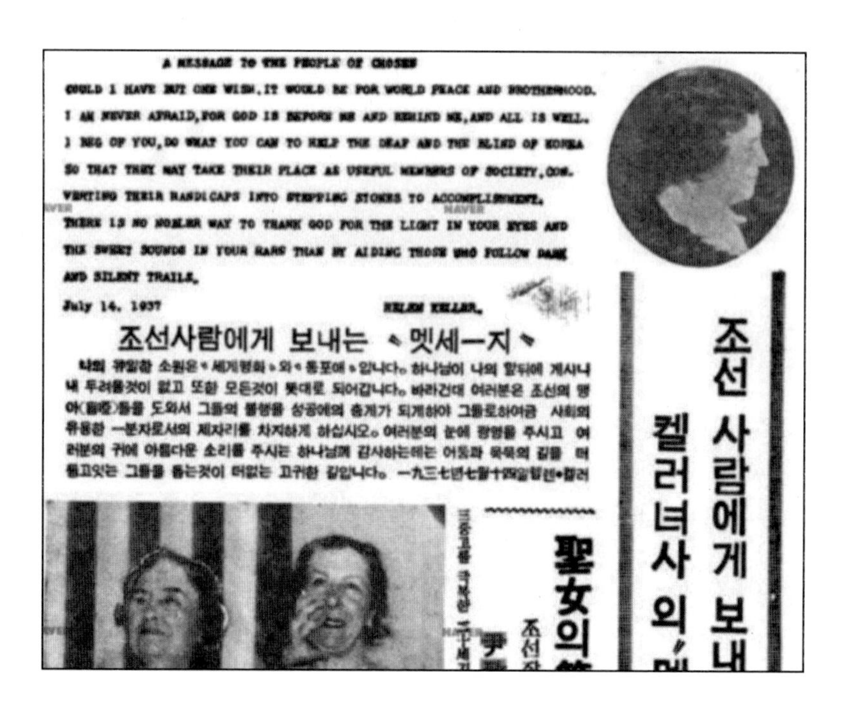
A MESSAGE TO THE PEOPLE OF CHOSEN

COULD I HAVE BUT ONE WISH, IT WOULD BE FOR WORLD PEACE AND BROTHERHOOD. I AM NEVER AFRAID, FOR GOD IS BEFORE ME AND BEHIND ME, AND ALL IS WELL. I BEG OF YOU, DO WHAT YOU CAN TO HELP THE DEAF AND THE BLIND OF KOREA SO THAT THEY MAY TAKE THEIR PLACE AS USEFUL MEMBERS OF SOCIETY, CONVERTING THEIR HANDICAPS INTO STEPPING STONES TO ACCOMPLISHMENT. THERE IS NO NOBLER WAY TO THANK GOD FOR THE LIGHT IN YOUR EYES AND THE SWEET SOUNDS IN YOUR EARS THAN BY AIDING THOSE WHO FOLLOW DARK AND SILENT TRAILS.

July 14, 1937 HELEN KELLER.

조선사람에게 보내는 «멧세—지»

나의 유일한 소원은 «세계평화»와 «동포애»입니다. 하나님이 나의 앞뒤에 계시니 내 두려울것이 없고 또한 모든것이 뜻대로 되어갑니다. 바라건대 여러분은 조선의 맹아(盲啞)들을 도와서 그들의 불행을 성공에의 층계가 되게하야 그들로하여금 사회의 유용한 一분자로서의 제자리를 차지하게 하십시오. 여러분의 눈에 광명을 주시고 여러분의 귀에 아름다운 소리를 주시는 하나님께 감사하는데는 어둠과 묵묵의 길을 더듬고있는 그들을 돕는것이 더없는 고귀한 길입니다. 一九三七년七월十四일헬렌•켈러

조선 사람에게 보내

켈러녀사의

聖女의

부자로서의 제자리를 차지하게 하십시오. 여러분의 눈에 광명을 주시고 여러분의 귀에 아름다운 소리를 주시는 하나님께 감사하는 데는 어둠과 침묵의 길을 더듬고 있는 그들을 돕는 것이 더없이 고귀한 길입니다."

헬렌 켈러는 당시 전란에 휩싸였던 세계를 순방하며 박애와 평화를 설파하고 있었습니다. 한국에서의 잇닿은 강연과 연설 등 바쁜 일정을 마치고 그녀는 곧장 평양으로 향하는 급행열차(7월 15일)를 타게 되었습니다.

그녀는 바쁜 와중에도 기차 난간에 서서 다음처럼 주창했다고 전해집니다.

"여러분, 나는 부자유한 사람입니다. 그러나 지금은 나도 여러 가지 아름다운 세계에 접할 수 있게 되었습니다. 젊은이 여러분, 인간 사회의 어두운 면을 개척할 사람은 바로 여러분입니다. 여러분이 힘을 모아 열심히 일하면 그 앞에 이루어지지 않은 일은 없을 것입니다. 이 세상을 향상시키는 것은 오직 사랑뿐입니다. 사랑이 없는 국가와 사회는 퇴보할 뿐입니다. 우리들의 앞과 뒤에는 항상 정의의 하나님이 지키고 있다는 것을 잊지 마십시오."

당시에도 많은 군중이 열차 위에 올라탄 헬렌 켈러를 보러 모였다고 전해집니다. 헬렌 켈러는 손끝으로 앤 설리번의 얼굴과 입술과 성대를 어루만지며 그녀의 비전을 어떻게든 정확하게 전달하려 노력했다고 합니다.

문득 궁금해지는 대목입니다. 보지도 듣지도 못하는 그녀는 당시 한국인들의 환호와 박수갈채를 어떻게 받아들였을까요? 또 어떠한 생각과 각오로 평양으로 힘겨운 발걸음을 옮기게 되었을까요?

한 가지 확실한 건, 그녀가 우리에게 보지도 듣지도 못하는 어떤 뜨거운 인류애와 평화에의 의지를 몸소 보여주었다는 것입니다. 그리고 그 사랑은 80년이 지난 지금에까지 사라지지 않고 오히려 증폭되어 우리 라이온스와 여러 봉사단체들의 의지를 북돋아주고 있습니다.

한 번 하면 크게 봉사하는 라이온

이 말은 바로 354복합지구의장을 지낸 김명신L을 뜻합니다.

김명신L은 나와 총재직 동기로서 '동기총재친목회장'이기도 합니다.

또 한국에서는 물론이고 네팔·미얀마의 먼 곳에서 각각 지원금 1억 원을 들여 안과의사와 간호사 등 필요한 인력과 장비를 공수, 무상의 개안수술을 수행하여 한국 라이온스는 물론 한국의 명예를 드높였습니다.

그 다음엔 많은 사비를 들여 대한민국의 국화인 무궁화로 한강변(광나루)에 '무궁화공원'을 조성하였습니다. 이는 한국의 위상을 드높이는 동시에 한강변의 랜드 마크 역할을 하여 지역경제 활성화와 문화 발전에 큰 공을 세웠다고 볼 수 있습니다.

게다가 최근에는 한국 UNICEF(United Nations International Children's Emergency Fund)를 인계받아, 약 400억 원을 들여 건물을 마련하고 직원들을 고용하여, 잘 운영하고 있습니다. 이러한 김명신L의 커다란 봉사에 대하여 나는 최대의 칭찬과 감사를 전하는 바입니다.

인자한 성격으로 오랜 시간 진리를 강의하다

이 말은 바로 354-B 지구 전 총재 오광렬L을 뜻합니다.

오광렬L은 나의 선배 총재이기도 하고, 국제협회요원으로 활동하며 오랜 시간 전달교육을 수행했습니다. 이 책에서도 오광렬L의 귀중한 강의내용이 인용된바 감사의 마음을 전하며 다음 일화를 소개하고 싶습니다.

서울시 공무원 연수원에서 복합지구주년행사가 열린 적이 있는데, 나는 당시 오광렬 총재의 차량에 동승하여 행사장으로 향하고 있었습니다.

행사장 입구 진입하면서 보니 예비역 해병대원이 문을 지키고 있었습니다.

그를 본 오광렬L은 "나도 예비역 해병이오. 대령이었소."라고 호탕하게 말했습니다.

그러자 그 예비역 해병대원이 "충성!" 하고 깍듯하게 경례를 하는 것이 아니겠습니까?

나는 '아니, 이렇게 인자하고 너그러운 분이 그 용감무쌍한 해병이었다니! 그것도 해병사단 고급연락장교면 모를까, 해병대 대령을 지냈다고?'라고 생각하며 도통 그 인간됨의 깊이를 헤아릴 수 없던 적이 있습니다.

박식과 명문의 겸비

이 말은 바로 354-D 지구 총재와 라이온지(紙) 편집장을 지낸 박강수L을 뜻합니다.

그는 배재대학교 총장을 지낸 만큼 박식(博識)하며 가려운 데를 긁어주는 듯 시원시원한 명문(名文)을 지녔습니다.

그의 재능들은 독자로 하여금 라이온지를 필독하게끔 만듭니다.

라이온지는 라이온스의 활약상과 봉사 정신의 홍보 역할을 담당합니다. 요즘 같은 시대에 자신의 이름을 걸고, 봉사 정신의 확대를 위한 일념하나로 글을 쓰는 정신은 이 시대의 많은 작가들이 본받아야 마땅하다고 생각합니다.

신문 기사 180여 건, 지금이면 300건이 넘었으리라

이북 안과병원을 설계하고 그 신축을 감독하느라 애쓴 한규봉 354-A 지구 전 총재의 이야기를 전하고 싶습니다.

한규봉 전 총재는 어느 라이온스포럼에 몇 가지 봉사대상의 예를 들어 강의하였는데, 나는 그 강의보다 한규봉 전 총재가 라이온스 봉사의 대상이 되는 180여 건의 신문기사를 절취하여 보관하고 있다는 사실에 놀라지 않을 수 없었습니다.

추측컨대 지금이면 적어도 300건은 넘었을 것입니다.

나는 그의 봉사에 대한 지속적인 관심과 연구에의 노고에 깊이 감명을 받았습니다. 실증적인 자료를 모으고 개별 사례의 연구를 통하여 봉사활동에서 전문성을 발휘하는 것이 그의 목표일 것입니다.

당시 한규봉L이 몇몇의 사례를 발표할 때, 장내에서 탄식이 울려 퍼지는 것을 들었습니다. 그 사례들의 참담함이 이루 말할 수 없을 지경이었기 때문입니다.

그 발표는 도중에 끊어졌는데, 아마 각각의 예들이 '너무 끔찍해서' 전부를 발표할 수 없었던 것이라 추측합니다.

하지만 나는 그가 끝까지 이런 고된 작업을 지속해주었으면 합니다. 왜냐하면 우리 라이온들의 봉사를 위한 자료를 남기는 아주 귀중한 작업이라고 생각하기 때문입니다. 그 자료들은 본문에서 논술한『정신적 예방봉사의 중요성』의 실증적 자료가 될 것이며, 후대의 봉사자들에게 귀중한 더욱 귀중한 봉사 자산이 될 것입니다.

라이온스 철학의 넘버원(No.1)

이 말은 세무법인 넘버원 대표이사이자 354-A 지구 전 총재인 임충래L을 뜻합니다.

그는『라이온스 안내책자』의 대표 저자입니다. 본문에서도 이 책을 인용했고, 라이온스클럽 입회를 권유할 때에도 이를 활용할 정도입니다.

어느 행사에선가 임충래 전 총재와 함께 걸었던 기억이 있습니다.

"뵙게 되어 영광입니다. 저 김주일은 임충래 전 총재가 직접 경영하는 세무법인이 넘버원(No.1)이라고 생각합니다."

"아이쿠, 별말씀을요! 과찬이십니다."

"그리고 무엇보다 라이온스 철학에 있어서도 넘버원이라고 생각합니다. 라이온스 안내 책자를 중심으로 강의한 내용도 익히 들어왔습니다."

"아, 감사합니다. 제 노력을 이렇게 알아봐주시니, 참으로 반갑고 감사할 따름입니다. 전 총재님이 계신 파주 라이온스클럽도 그 활약이 기대가 됩니다."

그렇게 당시 임충래 전 총재가 놀라면서도 반가워한 일이 아직도 인상 깊게 남아있습니다.

그리고 그는 여전히 국내 라이온스에서도 여러 가지 요직을 맡아 맹활약 중입니다. 비록 라이온스 국제이사 후보를 겸양의 미덕으로 사양했지만, 개인적인 바람으로는 그 지도자로서의 자질을 살려 국제이사로 출마한 뒤 국위선양에 힘썼으면 합니다.

354-A 지구 서울 라이온스클럽 50주년의 위대한 봉사

약 반 세기 가까이, 대한민국의 많은 라이온스 회원들이 모여 각종 봉사활동과 행사를 모범적으로 치러왔습니다.

그중 가장 인상 깊었던 봉사는 전국에 있는 9개 맹아학교에 학교당 1억 원 상당의 장애인용 미니버스를 전달한 일입니다.

그때 나는 여러 임원들과 함께 앉아 이를 지켜보았는데, 가슴속에서 무언가 뜨거운 것이 타오르는 느낌이 들었습니다.

'라이온스가 벌써 반세기가 되었구나. 그것을 기념하는 것도 기쁘지만, 이런 기념행사에서도 그 끝은 결국 봉사의 길로 이어지는구나.'

맹아학교에서 파견된 운전기사들이 지원받은 차량을 인수하여 각각의 학교를 향해 버스를 몰아가는 걸 보았습니다. 그 버스들이 하나둘 교정을 빠져나갈 때까지, 우리 라이온들은 감격의 박수를 치며 끝까지 지켜보았습니다.

'저 버스들은 앞으로 엔진이 다하는 날까지 수많은 맹아들의 발이 되어줄 것이다. 참으로 거룩하고 위대한 봉사다!'

당시 서울 라이온스클럽의 회장이었던 목(睦)L과 회원들에게 이 지면을 빌어 최대의 찬사를 보냅니다.

파주 라이온스클럽에 입회한 미군 소위

약 47년 전의 일입니다. 미군25사단 C.I.C대장이 파주클럽에 나타나 자신을 회원으로 받아달고 간곡히 청했습니다.

"선생님, 제가 이렇게 청을 드리는 이유는 라이온스의 정신과 그 위상을 누구보다도 잘 알고 있는 미국인이기 때문입니다."

"그렇다면 미국인인 그대는 미국 라이온스에 입회하면 되지 않소?"

"그게…… 말처럼 쉽지가 않습니다. 현재 미국에서는 자본과 지명도가 있어야만 라이온스클럽에 입회할 수 있습니다. 하지만 한국 라이온스 입회에는 그러한 기준이 명시되어있지 않으며 환경적 요소보다 봉사에 대한 열정이 가장 중요하다고 알고 있습니다. 제가 비록 미국의 군인 신분이나 그 열정만큼은 한국의 누구에게든 뒤지지 않습니다."

"기준이 명시되어 있지 않다고 하더라도, 분명 봉사에 대한 마음가짐이 중요한 기준이 되는 것은 사실이지. 하지만 그대는 국적이 미국이오. 비록 한국에서 근무하기는 하나, 이 파주 라이온스에서 봉사할 마음이 진정 있는지, 미국에 가서도 봉사를 지속할 것인지 진정성 있는 답을 주시구려."

"물론입니다! 선생님, 정말 감사합니다. 앞으로 모임에 꾸준히 참석하여 제 열정을 증명하도록 하겠습니다."

나는 미육군소위의 마음을 헤아려 이사회를 소집하여 입회를 허가했습니다.

다행히도 그는 월례회에도 잘 참여했으며 여러 라이온들에게 영어회화를 가르칠 정도로 잘 적응했습니다.

그는 약 1년 후 제대하여 귀국할 예정이었는데, 당시 회장인 故 윤만중L이 라이온스 전적증명서를 발급하였습니다.

그가 미국에서도 혈기왕성한 라이온, 진정한 봉사자의 길을 걷고 있길 진심으로 바랍니다.

라이온스 회원은 무료 입장

미국에 사는 교포로부터 전해들은 이야기입니다.

미국의 시골에서는 라이온스 배지(badge)만 달고 있으면 웬만한 행사가 있는 곳에서는 프리 패스(free pass)라고 합니다.

역시 '적선지가필유여경(積善之家必有餘慶)'라는 생각이 들었습니다.

위의 사례가 '선행을 지속하면 그에 합당한 복이 자신뿐 아니라 자손에게까지도 미친다'는 말의 증거가 아니라면 무엇이겠습니까?

한국에서 이러한 사례를 찾아볼 수 있는 기회는 극히 드뭅니다.

내가 안타까운 것은, 단순히 봉사자의 고귀함과 그 명예를 몰라주는 사회가 아니라, 그만큼 봉사에 대한 인식 자체가 빈곤하다는 사실에 있는 것입니다.

우리 라이온스의 활약상을 짧게나마 정리한 이 글이, 한국에서의 봉사 정신이 더욱 확장되는 계기가 되길 바랍니다.

Vision 8

봉사에는 철학이 필요하다(좌담1)

삶의 뿌리를 인식하자

일주일 전 텔레비전 뉴스에서는 37년 만에 올해 내리는 첫눈이 폭설이 될 거라고 전했습니다. 중부지역에는 대설주의보가 발령됐을 정도로 많은 눈이 내렸다고 합니다. 눈송이가 내려앉은 기상캐스터의 어깨 뒤로 사람들이 오가는 사람들의 종종걸음이 보였습니다. 그들의 발걸음에서는 추위와 함께 설레는 마음이 함께 느껴졌습니다.

문득, 어린 시절 눈이 오는 날이면 이유 없이 좋아 추운 줄도 모르고 밖에 나가 뛰놀았던 기억이 납니다. 집에 돌아올 때는 귀와 코와 손이 빨개져 돌아오곤 했습니다. 그때마다 어머니는 빨갛게 언 손과 귀를 포근하게 감싸고 어루만져주셨습니다.

이제는 기억나는 얼굴들을 제외하고는 그저 그 하얀 눈의 깨끗한 정서만이 내 가슴을 가득 채워주는 것 같습니다. 사람은 나이가 들수록 추억으로 산다고들 하지만, 나는 지금보다 천진했던 시절에 대한 그리움으로 사는 것 같습니다. 그리고 곁에 있는 사람들, 특히 파주 라이온스클럽 라이온들의 온정은 나를 다시 그 시절의 순수함으로 이끌어주는 것이겠지요.

생각해보니, 어느덧 파주 라이온스클럽을 창립한 지 50년이 지났습니다. 그 반세기 동안 참 많은 곡절이 있었습니다. 내가 금촌의원 병원장으로 살아온 시간과 파주 라이온스클럽의 임원으로 활동한 시간이 한바탕 꿈처럼 아득하게 느껴졌습니다.

지금 나는 금촌의원 진료실 창가에 잦아든 12월의 눈발을 바라보며 서 있습니다. 보통의 병원들은 토요일 저녁엔 별다른 진료 일정이 없습니다. 하지만 이 금촌의원은 단순한 의료원이 아니라, '파주 라이온스클럽의 전진캠프' 같은 곳이기에 주말이면 라이온스클럽의 각종 회의와 봉사모임 등이 잡혀있습니다.

오늘은 이 금촌의원으로 우리 파주 라이온스클럽의 이우규 회장이 나와 최시원 총재에게 자문을 구하기 위해 찾아오기로 약속한 날입니다.

최시원 총재는 파주 라이온스클럽의 354-H 지구의 3대 총재로서 창시 총재인 나와 친형제처럼 지내는 사이입니다. 또한 최 총재는 신념이 뚜렷하고 늘 실천이 앞서는 사람으로 함께 클럽이 나아갈 방향을 의논할 수 있는 진정 믿음직한 지도자입니다.

이우규 회장은 나를 아버지처럼 따르며 내 봉사 정신을 착실히 계승, 현재 파주 라이온스클럽의 열정적인 지도자로서 그 역할을 다하고 있습니다. 그는 봉사사업을 허투루 진행하지 않고, 항상 선배 라이온들의 의견을 경청하여 봉사사업에 효과적으로 반영할 줄 아는 우리 파주 라이온스의 자랑스러운 행동대장입니다. 나는 모든 라이온들에게 존대어를 사용하지만, 이상하게도 이우규 회장에게는 나도 모르게 말을 편하게 하게 됩니다. 그만큼 이 회장의 인간됨됨이가 사람의 마음을 움직이는 것이겠지요.

"총재님!"

문 밖에서 밝고 기운찬 목소리가 들렸습니다. 이 회장이 문을 열고 들어서며 반갑게 인사를 했습니다. 약속보다 이른 시각이었습니다.

이우규: 총재님, 저 왔습니다! 그간 안녕하셨어요?

김주일: 어서 오게. 귀가 벌건 걸 보니 바람이 차구만. 난롯불 앞에 앉게.

이우규: 감사합니다. 오는 길에 종소리를 들었습니다. 12월이 되니 전철역 모퉁이에 구세군 빨간 냄비가 보이더라고요. 이번 겨울은 지난여름이 무더웠던 만큼 무척 추울 거라는데, 걱정이 앞섭니다.

김주일: 그러게 말일세. 얼마 전, 아침에 산책을 하다가 올해 첫눈을 보았는데, 마냥 기쁘지는 않더군. 누군가에게는 아름답고 낭만적인 첫눈이지만, 발을 붙일 곳 없는 이들에겐 혹독한 계절의 시작이니까.

이우규: 맞습니다. 신문을 보니 요즘엔 구세군 모금활동이 잘 이루

어지지 않아 자원봉사자 없이는 운영이 어렵다고 하더라고요. 우리 라이온스클럽은 그래도 봉사의 명맥을 잘 이어오는 것 같습니다. 또 총재님께서도 여전히 정정하시고요. 건강유지에 비결이 있습니까?

김주일: 그저 습관 덕분이라고 생각하네. 우선 건강유지를 위해서, 나는 식사를 거르지 않고 매일 이른 아침마다 산책을 나서지. 천천히 산을 오르면서 지나온 발자취를 따라 지난날을 돌이켜보네. 그럼 내가 걷고 있는 오늘이 선명해지는 순간이 있어. 그 순간은 마치 첫눈처럼 늘 갑작스럽게 찾아오지.

올해 첫눈도 저 파주시청 뒤에 있는 학령산 산책로에서 맞이했네. 자네는 아직 한창일 때이니 나만큼 자주 돌아보지 않겠지만, 그래도 가끔 거울을 보면 자신이 낯설어 보이는 순간이 있지?

이우규: 아, 그렇습니다. 혈기왕성하고 독립적이어서 구애받는 걸 싫어하던 제가, 어느새 한 가정을 이룬 아버지이자 회장이 되었다는 사실이 새삼 놀랍게 느껴지기도 합니다. 그러면서 제 어릴 적 아버지의 모습이 겹쳐보기도 하고요.

김주일: 아주 잘 보았어. 자신의 뿌리를 인식하는 건 중요한 일이지. 그것은 자신의 삶에서와 마찬가지로 그 삶을 꿰뚫는 정신에서도 마찬가지네.

이우규: 삶을 꿰뚫는 정신이라…… 제겐 다소 어려운 주제인 것 같습니다.

김주일: 어렵게 생각하지 말게. 설명하자면, 아까 파주 라이온스클

럽이 오랜 시간 명맥을 유지하는 비결에 대해서 물었는데, 그것은 우리가 기본 원리에 충실하기 때문이라네.

이우규: 우리 파주 라이온스클럽의 기본 원리라 하시면, 라이온스 정신을 말씀하시는 것이지요? 이 부분은 제가 달달 외우고 있습니다. 라이온스 윤리 강령으로는 첫째, 자기 직업에 긍지를 가지고 근면성실로 사회에 봉사한다. 둘째, 부정한 이득을 배제하고 정당한 방법으로 성공을 기도한다. 셋째, 남을 해하지 않고 자기 직업에 충실히 임한다. 넷째, 남을 의심하기 전에 자기를 반성한다. 다섯째, 우의를 돈독하게 하며 이를 이용하지 않는다. 여섯째, 선량한 시민으로서 자기 의무를 다하며 국가, 민족, 사회의 발전을 도모한다. 일곱째, 불행한 사람을 위로하고 약한 사람을 돕는다. 아홉째, 남을 비판하는데 조심하고 칭찬하는데 인색하지 않으며, 모든 문제를 건설적인 방향으로 추진한다.

김주일: 라이온스 목적은 내가 읊어보겠네. 첫째, 세계 인류 상호간의 이해심을 배양하고 증진시킨다. 둘째, 건전한 국가관과 시민의식을 고취시킨다. 셋째, 지역사회의 생활개선 및 사회복지와 공덕심 함양에 적극적인 관심을 갖는다. 넷째, 우의와 협력 그리고 이해로 클럽 간의 유대를 돈독히 한다. 다섯째, 정당이나 종교문제를 제외한 일반인의 관심사인 모든 문제해결을 위한 토론의 장을 마련한다. 여섯째, 지역사회의 숨은 자원, 봉사자를 격려하여 각 분야의 효율성을 제고하고 도덕심을 향상시킨다. 이 라이온스 목적은 1919년

7월 시카고 국제대회에서 채택되었지.

이우규: 여전하시네요! 총재님의 삶을 꿰뚫는 정신도 이와 관련이 있습니까?

김주일: 맞아. 관련이 깊지. 하지만 단순히 라이온스 윤리강령과 라이오니즘을 외우거나 이해하는 일에 그쳐서는 안 되고, 그것을 충분히 삶 속에 실천하고 성찰해야 그 정신이 발현(發現)되는 것이네.

이우규: 그 정신의 발현인 실천과 성찰에 대해서 조금 더 구체적으로 말씀해주시겠어요?

김주일: 무엇보다 중요한 것은 그것들이 우리 라이온, 봉사자들의 삶에서 어떠한 방식으로 작용하는지를 성찰해보는 일이지. 즉, 봉사에도 철학이 필요하다는 말일세.

자, 생각해보게. 우리가 하나의 가정을 이루고 단체의 일원이 되고, 나아가 단체를 이끄는 지도자가 되는 일은, 각각 우리의 부모와 창립자와 선구자들이 있었기에 가능한 일이었지. 그리고 그들이 행한 여러 모범과 시행착오를 돌이켜보며 그것을 현재에 알맞게 적용하는 게 우리의 최선이야.

이것은 곧 자신의 삶을 꿰뚫는 뿌리를 인식하며 한 결 성숙한 정신으로 거듭나는 과정이네. 그러면 우리의 후대에 더 나은 가정과 사회와 정신을 물려줄 수 있지. 이러한 본질을 깨닫고 삶에서 적극 실천하는 일, 이것이 핵심일세.

더 쉽게 비유하자면, 우리가 우리의 부모를 뿌리 깊게 성찰하여, 현재 자신의 가정에 알맞은 최선의 부모가 되려는 것처럼 말일세.

진정한 봉사란 무엇인가

이우규: 그런 깊은 뜻이 있었군요. 그렇다면 우리 라이온스의 모토인 '우리는 봉사한다(We Serve)'가 어떠한 방식으로 그 의미를 발현할 수 있을까요?

사전적 정의로 '봉사(Serve)란, 한 개인이 가지고 있는 자신의 직접적인 자원인 육체, 정신, 금전 등을 자발적으로 타인과 사회를 위하여 제공하되 어떠한 보상도 요구하지 않는다. 그리고 계획적이며 지속적으로 수행하는 행동을 일컫는다'고 알고 있습니다.

김주일: 잘 압축하여 알고 있군. 그러한 의미에서 봉사는 크게 4가지 속성 즉, 자발성·이타성·지속성·실천성을 거느리고 있네. 우선 정신적인 측면과 육체적인 측면으로 나누어 볼 수 있네. 봉사에서의 자발성(自發性)은 다른 사람의 강압이나 요구가 아닌, 봉사의 주체가 되는 사람의 순수한 의지와 욕망을 말하고, 이타성(利他性)은 자신의 득과 실을 따지지 않고 다른 사람을 돕는 성질을 말하네. 이 둘의 작용이 봉사하려는 사람의 정신적 측면을 지탱하지.

그리고 봉사에서의 지속성과 실천성은 본디 육체와 관련이 깊어. 봉사에서 지속성(持續性)은 어떠한 변화에도 흔들림

없이 봉사를 실천할 수 있는 태도와 그 능력을 말하고, 실천성(實踐性)은 말 그대로 봉사하려는 의지와 태도와 능력을 실제 행동으로 옮길 수 있는 역량을 말하지.

이러한 4개의 속성이 상호작용하여 한 사람의 봉사자를 만들지. 내 생각에 여기서 무엇보다 중요한 속성은 이것들의 발현 즉, '실천'이야. 구제척인 행동이 없다면 진정한 봉사자라 할 수 없지. 마음먹은 대로 저절로 이루어진다면, 이 세상의 누군들 세계평화와 번영을 이룰 수 있지 않았겠나?

현실에서의 실천 가능성을 따져야 해. 라이온스는 이 지점을 정확하게 꿰뚫어 보고 봉사에 대한 통념을 바꾸어버린 것이지. 즉, 봉사의 패러다임을 바꿔놓은 것이지. 완전한 봉사를 위한 하나의 사업으로서 말이야.

이우규: 저도 입회 초기에 이 부분에 굉장히 감화되었던 기억이 있어요. 라이온스를 접하기 전에는 봉사가 마냥 다른 사람을 돕는 마음과 행동만 있으면 되는 줄 알았죠. 그런데 라이온스를 접하면서 '봉사에도 철학과 그에 알맞은 체계가 중요하다'는 것을 알게 되었어요.

김주일: 잘 짚어주었네. 진정하고 효과적인 봉사에는 그에 맞는 철학과 체계가 필요한 것이지.

우선 자네도 잘 알다시피, 라이온스클럽의 봉사활동은 해당 클럽이 속해 있는 지역사회를 우선으로 하지. 그 지역사회 안에서 도움이 필요한 곳을 찾아 봉사활동을 계획해. 이때 각 클럽의 회원들은 봉사 할 내용에 대한 정보를 수집,

분석하고 평가해 더 효과적인 봉사를 실행할 수 있도록 한다네.

그리고 동일지역 내에 여러 클럽들이 활동 할 경우에는 몇 개의 클럽들이 함께 봉사 할 수도 있으며, 지대나 지역 단위로 묶어서 할 수도 있어. 이 경우에는 단일 클럽의 봉사 보다 더 크고 충실한 봉사를 할 수 있지.

지역사회 내에서 이러한 봉사를 자주 함으로써 우리는 지역 주민들에게 라이온스의 이념을 함께 나눌 수 있고, 우리도 라이온으로서 자긍심을 갖고 더욱 봉사에 열정을 쏟을 수 있게 된다네.

우리는 왜 봉사를 해야 하는가

이우규: 오랜만에 총재님과 이렇게 깊은 대화를 나누는 것 같아 좋습니다. 요즘은 봉사는커녕 일상의 배려도 힘든 시절 같아요. 세상이 많이 각박해져서 어떤 사람들은 봉사활동 자체에 의문을 품으니까요.

김주일: 공감하네. 씁쓸한 현상이야. 하지만 그것이 그들 탓이라고만은 볼 수 없어. 사람은 본성적으로 자신의 이익을 위해 움직이니까.

이우규: 그렇죠. 제 몇몇 지인들은 저와 라이온스 회원들을 두고, 왜 그렇게 까지 봉사를 하느냐고 이해하지 못하겠다는 식으

로 말을 해요. 그러니까 왜 자신의 자원을 사회를 위해 써야 하느냐고요. 또 국가를 위해 세금을 내거나 학교에서 봉사활동을 하는 것으로 충분하지 않느냐는 식이죠.

그런 말을 들을 때마다 무어라 대답을 할지, 정확히 무어라 답을 해야 사람들이 조금이라도 봉사의 진정한 의미를 알아줄 수 있을지, 그저 답답한 마음입니다.

김주일: 쉽지 않은 고민이야. 나도 그런 말을 많이 들어왔고, 앞으로 봉사를 하는 동안에는 꼬리표처럼 따라붙는 질문이겠지. 그러나 지난 50년 동안 봉사를 하면서 내 나름대로 얻누구나 '내 힘과 노력을 통해서 벌어들이고 이룩한 내 재산이고 권력인데, 왜 이것을 나누어야 하는 걸까?'라고 생각하겠지. 하지만 거기에는 맹점이 있어.

과연 '자기 혼자만의 힘으로 그 자원과 권력을 소유하고 축적할 수 있었을까?' 자신이 어떻게 그 자원들을 갖게 되었는지 구체적으로 성찰해보면 생각이 바뀔 거야.

첫째, 누군가가 자신의 물건을 사주었다는 사실. 둘째, 누군가가 자신의 회사에서 일을 해주었다는 사실. 셋째, 또 누군가는 자신의 사업이 안정되도록 세금을 내주었다는 사실. 넷째, 누군가가 국방의 의무를 수행했다는 사실. 다섯째, 누군가가 여러모로 국가사회를 위해 자기를 희생하였다는 사실.

이러한 사실들 때문에 자신이 오늘날 이렇게 성공할 수 있었던 것이지. 그럼으로 '무엇 때문에 내가 남에게 베풀어야 하나' 이해타산적인 생각만 하지 말고, 오늘의 내가 있기까지 도와준 이들에게 빚을 갚는 차원에서 봉사를 한다고 생각해봐야 해. 그러면 봉사(奉仕)는 곧 보은(報恩) 사실을 쉽게 받아들일 수 있어.

이우규: 총재님께서 제가 처음 입회했을 때 말씀해주셨지요. 그 당시에는 '내가 자수성가하여 내 힘으로 여기까지 온 것인데?'라는 의문이 든 것도 사실이에요. 하지만 좀 더 성찰해보니, 그때서야 다른 이들의 도움과 희생이 생각나더라고요.

게다가 저는 제 능력을 발휘하여 이렇게 봉사도 하며 살고 있지만, 다른 불우한 이웃들은 그마저 기회가 없는 경우가 많잖아요. 국가차원에서 복지를 제공해주는 것도 최소한의 것들이고요. 요즘엔 금수저와 흙수저로 비유되는 계층사다리의 고착화 등, 노력에 따른 것보다 타고난 환경에 더 영향을 받는 것이 사실이고요.

김주일: 자네는 확실히 자수성가하여 보람된 삶을 잘 살고 있지. 하지만 자네가 말했듯이, 노력을 하려고 해도 그 기회조차 주어지지 않거나 타고난 환경이나 장애로 인해 제 꿈을 펼치지 못하는 사람들이 굉장히 많네.

『진화론』을 펴낸 영국의 생물학자 찰스 다윈은 "모든 생물은 생존경쟁을 하며, 그 결과 환경에 적응하는 자만이 살아남는다"는 "적자생존"의 원리는 주장한 바, 이는 인류에게도 적용되며 경쟁이 있음으로써 우리 사회는 눈부신 발전을 계속하고 있는 게 사실이지.

그러나 우리 인간의 환경, 특히 역경에 대한 선천적·후천적 재능 및 지적·육체적 대처 능력에는 차이가 있어. 이에 따라 각자의 인생항로에서 쉽게 성공하는 사람이 있는가 하면 거듭되는 실패, 전쟁, 사고 등으로 인하여 장애인, 병자, 고아, 기아, 독거노인 등이 되기도 하는 것이야.

이는 개인의 노력 여하에 따라 극복할 수도 있지만, 빈민국과 선진국의 격차는 물론 현대의 자본 중심적인 무한경쟁사회에서, 계층화와 소외현상은 필연적인 문제지. 이는 사회구조적 문제이며 한 개인의 노력만으로 극복하기는 매우 어려워.

따라서 여러 선진국들이 사회보장제도를 제정하여 이에 대처하고 있으나, 기하급수적으로 늘어나는 복지 대상자로 말미암아 몇몇 선진국을 제외하고는, 예산부족으로 그 실적이 매우 미흡한 게 사실이야.

이우규: 동감합니다. 이에 따라 등장한 것이 '나라와 인종을 초월한 인도주의적 봉사'인데, 거기에 우리 라이온스의 존재하는 이유가 있는 것이지요?

김주일: 맞네. 라이온스는 경쟁의 마당에서 소외된 불우한 이웃들의 흐트러진 마음을 달래주고, 다시 일어서겠다는 의지와 용기를 북돋아주는 봉사단체야. 의무적이고 사무적인 사회보장제도와는 달리, 물질적 도움과 함께 인정(人情)과 감동이 곁들어진 사회운동에 가깝지.

이우규: 그리고 잠시 입회를 망설이던 저에게 이런 말씀도 하셨지요. "우리 라이온스는 '일반적 사회적 가치가 아닌, 특수한

사회적 가치'를 추구한다"고요. 그때 인용하셨던 라이온스의 창설자 멜빈 존스의 명언을 기억하고 있어요.

"라이온스클럽이야말로 봉사 클럽으로서 최초의 단체이다. 왜냐하면 '어떤 클럽도 회원의 경제적 이익을 도모하는 것을 목적으로 삼아서는 안 된다'고, 확실하게 회칙으로 못 박은 것은 우리 협회가 최초이기 때문이다."

김주일: 아, 그랬지. 그나저나 자네, 나 몰래 따로 공부하나? 제법이야.

이우규: 제가 이래 봬도 파주 라이온스클럽 회장이잖습니까. 그때 총재님께서, 미국의 재벌들은 일생동안 자기가 모은 재산을 생전에 사회에 환원하는 풍조가 자연스레 잡혀있다고도 말씀하셨죠.

김주일: 사실이야. 미국인들은 대체로 부자들을 존경하지. 왜냐하면 단순히 돈이 많아서가 아니라, 돈을 많이 번만큼 사회에 기여를 하려 노력하는 모습이 일반적이거든. 하지만 신자본주의 경쟁사회에서 모두가 부자일 수도, 모두가 사회에 기여하려는 마음을 먹을 수도 없지.

아까 사회적 가치에 대한 이야기를 했었는데, 현대인들은 누구나 다른 사람들이 자기의 가치를 인정하고 존경하여 주기를 바라지. 이를 '일반적인 사회적 가치'라고 해. 그러니까 자신의 직업으로 국가 사회에 기여하고, 그 가치를 인정받아 존경의 표시로 공공단체 또는 개인으로부터 보수나 명예를 수여받는 것이지.

이와 달리, 불행하고 불우한 사람들을 정성껏 도와 국가 사회에 크게 이바지하면서도, 처음부터 일체의 보수나 명예를 바라지 않는 것을 '특수한 사회적 가치'라고 해. 이는 보통 종교단체들이 추구하는 가치야. 하지만 이해관계를 떠나 오로지 본성에서 우러나오는 신념과 그에 알맞은 체계가 있는 것은 비단 종교뿐만이 아니야. 우리 라이온스도 마찬가지라는 것이지.

라이온스 운동은 사회 정치적으로도 큰 기여를 하고 있어. 그것은 불행하고 불우한 이웃들의 인심을 순화하고 재활의 의지와 용기를 부여함으로써, 재산이나 권력에 따른 각계각층은 물론 인종 간의 충돌을 완화하고, 전체주의적 망상에 빠지는 것을 예방하기도 하니까 말일세.

이우규: 우리의 봉사활동이 그렇게 큰 영향력을 갖고 있다는 게 새삼 자랑스럽습니다. 일상에서도 이런 보람과 기쁨을 느끼는 순간들이 종종 있지요. 물건이나 돈 또는 선물을 받으면 기쁘지만, 남에게 이런 것을 아무런 기대나 대가 없이 주었을 때도 역시 기쁜 것 같아요. 이러한 일에 철학과 체계를 더한 것이 라이온스의 봉사, 라이온스 운동의 본질인 것 같습니다.

라이온스 운동의 뿌리

김주일: 그렇지. 라이온스 운동은 어려운 개념이 아냐. 다만 어려운 것은 그 운동에 동참하려는 자발적인 의지와 구체적인 행동이지.

하지만 이를 좀 더 분명히 이해하고 실천하려는 의지를 북돋기 위해서는 더 깊은 공부가 필요해. 자네는 이 라이온스 운동이 철학적, 종교적 뿌리를 갖고 있다는 것을 알고 있나?

이우규: 라이온스의 봉사하는 정신에서 철학적, 종교적 뿌리라……. 막연하게 이타심, 희생정신, 박애사상 정도가 떠오릅니다.

김주일: 잘 파악했네. 이를 더 자세히 설명해주겠네. 그 뿌리는 기독교의 희생적 사랑(Agape), 불교의 자비(maitrī-karunā), 유교의 인의(仁義)사상 그리고 인과응보(因果應報)의 원리가 그것이야.

우선 첫째로, 기독교의 아가페(Agape)에 그 기원을 두고 있네. 아가페는 넓은 의미에서 사랑의 한 모습이라고 볼 수 있는데, 자발적으로 자신이 갖고 있는 권리와 자유와 독자성을 포기하고 상대방을 위해 '헌신'하는 경우를 말해. 보다 깊은 정신적 교감, 동료애 등을 발휘하는 사람들은 타인을 위해 자신의 욕구를 포기하기도 하는데, 타인은 가까운 가족에서부터 초월적 절대자에 이르기까지 그 대상이 광범위하다네. 타인과 절대자를 위해 자신을 희생하고 헌신하는 열정은 '희생적 사랑', '헌신적 사랑(sacrificial love)'이라는 '아가페(Agape)'로 개념화되지.

'인간에 대한 사랑'은 '이웃에 대한 사랑'이고, 좀 더 강도 있게 말하면 이웃을 '자신의 형제라도 되는 듯이' 사랑하는 것이라네. 그러므로 아가페는 '인간에 대한 인간의 희생적 사랑'이며, 일상생활에서 마치 '형제애'와 같은 사랑의 감정을 실현하는 것이지. 인간은 다른 어느 누구보다도 자신의 부모와 형제를 위해서 희생정신을 발휘할 가능성이 높아.

헌신적 사랑은 그 태생이 종교적 헌신과 절대자에 대한 사랑이야. 하지만 예수가 강조하는 '사랑'은 '이웃 간의 사랑'이고 '이웃을 위한 헌신과 봉사'에 국한되어지지. 하지만 더 넓은 의미에서 헌신적 사랑은 '인간들끼리의 사랑'으로서 친구애와 형제애로 실현되어야 해.

현실에서 예를 들자면, 불우한 사람을 위해 출세를 포기하고 사회 봉사자가 되거나, 동료들을 살리기 위해 적진으로부터 날아온 폭탄을 자기 몸으로 덮치거나, 자식을 위해 헌신적 뒷바라지를 하거나, 남편을 위해 자신의 직업을 포기하거나 하는 사람은 아름다운 사랑을 한다고 칭송하게 되지. 그 이유가 무어라고 생각하나?

이우규: 음, 가깝게는 친족 간의 헌신인데 이는 집안의 존속을 위한 것이라고 볼 수 있겠죠. 그런데 자신과 직접 상관이 없는 불특정 사람들을 위한 헌신은, 어떻게 보면 기독교에서 가장 최우선으로 꼽는 이웃의 사랑을 넘어서기 때문 아닐

까요?

인간 자체에 대한 헌신적 사랑이라고 볼 수 있겠어요. 그리고 사해동포주의(四海同胞主義), 박애사상(博愛思想)의 관점도 밀접한 관련이 있는 것 같아요.

김주일: 그렇지. 다른 것이라면, 자신의 어떤 희생을 무릅쓴 사랑이 아가페라는 것이야. 그 지점이 중요하네.

둘째로, 불교의 자비(maitrī-karunā)에도 뿌리가 닿아있네. 여기서 '자(慈)'는 최고의 우정을 의미하며, 특정인에 대한 것이 아니라 모든 사람들에게 평등한 우정을 갖는 것이라네. 또 '비(悲)'의 원래 의미는 '탄식한다'는 뜻으로 중생의 괴로움에 대한 깊은 이해·동정·연민의 정을 나타내는 말이야. 광대한 자비를 '대자대비(大慈大悲)'라고 하는데, 이는 석가의 자비를 나타내는 데 흔히 사용되지. 석가의 자비는 중생의 괴로움을 자신의 괴로움으로 하기 때문에 '동체대비(同體大悲)'라고 하며, 그 이상이 없는 최상의 것이기 때문에 '무개대비(無蓋大悲)'라고도 하지.

이런 자비에도 여러 층위가 있어. 《열반경(涅槃經)》, 《대지도론(大智度論)》 등에 따르면 자비에는 중생을 대상으로 일으키는 중생연(衆生緣)의 자비, 모든 존재를 대상으로 하여 일으키는 법연(法緣)의 자비, 대상이 없이 일으키는 무연(無緣)의 자비라는 3연(緣)의 자비가 존재해. 그 중 무연자비가 평등·절대의 공(空)의 입장에 선 것이므로 최상의 것이라 여겨지지. 이러한 자비는 '반야(般若)'와 함께 불교이념의 2대 지주야.

쉽게 말해, 보통 자비는 사람들의 아픔을 내 아픔으로 느끼는 경지를 말하는데, 이는 곧 석가의 자비와 통하는 것이지. 그런데 '대상이 없는 자비'는 열반에 이른 듯, 자신이 곧 진리와 합일한 것으로 나와 대상의 경계가 사라진 듯 이해하고 사랑할 수 있는 것을 말해.

이우규: 음, 보통의 자비는 알겠는데, 아직 대상이 없는 자비는 이해가 잘 되지 않네요. 제 방식대로, 봉사의 차원에서 이를 이해를 해보자면, 일단 봉사하려는 사람과 봉사를 받는 사람 자체의 위계의식이나 경계를 허물어보라는 말일까요?

김주일: 그것도 충분히 일리가 있는 말이네. 봉사자들은 어쨌거나 봉사를 필요로 하는 사람과의 관계에서 손쉽게 우위를 점할 수 있겠지. 그러나 이를 허물고 그 사람의 아픔을 나의 아픔으로 공감하며, 그들에게 진정으로 도움이 되는 봉사를 대가 없이 행하는 것이 중요하지.

더 현실에 입각해서 말하자면, 봉사자는 봉사를 받는 사람과 자신의 공통된 속성을 찾으면 공감대와 친밀감을 높일 수 있지? 이때 도움을 필요로 하는 사람에 대한 더 극진하고 순수한 몰입은 나와 대상을 구분하게 해주는 장애나 가난과 같은 것들을, 나와 대상을 동일하게 이어주는 매개로 작용하게 해준다네. 그 대상이 가진 장애나 가난 등에서 나와 공통된 인간성, 유한성 등을 파악하고 그것을 통하여 본질적인 위로를 건넬 수 있는 경지에 이른다면 말일세.

이는 정확한 불교용어로서 자비를 해석한 것이 아니지만,

우리 라이온스 봉사 정신과 관련하여 생각할 수 있는 것임은 틀림없네.

이우규: 굉장히 심오하네요. 나와 대상 사이의 공통된 성질을 파악하고 그것으로 세상을 대한다라……. 나머지 뿌리들도 궁금합니다.

김주일: 셋째로, 유교의 인의(仁義)를 들 수 있지. 중국 고대의 맹자의 중심사상이네. 이전에 공자는 인간의 최상의 덕으로서 오로지 인을 주장했는데, 공자를 이은 맹자는 사람은 태어나면서 선한 성을 갖추고 있다고 생각하였고, 군주가 인정(仁政)을 행하여서 백성에게 은택을 가져오는 것만이 진정한 정치라고 생각했어.

거기에서 인의예지(仁義禮智)의 사덕에 박애를 말하는 인(仁)과, 정의를 말하는 의(義)를 더해서 도덕의 기본이념으로 하고, 인의를 주장함으로써 사람이 자기의 인간성을 완성시킬 것을 기대했지.

덧붙이자면, 민주주의 사상의 시초라고 할 수 있는 프랑스혁명에서도, 삼대구호로서 "자유, 평등, 박애"를 주창했었네. 우리가 살고 있는 사회의 근간에도 차별 없는 사랑이 깃들어 있는 것이지.

이우규: 풀어보자면, 경계를 초월한 사랑과 정의를 바탕으로 사람들이 자기 자신의 본성을 발현하며 완성해나가는 것. 이렇게 이해하면 될까요?

김주일: 그 정도면 아주 잘 정리하여 이해한 것이네. 마지막으로,

인과응보(因果應報)에서 뿌리를 찾을 수 있네.

불교의 용어로 인과보응이라고도 하지. 선악의 원인이 있으면 반드시 그에 상응하는 낙고(樂苦)의 결과가 있는 것을 말해. 불교의 기본적 사고방식인 인·연·과·보의 인식하에 종교적 달성을 지향하기 위한 가르침인데, 결과적으로는 권선징악적인 역할을 수행해왔지.

불교는 거기에 〈업(業)〉의 이치를 도입하였어. 업이라는 것은 본래는 단순히 인간의 행위인데, 하나의 행위는 반드시 선악、고락의 응보를 가져온다는 인과(因果)관과 결부됨으로써 업을 일종의 힘으로 보고, 거기에서 과거·현재·미래의 3세에 걸친 윤회 사상이 점차로 중국인의 생사관에 정착하게 되었지.

그리고 중국과 밀접한 한국을 포함하여 여러 국가에 널리 보급되었지. 민간 도교에서 주장되는 인과응보관도 거의 이와 대응하네.

이우규: 이건 이해하기가 쉽네요. 원인과 결과가 분명히 존재한다는 관점과 권선징악적 응보의 관점으로 파악이 됩니다.

김주일: 맞네. 이 네 가지의 종교적 뿌리는 모두 주체와 타자간의 내밀한 인본주의(人本主義)에서 그 양분을 얻는다네. 인본주의는 결국 인간이 하나의 유기체적 종(種)으로서 살아가며 서로의 고통을 최소화하고 복지를 증진시키려는 목적의 운동 전반을 뜻하지.

여기서 라이온스 운동, 그 정신인 라이오니즘은 종교에서

신이나 숭배의 대상에 따른 위계화나 서열화를 지양(止揚)하네. 라이오니즘은, 오히려 인간의 인격적 함양을 위한 최선의 정신체계로서, 실증적이고 실증적인 평등 상태에서의 상호 도움과 그로인한 항구적 평화를 추구하는 것이지.

이우규: 이러한 깊은 사상들에 우리 라이온스 운동의 뿌리가 닿아 있었다는 사실이 놀랍습니다. 그리고 봉사 자체의 참된 의미를 다시 한 번 되새길 수 있는 시간이었어요.

김주일: 나에게도 소중한 시간이었네. 음, 눈발이 잦아들었군.

이우규: 최시원 총재님도 오실 때가 되었습니다. 빙판길 조심하셔야 할 텐데…….

Vision 9

봉사에는 체계가 필요하다(좌담2)

최시원: 김 총재님 안녕하셨죠? 우리 이 회장도 잘 지냈나? 휴, 밖에 눈이 꽤나 쌓였어요.

김주일: 최 총재님 추운데 오시느라 고생하셨어요. 여기 난롯불 옆에 앉으시죠.

이우규: 와주셔서 감사합니다. 오늘 이렇게 두 총재님들을 모신 건 다름이 아니오라 우리 파주 라이온스클럽, 나아가 라이온스클럽 자체가 더 발전된 봉사활동 위한 방안을 모색하기 위해서입니다.

곧 있을 월례회의에서, 제가 두 총재님들의 의견을 반영하여 개선된 봉사활동에 대한 기획안을 제출하고자 합니다. 차근차근 안건을 말씀드리겠습니다.

슬로건을 공모하고 견대 및 플래카드를 활용하자

이우규: 첫째로 환경정화 봉사에 관한 논의입니다. 파주 라이온스도 다른 봉사단체들, 환경단체들과 마찬가지로 환경정화 봉사를 하고 있습니다. 그런데 이 환경정화라는 것이 단순히 길거리나 하천 등의 환경정화로 끝나고, 환경보호에 대한 인식 개선으로는 잘 번지지 않는 것 같습니다.

최시원: 우리 파주 라이온스클럽 관할 구역은 비교적 관리가 잘 되어 깨끗한 편이지. 하지만, 간혹 태풍이 불거나 큰 지역 행사 뒤에는 조금 지저분해지는 정도야.

그런데 수도권에서는 사정이 다른가봐. 인구가 밀집되어 있고 유동인구도 많으니까. 문제는 지역의 공공기관이나 봉사단체에서 쓰레기 몇 개만 주워들거나 쓰레기봉투를 쌓아두고는 사진 몇 장 찍고 가버린다는군. '어차피 환경미화원이 있는데'생각하며 무단투기도 많이 하고 말이야. 아주 왜곡된 환경관이지.

김주일: 동의합니다. 우리 〈라이온스 목적〉 3항에는 "공덕심 함양에 적극적인 관심을 갖는다"는 조항이 있지요. 사실 우리가 실천하기 가장 쉽고도 눈에 띄며 가치 있는 봉사가 사실 환경정화 봉사입니다.

여기서 보여주기만 급급한 봉사는 참된 봉사가 아니라는 건 우리 모두 공감할 수 있어요. 그런데, 이 보여주기의 순기능(順機能)은 분명 존재합니다. 저는 이 순기능의 회복을 도모하는 게 최선의 길이라 생각합니다.

벌써 수년 전이지만, 파주시청의 공무원들이 시내도로에 버려진 쓰레기를 줍는데, 그때 각자의 견대(肩帶)에 "치우기 전에 버리지 말자"라고 적혀있는 것을 보고 큰 감명을 받은 적이 있습니다. 이 얼마나 본질을 꿰뚫는 말입니까? 치우기 위한 수고를 들이기 전에 함부로 버리지 않으면 될 것을! 이는 비단 쓰레기 무단 투기에서 뿐만 아니라, 사회의 폐단과 악습에도 적용될 문구라고 생각합니다.

우리 라이온들도 환경정화봉사를 할 때 이와 같은 견대를 착용하거나 플래카드를 들고 봉사하면, 봉사의 시의성이 높아지고 사회 전반의 공덕심 함양에 이바지하여 쓰레기를 무단으로 투기하는 사람들도 줄어들 것이라 생각합니다. 그리고 내가 그랬던 것처럼, 단순하지만 본질을 꿰뚫는 말에 감화를 받는 사람이 많다면 더할 나위 없겠지요.

최시원: 그럼 자연스레 사람들의 인식 확산에도 기여할 수 있겠군요. 음, 조금 더 구체적으로 아이디어를 내볼까요?

월례모임이나 회의 등에서 봉사활동을 기획할 때 '봉사 슬로건 공모'를 통하여 슬로건을 제정하는 건 어떻습니까?

김주일: 아주 좋은 생각입니다. 물론, 기존에 하던 대로 총재나 회장이 봉사의 방향을 정하고 직접 슬로건을 내세울 수도 있지만, 다른 라이온들의 아이디어를 합쳐 더 나아질 수만 있다면 그 편이 더 올바른 것이지요.

이론적으로는 라이온들의 여러 참신한 의견을 통해 봉사의 참된 의미를 여러 각도로 되짚어 볼 수 있겠고, 현실적으로는 여러 라이온들의 자발적이고 능동적인 참여를 북돋아 봉사 효율을 높일 수 있겠군요.

이우규: 출발이 순조롭네요. 오늘 두 총재분의 혜안을 빌어 더 나은 봉사 방향을 확실히 정해볼 수 있겠습니다.

한국 라이온스 행사의 폐쇄성을 속히 수정해야 한다

이우규: 둘째 안건으로는 라이온스클럽에 대한 인식개선안입니다. 두 분도 잘 아시겠지만, 라이온스가 한국 사회에서 나름대로 선전하고 있으나 그 활약상에도 불구하고, 아직도 일반 시민들은 라이온스가 어떤 야구팀이나 종교단체, 사교모임쯤으로 왜곡하여 인식하고 있는 경우가 많아요.

김주일: 그래, 예전부터 그 왜곡된 인식을 바로잡으려 고군분투해왔지. 하지만 그것은 우리 라이온스 내부적인 문제인 폐쇄성을 먼저 해결해야 점차 나아질 것이라고 보네.

일례로, 라이온스클럽의 주년행사와 합동월례회 등 각종 중요한 행사가 있을 때마다 시장, 군수, 로터리클럽 회장, J.C 회장 등 외부 인사를 초청해놓고는, 시간이 없다는 이유로 축사조차 못하게 하는 경우가 있어. 이렇게 되면 다음에는 외부 인사들이 행사에 참여한 취지나 목적에 부합하지 않고 결국 불참으로 이어질 위험이 크다네. 우리들끼리 자축하는 자리 정도로 저평가될 수도 있어.

우리 라이온들의 각계각층에서 봉사로 활약한 세월이 벌써 반세기가 되었으나, 어느 자리에 가서든 라이온스가 무엇인지 어떤 단체인지, 마치 해명이나 증명을 하듯이 열변을 토한 적이 있을 거야.

봉사를 하면서도 그에 대한 증명이나 해명이 필요한 것은 분명 큰 문제야. 따라서 이는 시급히 수정되어야만 해.

최시원: 그러려면 우리 라이온스의 행사에 외부 인사를 초청하여 발언하게 하는 것도 중요하겠지만, 우리가 다른 단체들의 대외적인 행사에 참여하는 것도 방법이라고 생각합니다.

그 행사라는 것이 단순히 겉치레라면 참여를 지양하고, 실제적인 봉사에 관한 논의를 한다거나 공기관의 복지사업 추진에 함께하는 식으로요. 그럼 라이온스의 왜곡된 인식이 대외적으로 바로잡히겠지요.

이우규: 그러니까, 상호적인 참여와 공공기관과의 합동 봉사활동을 말씀하시는 거군요? 좋은 아이디어입니다.

김주일: 라이온스의 폐쇄성을 생각하니 떠오르는 몇 개의 일화가 있어. 몇 년 전, 포천 라이온스클럽 주년행사에 참석하기 위해 금촌에서 택시를 탔는데, 택시기사가 "손님은 왜 돈 많이 드는 택시를 타고 먼 포천까지 가십니까?"라기에 다음처럼 문답했지.

"포천 라이온스클럽 주년행사에 갑니다."

"라이온스클럽은 무슨 일을 합니까?"

"어려운 사람들을 도와주는 자선단체입니다."

"자선단체요? 파주에도 회원이 많습니까?"

"약 300명쯤 됩니다."

"오, 파주에 좋은 사람들이 그렇게나 많았습니까? 전혀 몰랐습니다!"

일견 한 명의 택시기사에게서 들은 "전혀 몰랐다"는 말이었지만, 당시 내가 받은 충격은 이루 말할 것이 없었다네.

이우규: 음, 라이온이 한국에 정착하여 맹활약을 펼친 지 벌써 50년이 되었는데, 아직 그 인식이 널리 펼쳐지진 않았나 봅니다.

김주일: 단순히 라이온을 몰라서 놀랐다기보다는, 어려운 사람을 도와주는 사람이 파주에 최소한 300명은 있다는 사실이 그 택시기사에게 놀랍게 다가왔다는 것, 그 사실이 내 마음 한 구석을 무너지게 만든 것이야. 봉사에 대한 사람들의 무지와 그 인식의 열악함이 묻어나오는 일화라고 볼 수 있네.

이우규: 아, 그 택시기사가 봉사하는 삶의 모습을 생경하게 느껴졌다는 사실에서 뭔가 안타까움을 느끼신 거군요.

김주일: 그렇다네. 또 하나의 사례는 약 17년 전의 일이네. 서울 광화문 근처 세종회관에서 전국 총재협의회가 개최된 적이 있어. 당시 총재들은 총재제복을 입고 삼삼오오 택시를 타고 세종회관으로 향하던 중이었지. 그런데 택시기사가 백미러로 총재들의 복장을 이리저리 훑어보더니 이렇게 말하더군.

"오늘 무슨 호텔지배인대회라도 있습니까?"

"아닙니다. 저희는 형편이 어려운 사람들을 도와주는 라이온스클럽의 총재들입니다."

"아, 그렇습니까? 복장이 다들 호텔 지배인처럼 보이는데……."

"그렇다면 정확히 보셨습니다. 저희는 비록 형편이 어려운 사람이라도 호텔에서 손님을 섬기듯 최선을 다해 봉사하자는 뜻에서, 호텔 지배인 복장과 똑같은 제복을 입는 겁니다."

"아, 그렇군요! 저는 처음 들어보는 단체입니다. 하지만 정말 좋은 뜻으로 좋은 일을 하시는 것 같습니다."

이우규: 하하하, 호텔 지배인대회라뇨! 택시기사님이 잘 알아보셨지만 반절만 정답이었네요. 아무래도 라이온들이 겸손하기 때문에 사람들의 인식에 강하게 작용하지는 않는 것 같습니다.

김주일: 그래, 우리 겸손한 라이온들은 봉사를 하면서도 그 봉사활동의 내용을 일부러 알리지 않거나 드러내더라도 내색하지 않는 것이 일반적이지. 하지만 요새는 '이 겸손의 미덕만이 정답일까' 하는 강한 의문이 들어.

최시원: 저도 그렇게 생각합니다. 그러한 태도의 문제점은, 『라이온스 50주년』에서 파이낸셜 타임스의 기사에 멜빈 존스가 실린 것을 두고, 일반국민들의 무지나 왜곡된 인식 그리고 주요 단체 인사들이 느낀 당혹감에서 잘 드러납니다. 문제가 되는 내용이 담긴 것은 여기 36쪽입니다.

파이낸셜 타임스의 기사가 국내에 소개된 후 라이온스를 잘 모르는 국민들은 라이온스에 새로운 관심을 갖게 됐다. 또 막연하게나마 라이온스를 지켜본 사람들은 좀 더 진지한 자세로 바뀌었다. 한편으로 잘못된 선입견에 사로잡혀 라이온스와 라이온을 비판적으로 바라본 일부 인사들은 당혹해 했다. 박원순 변호사가 이끄는 아름다운 재단에서 일하는 한 시민운동가의 말은 매우 함축적이다.

"솔직히 말해서 우리나라에서는 아름다운 재단이나 환경운동연합 같은 단체가 비정부기구, 또는 시민단체로서 나름의 우월성을 지녔다고 자부해 왔다. 물론 단체 성격은 다르지만 라이온스가 그런 평가를 받을 줄을 몰랐다. 진보니 보수니 같은 정치적, 이념적 요소에 관계없이 라이온스가 순수 봉사단체임은 알고 있지만 한 시민운동가의 개인적인 입장에서 라이온스는 봉사를 빌미로 한 부르주아의 사교모임 정도로 알고 있었다. 그런데 세계 비정부기구를 통틀어 일등을 먹었다? 우리가 라이온스를 바라본 시각에 문제가 있지 않나 싶고, 라이온스에 대해 인정할 것은 인정하고, 시각에 불균형 요소가 있었다면 수정하는 게 지성 아니겠는가. 하지만 이 모든 게 전적으로 이쪽 요인만은 아니라고 본다. 라이온스가 지닌 역량이 저평가 되었다면, 뭔가 부정적으로 비춰졌다면, 그건 라이온스의 부족함도 한 요인이 됐을 게다. 물론 우리 쪽에서 일반화 시킨 오류는 크지만……"

그러나 파이낸셜 타임스의 기사로 가장 충격(?)을 받은 이는 한국 라이온이었다고도 볼 수 있다. 자신들이 몸담은 라이온스협회를 과소평가한 탓도 있었을 것이고 "라이온스 회원으로서 자긍심이 부족한"(우기정 전 국제이사)데서 비롯된 것일 수도 있다. 그런 점에서 국제 라이온스협회 한국연합회의 50년 역사 기록은 라이온스의 참모습을 대외에 정확히 알리고, 왜곡된 일부의 시선을 바로 잡는 촉매제가 되어야 할 것이다. 더불어 그 50년의 역사는 라이온스 회원으로서 자긍심을 높이고 설립 목적인 '봉사'에 더욱 충실하고 매진하는 데 있다.

최시원: 여기서 드러난 한 시민운동가의 당혹감은, 진정한 라이온스에 대한 무지와 왜곡을 드러내는 한 편, 어떤 의미에서는 우리 한국 라이온스의 진정한 실력에 비해 그 증명이 제대로 이루어지지 않다는 것을 의미합니다.

김주일: 맞아요, 깊이 동감합니다. 우리 라이온스는 그간 좋은 일을 하면서도 오히려 사회적 눈칫밥을 먹어온 것이나 다름없어요. 그러면 자연스레 그 사회적 활동이나 영향력이 위축되고, 클럽의 회원 모집과 내부적 결속에 악영향을 줄 수밖에 없을 것이에요.

따라서 우리 한국 라이온스는 좀 더 당당하게 가슴을 펴고 자신의 활동을 개방적인 형태로 개조해야 할 필요가 있어요. 참된 의미가 빛을 바래고 개인의 이기심만이 삶의 원동력이 되는 이 시기에, 우리는 라이온으로서 그 봉사 자체의 참된 의미를 알려야 할 의무가 있다는 것이죠.

봉사 정신의 외연(外延) 확장을 위해서라도, 그리고 우리 라이온스의 위상을 있는 그대로 왜곡 없이 밝히기 위해서라도 꼭 필요한 일이에요.

이우규: 이 역시 앞선 안건처럼 거시적이고 대외적인 라이온스 활동 개선안에 포함이 되겠군요. 다음은 이보다 미시적이고 대내적인 안건입니다.

역량과 역할을 고려하여 봉사하자

이우규: 봉사를 보다 정확하게 그리고 보다 효율적으로 수행할 수 있는 방법에 관한 논의를 진행하겠습니다. 저도 처음 입회하면서 총재님들과 여러 선배 라이온들에게 단체로서의 봉사 방법을 배우며 깨달은 바가 참 많았습니다.

최시원: 라이온스 일원으로서의 봉사 시기와 규모, 그리고 방법 등은 배우기 쉬운 편이지. 오랫동안 봉사활동을 수행해온 라이온들이 많기도 하고, 각 지역에 맞춤형 봉사 가이드가 있어 알기 쉬우니까.

그런데 그 각각의 라이온들이 봉사를 행할 때 고려해야 할 요소들은 개인의 주관에만 맡겨져 있어서 그 체계가 부족한 거 같아. 그래서 단발성 봉사에 그치거나 의미가 왜곡되는 등 어려움이 많은 것으로 알고 있어.

김주일: 맞습니다. 봉사를 지속하되 나의 여건을 고려하지 않은 과한 지원 등은 오히려 효과적이지 못하지요. 남을 위해 희생하겠다는 고귀한 뜻을 모르는바 아닙니다.

하지만 개인의 재정기반과 직업은 물론 가족의 안녕을 고려하여 봉사를 할 때 전보다 장기적인 활동이 가능하다는 사실을 명심해야 합니다.

주어진 여건을 고려하지 않고 무작정 크게 봉사한다거나 몸을 내던지며 봉사하는 경우, 나의 재정기반이 약화되어 봉사를 그만둘 수 있고, 주변인이나 가족들의 반발을 살 수도 있으며, 건강이 악화되어 병을 얻을 수 있어요.

만약 그리된다면 봉사활동에도 분명 차질이 생길 것이 불을 보듯 뻔한 일 아니겠어요?

최시원: 그렇지요. 봉사자 스스로를 위한 일이 봉사를 받는 사람을 위한 길일 수 있음을 명심하고, 스스로의 역량과 여건 등을 충분히 고려한 뒤 봉사에 임해야만 합니다.

이우규: 우리 라이온들에게만 해당되는 지침이 아니라, 모든 봉사자들에게 지침이 될 수 있는 말인 것 같습니다. 그럼 그 역할에 따른 직무 수행에서는 어떤 지침들이 적용되면 좋을까요?

김주일: 특히 자네가 맡은 라이온스클럽의 회장직은 무척 중요해. 단순히 회의를 잘 진행하고 봉사기획만 잘 추진하면 되는 것이 아니야. 내외적으로 친애(親愛)와 사교성을 발휘하여야 하네.

단순한 위계에 따른 일방적인 명령이나 횡포는, 클럽의 분위기를 삭막하게 만들고 리더로서의 사명과 동떨어진 감투욕심에 눈을 멀게 할 수 있어. 이는 결국 다른 라이온들의 봉사 동기와 관계를 틀어지게 만들어 봉사 효력의 감소, 회원 감소, 클럽에 대한 대외적인 반감으로까지 이어질 수 있으니까.

따라서 라이온스클럽의 회장은 '우리는 모두 봉사자'라는 평등한 관계의식에 뿌리를 두고 봉사의 방향을 지시해야 해. 그러니까 내적으로는 회원들의 원만한 분위기 형성을, 대외적으로는 라이온의 이미지를 참된 봉사단체로 알려야 할 의무가 있다는 것이지.

최시원: 김 총재님 말씀에 덧붙이자면, 이러한 회장의 친애와 사교 노력도 중요하지만, 이하 회원들은 적극 동참하고 성실히 봉사를 수행해야만 하네.

결국 봉사는 나를 위한 것임을 알고 있는 진정한 봉사자라면, 봉사를 받아들이는 피봉사자의 필요와 봉사를 지켜보는 다른 사람들의 시선을 의식하여 끝까지 성실하고 진정성 있는 모습을 보여야 하니까.

이우규: 왜냐하면 '타인은 자신을 비추는 거울'이기 때문이겠지요?

김주일: 바로 그것이지. 남들을 대하는 자세가 곧 자신을 대하는 자세와 닮아있으며 서로에게 크게 작용한다는 걸 명심해야 해.

이상적인 봉사단체 운영

이우규: 다음은 이상적인 클럽 운영에 대한 논의로 넘어가보겠습니다. 봉사단체 가입에는 보통 연령이나 성별에 제한이 없는 것이 일반적입니다. 하지만 봉사활동에 있어서는 봉사의 성질에 따라 성별이나 나이에 제한이 있기도 하지요. 이를테면 목욕봉사라든가, 지원금이 필요한 봉사라든가, 재능봉사라든가요. 이를 종합적으로 고려해서 나름대로 의견을 도출하려 합니다. 총재님들의 오랜 봉사경험에 따른 의견을 듣고 싶습니다.

최시원: 라이온스도 성별과 나이에 제한은 없지. 그나마 청년들은 Leo(레오)로 따로 분류하여 그에 걸맞은 청년봉사활동을 하는 정도니까.

우선 봉사의 성격을 크게 두 가지로 나누어 볼 수 있네. 직접봉사와 간접봉사로 나뉘지. 직접봉사는 주로 육체적인 활동과 결부된 재능기부, 방문하여 활동하는 봉사에 속하지. 간접봉사는 그 외의 2차적 봉사를 총칭하지. 지원금을 쾌척한다든가, 행사를 기획하고 진행한다든가, 장학금을 수여하는 봉사처럼 간접적인 봉사활동 말일세.

김주일: 잘 정리해주셨어요. 이에 대해 좀 더 구체적으로 논의해보겠습니다.

직접봉사자들은 대체로 여성회원들이지요. 우리 파주지역 라이온스만하더라도 여성회원이 과반을 넘었어요. 그 이유는 반박의 여지없이 여성들의 측은지심과 공감 능력이 뛰어나 직접봉사영역에서 봉사의 질이 훨씬 좋기 때문입니다.
또한 여성들의 부드럽고 화목한 의사소통 분위기도 한몫하고 있어요. 이들은 봉사를 하면서도 봉사자들의 관계에 신경을 쓰며, 친목을 하면서도 늘 다음 봉사를 염두하고 있지요. 라이온스클럽을 기반으로 맺어진 친목관계는 결국 실질적 봉사를 통해서 그 효과가 발휘된다는 점을 잘 알고 있다는 것이에요.
물론 남성클럽의 경우도 여성클럽 못지않게 운영이 잘되는 편이지요.
그 이유는 첫째, 성취욕과 공명심이 많아 서로 선의의 경쟁을 벌인다는 점. 둘째, 남성들은 의리와 소속을 중히 여겨 한 번 봉사를 할 때 어떻게든 함께 하려고 노력한다는 점. 이 두 가지 이유로 봉사의 규모나 시의성이 배가되지요. 따라서 여성들의 직접봉사만큼, 지원금이 많이 드는 봉사나 큰 규모의 간접봉사에서 남성들이 그 역량을 발휘하는 것으로 파악됩니다.

이우규: 그렇군요. 이론적으로는 모든 구분 없이 무조건적인 봉사가 좋은 줄로 알고 있는 분들이 많은데, 오랜 봉사경험과 클럽운영을 통해 바라본 시각에서는 분명 차이가 있는 것이군요. 그렇다면, 보다 이상적인 클럽 운영에 필요한 요소에는 무엇이 있을까요?

김주일: 그러한 역량들이 최대치로 발휘되기 위해선 회장의 역할이

무엇보다 중요하지. 회장은 위에서 살펴본 회원별 역량과 여건, 성별 차이에 대한 이해를 바탕으로 클럽 내부의 관계를 살펴야 해.

그리고 '보스가 아닌 리더'로서 솔선수범의 봉사를 보여야 하지. 오랜 경험에 비추어 볼 때, 회장이 봉사를 하지 않으면 회원들은 본보기가 없어 봉사의 동기나 의욕을 잃고 탈퇴하기 마련이거든.

또 클럽의 규모도 신경을 써야 하네. 개인적인 견해로, 각 지역의 클럽 회원은 약 40명 내외가 좋아. 그 이상은 봉사단체의 효력이 다소 떨어지거든. 왜냐하면 봉사기획과 참여에 있어 집중도가 떨어지고, 규모에 따라 클럽의 유지비용이 많이 들기 때문이야.

또한 분명 '나 하나쯤 빠져도 봉사는 잘 이루어지겠지'라며 봉사 불참을 합리화 하는 회원이 발생하기 때문에 직접 봉사의 효과와 의미가 감소하지.

따라서 각 클럽의 회장들과 참모들은 봉사자들의 마음가짐은 물론이고 클럽 자체의 효율적이고 지속적인 운영을 위한 길이 무엇인지 고심해야 할 것이야.

이우규: 말씀 잘 새겨듣도록 하겠습니다. 무엇보다 제 역할에 대한 성찰을 통해 보다 나은 클럽 운영에 힘써야겠어요.

우리 봉사자들이 가져야 할 마음가짐

이우규: 그렇다면 라이온스 회원들이 갖춰야 할 것들엔 무엇이 있을까요? 이 부분을 되짚어보자면 개인의 역량을 고려하는 것을 앞서 논의했었죠.

최시원: 봉사하기에 앞서 그 역량을 살폈으니, 봉사의 접근 방향과 마음가짐을 살피는 게 순서겠지. 우선 우리 라이온스는 크게 3가지 요소를 고려하라는 지침이 있어.

첫째로 '봉사의 지속성' 더불어 살아간다는 이타심을 가지고 지속적으로 행해야 한다는 것이지.

둘째로 '눈높이의 봉사' 봉사활동의 프로그램 중 사람을 대상으로 할 때는 아동, 청소년, 노인, 장애자 등이 있는데, 이때는 상대방이 받을 준비가 돼 있는가를 잘 파악하고 헤아려서 그들의 삶의 자리에 맞춘 봉사활동을 하자는 것이지.

셋째로 '사생활 보호' 특히 봉사활동을 사진으로 남길 때는 반드시 본인, 보호자 또는 시설책임자의 동의를 받아 피봉사자의 입장을 배려해야 하지.

당연한 것들이지만, 막상 봉사활동을 하면서 그것들을 잊게 되거나 미처 놓치는 부분들이 있으니까 늘 봉사하기에 앞서 되짚어보는 게 좋지.

김주일: 나는 우리 단체의 성격을 되짚어보며 우리의 소속과 그 역할을 근본적으로 성찰해야 한다고 생각하네.

라이온스클럽은 '봉사단체'라는 사실을 항상 염두에 두어야

해. 일단 모든 봉사단체는 구조적인 차원에서 행사를 줄이되 봉사활동을 늘려야 하고, 개인적 차원에서는 백 마디 말보다 몸소 봉사하고 기부를 통해 지원을 하는 게 우선이야.

한번은 김병덕 국제이사의 강의를 들은 적이 있어. 그 강의는 '이대로 가다가는 한국 라이온스도 심히 위축될 수밖에 없다'는 결론에 이르렀지. 왜냐하면 대체적으로 한국의 라이온스클럽들은 봉사보다 행사에 더 많은 비용을 지출하는 경향을 보이기 때문이야. 외관은 화려하지만, 실질적인 봉사활동은 쥐꼬리라는 김병덕 국제이사의 일갈(一喝)에 나는 전적으로 동의하네.

이는 비유하자면, 사자의 갈기와 목청을 가졌으나 그 행실은 쥐꼬리라는 것인데, 우리는 이를 부끄럽게 여기고 진정한 사자로서의 실력을 회복해야 해.

이우규: 가슴 아프지만, 우리 라이온들이 꼭 새겨들어야 할 말씀입니다. 우리 라이온스를 포함한 여러 봉사단체들은 겉치레식 행사보다는, 실질적인 봉사내역과 사회에의 기여도를 우선시 해야겠지요.

김주일: 이것은 비단 기존 라이온스클럽의 흥망에만 영향을 끼치는 것이 아니어서 더 중요한 문제라고 생각해. 새로운 라이온의 입회와 적응력에도 영향을 끼치기 때문이지.

신입 라이온은 그 가입동기가 봉사하기 위함이 합당한 것인데, 봉사는 뒷전이고 행사만 주요하게 여기는 기성 라이온스 선배들을 보면 어떤 생각이 들겠는가?

실제로 그런 부조리한 라이온스클럽에서 행동과 마음의 불일치를 겪는 동일성의 위기(Identity crisis)를 겪고, 90% 이상의 신입회원이 3년 내에 퇴회한다는 통계가 위 주장을 뒷받침해.

최시원: 김 총재님이 말씀한 부분은, 비단 우리 라이온스뿐만 아니라 모든 봉사단체가 고심하는 부분일 것이야. 특히 우리 라이온스가 이러한 부분에 더 신경을 쓰는 것은, 라이온스클럽의 창립 의도가 사람들의 공명심(功名心)과 공덕심(功德心)을 합쳐 사회에 공헌하는 바를 극대화하려는 것이기 때문이지.

만약 공덕심이 부재하거나 단순히 공명심만을 쫓는 봉사자가 많아지면 어찌되겠나? 우린 절대로 껍데기만 그럴싸한 봉사단체가 되어선 안 될 것이야.

김주일: 좋은 일침입니다. 한국의 명사(名士) 연구에 여념이 없는 김해중 354-A 지구 전 총재의 웅변에 의하면, 클럽 총재정의 50%를 봉사에 사용해야만 클럽이 건강하게 운영된다더군요.

내 생각에도 우리 라이온스 정신 계승과 라이온들의 단합을 위해 행사와 뒤풀이가 필요한 것이기는 하나, 그것이 행사나 모임의 본 주제가 된다면 일반적인 사교모임과 다를 바 없다고 생각해요.

그리고 김해중 전 총재가 클럽 총재정의 50%라고는 했지만, 그것은 최소의 요건입니다. 내 생각에는 봉사 지원금이 과반(過半)은 쓰여야 라이온스의 본질이 계승된다고 봅니다.

따라서 우리 모두 진정한 라이온스 일가(一家)이자 대가족으로서, 봉사의 본질적 의미를 되짚어보며 반성하는 시간을 갖고, 외관이나 명목보다는 그 내용과 실천에 집중해야 하는 것이지요. 그래야 우리 라이온들 각자의 마음에서 진정으로 봉사 정신이 우러나올 것이고, 봉사활동에도 진정성이 깃들어 그 효과와 영향이 배가될 테니까요.

이우규: 우리 봉사자들의 행동 하나하나가 넓게는 사회에 작게는 단체에 큰 영향을 끼칠 수 있다는 사실을 늘 염두에 두어야겠습니다.

정신적 예방봉사의 중요성

김주일: 이번엔 내가 안건과 의견을 내겠네.

이우규: 예, 총재님. 말씀하세요.

김주일: 우리 라이온스가 한국에서 활동한 시간이 벌써 50년이나 되었어. 그동안 한국도 많이 발전했기 때문에 정부의 복지 증진 정책과 각 사회단체의 봉사참여가 활발해졌지.

그런데 문제는 봉사의 선두자인 우리 라이온스의 봉사방향이 크게 달라지지 않았다는 것이야. 봉사의 패러다임을 선도한다는 휘장이 빛을 바래고 있어. 우리 봉사의 일대 방향 전환이 불가피하게 되었네.

최시원: 저도 동감합니다. 우리 라이온스의 극빈층에 지원금 전달, 독거노인 돕기, 장애인 돌보기, 재난재해 구호활동, 장학사

업 등 여러 가지 봉사의 종류가 있지요. 그러나 시력우선사업인 효녀 심청의 날 봉사를 제외하고는 사실상 다른 봉사단체의 활동과 겹치는 부분이 많지요.

김주일: 이에 대한 대책으로 나는 '정신적 예방봉사의 중요성'을 제시하네.

이우규: 총재님께서 특히 신경 쓰시는 부분으로 알고 있어요. 2016년 1월에는 '파주 국제라이온스협회의 자살예방 이색교육'을 후원하셨고, 또 3월에는 자비로 '바르게살기운동 교육'을 후원하셨죠?

김주일: 맞네. 오래 전부터 나는 정신적인 건강을 돌보는 것이 최우선이라고 생각했네. 요즘에야 정말로 돈이 없어 삼시세끼를 굶는 경우는 흔치 않지. 돈이 없더라도 복지관이나 종교단체 등에서 무료로 두 끼 정도는 해결할 수 있으니까.

그런데 오히려 물질적으로는 안정적인 세대에 정신적인 빈곤이 극에 달한 것 같아서 참 안타까워. 다시 말하면 우리가 '자유·평등·물질만능'의 서양물질문명을 도입하면서 우리의 귀중한 동양정신문화 소홀히 하여 그 교육에 힘쓰지 못했고, 이는 우리 가치관의 혼돈을 야기했지.

즉 가치가 있는 행동과 가치가 없는 행동 그리고 절대로 해서는 안 되는 행동을 구분하지 못하고 모든 걸 자기중심적인 이기적 관점으로만 해석하려는 풍조가 강해졌어. 그래서 반사회적이고 반인륜적인 범죄가 증가하고 그에 따른 결과로 불행하고 불우한 이웃들이 생기는 게 사실이야.

이렇게 더욱 빠르게 변화하는 물질중심 현대사회에서는 동양정신문화에 대한 교육이 보다 시급한 실정이며 이는 실제적인 도움이 될 수 있다고 생각해. 이러한 예는 수없이 많아. 내가 이 사례들을 정리하여 갖고 있네. 한번 들어보게.

초등학교 4학년 학생의 사례가 있네. 아버지가 징역 3년을 복역 중 어머니가 아주 집을 나가버렸지. 그래서 나이 많은 할머니와 생활하는 일시적 법적 결손가정이 된 상황이었어. 이때 어머니가 일부종사(一夫從事)를 결심하여 남편의 재기를 돕고, 자식만큼은 학업을 마치고 어엿한 사회의 구성원으로 살아가길 바랐으면 어땠을까? 물론 개인 가정사에 대하여 말하는 것이 조심스럽고, 한 사람의 삶에 대한 방향을 지시하는 것이 욕심일 수는 있겠지. 다만, 우리가 할 수 있는 각자의 최선을 생각할 수 있다면 좋겠어. 그 기반은 진정한 인본주의와 공동체겠지.

또 여자중학교 1학년 학생의 사례가 있네. 부모가 제주도에서 사업을 실패하고 부부싸움 끝에 동반자살을 한 사건이 있었어. 이때 고아가 된 학생은 외삼촌에 맡겨졌지.

만약 부부싸움을 하지 말고 동양의 미덕인 부부유별(夫婦有別)을 생각했다면 어땠을까? 즉 부부간에 의견이 엇갈릴 때는 서로의 입장을 객관적으로 상황에 맞춰 따져보고, 서로가 할 수 있는 역할 나누어 일을 처리했다면 싸움이 크게 번지지 않았을 것이야.

차량에 불을 지르고 부자(父子)가 동반자살을 한 사건도 있었어. 아들이 신용카드 6,000만 원을 낭비했다는 이유로, 아버지가 아들을 차량에 결박하고 휘발유를 뿌리고 자신도 차량에 들어가 방화한 사건이지.

인간은 다른 종(種)마저도 포용하여 같이 살아가는 종인데, 어찌 같은 종인 사람마저 그렇게 잔인하게 대할 수 있는지. 그리고 아들이 아무리 큰 잘못을 했더라도 아버지로서 너무한 처사라고 생각하네. 이는 첫째로 아버지가 화를 못 참고 자기 통제력을 잃어버린 탓이야. 그리고 가정교육에서 맹애(盲愛)교육 및 인성(人性)교육에서 절약정신을 교육하지 않은 탓이라고 보네.

이번엔 배금주의(拜金主義)에 눈이 먼 며느리가 남편, 그 다음에는 시어머니의 밥에 농약을 섞어 숨지게 한 사건이야. 결국 두 명을 살해하여 생명보험금을 타낸 사실이 발각되었고 사형을 선고 당한 적이 있었지. 이는 가정 파탄은 물론 그 자손들에게 크나큰 상처를 주었어.

그리고 요즘 우리나라 이혼율이 세계에서 가장 높다고 하는데, 이혼한 엄마가 얼마 지나지 않아 재혼하면서 자신의 4살 아이를 거리에 버리는 사건이 있었어. 어린이는 경찰의 물음에 자기 집 주소를 설명하지 못한다는 약점을 이용한 것이지.

이 두 예시는 인륜 자체를 저버린 것이라 생각해. 각박한 현실인 상황에서도 열심히 남을 도우며 살아가는 사람들이 있는 반면, 물질 자체에 눈이 멀어 자신의 욕심만으로 살아가는 사람들이 있지.

최시원: 휴…… 제 생각보다 안타깝고 끔찍한 일이 많군요. 알려진 게 이 정도니 다른 알려지지 않은 사건들은 또 얼마나 많겠어요? 그에 따른 정신적인 예방봉사와 지도가 꼭 필요할 거 같습니다.

이우규: 그러게 말입니다. 당사자들이 왜 그렇게 행동했을까를 살펴보면 결국 욕심과 충동 때문인 거 같아요. 사람들이 이 두 가지를 잘 다스릴 수 있도록 무언가 도움을 줄 수 있으면 좋겠습니다.

김주일: 나도 그렇게 생각하네. 그런데 이런 큰 사건들 말고 더 일상에서 접할 수 있는 사례도 있네.

내가 시체검안을 위해 그 집으로 사망자 아들의 차를 타고 간 적이 있었어. 그런데 차량의 배기폭음이 너무 시끄럽더군. 뭔가 고장이 난 건가 싶어 지적을 하니, 집에 온 조카가 돈을 들여 배기관에 구멍을 뚫어 폭음을 일부러 키웠다더군.

이 얼마나 천박한 생각인가? 시민들이 함께 이용하는 차도와 거리에 일부러 소음을 키워 자신의 존재를 자랑하며 이목을 끌어보겠다는 속셈이었던 것이지. 이는 가치관의 전도 및 공덕심과 양심을 저버린 행위라고 볼 수 있어.

최시원: 저도 한 가지 있습니다. 카페를 갔는데 한 무리의 사람들이 흡연실을 나오며 바닥에 침을 뱉더군요. 아니, 하수구도 세면대도 아니라 사람들이 함께 사용하는 곳에서 그렇게 행동할 줄이야. 게다가 거기엔 분명 침을 뱉지 말아달라는

경고문도 쓰여 있었는데 말입니다.

결국 아르바이트생이 한숨을 쉬며 그것을 닦으러 들어가더군요. 누군가 쓰레기를 버리거나 더럽히고 훼손하면, 누군가는 그것을 치우거나 고치는 수고를 해야겠죠.

'나 하나쯤이야 뭐'라고 생각할 게 아니라, '저건 누군가의 불쾌감과 수고를 낳을 것'이라는 인식이 필요해보여요. 이처럼 아주 일상적인 도덕적해이도 자주 목격됩니다.

김주일: 사실 아무리 조심해도 우리도 누군가에겐 피해를 줄 수 있지요. 그 부분을 항상 명심해야 합니다. 그리고 우리 모두가 남을 위한 배려하는 자세를 갖도록 해야겠지요. 어쨌든 사람들이 스스로 자신의 언행이 피해가 되지 않도록 조심하고, 소외된 이웃들에게 더 관심을 가져줄 수 있는 이타심을 가질 수 있다면 최상의 태도일 것입니다.

무엇보다도 '예방이 최상의 치료법'이라고 생각합니다. 우리 라이온스는 물질적 봉사만큼이나 윤리도덕을 바로 세우도록 힘써 반사회·반인륜적 범죄를 미연에 방지해야 하는 임무가 있지요. 다시 말하면, 우리 라이온들이 각자의 위치에서, 목사·신부·스님·학교장 등의 진정한 지도자 역할을 하여, 사회를 밝히는 등불이 되는 것을 목표로 해야 합니다.

이는 동양 고유의 오륜(五倫)을 스스로 지키며 남들도 함께 지키도록 노력하는 일에서 시작할 수 있어요. 그러면 이 사회가 자연스레 배금주의(拜金主義)를 배격하고 공덕심과 양심을 회복하여 건강한 사회가 될 것입니다.

이우규: 저도 나름 오랜 시간 봉사를 해온 라이온스클럽 회장으로서 봉사가 무엇인지 어느 정도 알고 있다고 생각했는데, 총재님들의 지혜로운 말씀을 들으며 봉사의 이치를 다시 배우는 느낌입니다.

제가 라이온스에 입회했던 당시의 마음으로 돌아가게 되었어요.

김주일: 나이가 들수록 자신의 말을 줄이고 행동으로 보이는 것이 어려워진다네. 그러고 보니 자네와 내가 함께 봉사를 한 시간도 어언 이십 년이 훌쩍 지났군. 자네, 우리 파주 라이온스클럽의 회장으로서 정말 수고 많네.

이우규: 별말씀을요. 총재님들께서 저희를 이끌어주신 덕분입니다. 아직도 배울 것이 많습니다. 오늘 찾아뵙게 되어 제가 한층 숙연해진 것 같습니다.

그런데 요즘 고민이 있습니다. 제가 앞으로도 한 가정의 가장이자 진정한 봉사자 그리고 우리 파주 라이온스클럽의 회장으로서 그 책임을 다 할 수 있을지, 아직도 스스로 확신이 서지 않을 때가 종종 있어요.

김주일: 그건 걱정 말게. 나와 최시원 총재가 각각의 삶에서 그러했고 라이온스클럽의 임원으로서 역할을 다해왔듯이, 자네도 이미 자네만의 삶과 주어진 역할로 그 봉사 정신을 증명해나가고 있으니까.

최시원: 누가 언제 어디에 뿌리를 내렸느냐의 근소한 차이가 있지만, 결국 우리는 하나의 씨앗으로부터 출발한 동지일세. 그

리고 이렇게 보란 듯이 잘 헤쳐나아가고 있잖나. 김 총재님, 안 그렇습니까?

김주일: 그렇고말고요. 선배, 동배, 후배 모두 실은 '봉사'라는 커다란 사업을 위한 하나의 고귀한 일가(一家)에 속한 동지입니다. 이 따스한 난롯불도 하나의 불씨로부터 출발한 것처럼, 우리도 서로에게 기운을 북돋으며 더 커다란 온정(溫情)을 이끌어낼 수 있으니까 말입니다.

이우규: 좋게 봐주셔서 감사합니다. 저도 제 위치에서 더욱 노력하겠습니다. 오늘 다양한 방면에서 논의가 이루어졌는데, 결국 우리가 행하는 봉사 자체에 대한 깊은 성찰로 나아가는 시간이어서 여러모로 큰 도움이 되었습니다. 제가 책임지고 안건을 작성하여 오는 월례회에서 발표하도록 하겠습니다. 다른 라이온들에게도 어떤 강력한 지침이 될 것이라 확신합니다. 감사합니다.

▮ 나가며 ▮

김주일, 2018 회기 결산 및 취임식 행사 중에

먼저 본문 내용을 통해 밝히긴 하였으나, 여러 선배 또는 동배 라이온들의 말씀과 글을 사전 허락 없이 인용한 것에 대하여 사과와 감사를 드립니다.

특히 우리 라이온스의 자세한 연혁과 봉사내역 등은『한국 라이온스 50년』과 국제라이온스협회 한국연합회(Korea State Council Lions Clubs International)에서 제공하는 자료와 파주 라이온스클럽의 홈페이지에게서 얻어 활용했음을 밝힙니다.

이 책은 단순히 라이온스의 연혁에 제 봉사 연혁을 더하여 정리한 책이 아닙니다. 내가 한 명의 봉사자이자 라이온으로 활동한 지난 50년이라는 세월 동안, 보고 듣고 깨달은 바를 호소하며 조금이라도 더 나아지는 세상을 위한 나름의 의견을 제시한 책입니다.

맺음말을 적는 지금 이 순간, 나는 가슴 한 쪽이 뭉클하고 북받치지만, 얼굴만큼은 해맑게 웃고 있습니다.

한국에서 라이온스의 봉사 정신이 살아 숨 쉰 공기에 나 김주일의 호흡이 섞여있다는 사실이, 마냥 놀랍고 신기하여 어린아이처럼 순진한 기쁨과 자랑스러움을 느끼기 때문입니다.

마찬가지로 이런 순수한 의미로서, 이 졸저(拙著)가 라이온스 회원들에게 봉사하는 삶의 작은 지침이 될 수 있다면 그 이상 바랄 것이 없습니다.

그럼에도 바라는 것이 있다면, 지금까지 그래온 것처럼 봉사의 길을 끝까지 걸어가는 것입니다. 만일 내가 금촌의원의 운영을 그만두더라도 라이온스의 봉사활동만큼은 지속하고 싶습니다.

현재 대한민국에 95세 이상인 라이온은 나를 포함해서 세 명이 더 있다고 알고 있습니다. 이들을 선의의 경쟁상대로 삼아 생을 마감하는 그날까지 진정한 봉사자로 사는 것이 내 꿈입니다.

그렇지만 여전히 봉사의 길은 어렵고 험난하기만 합니다.

앞서 봉사는 스스로를 위한 일이라고 말했지만, 본질적으로 '봉사는 자기희생을 담보로 하는 커다란 도(道)'이기 때문입니다.

이제 아래의 시를 빌어 커다란 봉사 정신의 핵심을 요약할 수 있습니다. 이 시는 또 하나의 비전을 갖춘 시인이자 우리 파주 라이온스클럽의 감사 공석진L이 나를 생각하며 썼다는 아름다운 시입니다. 나는 이 시를 음미하며 '봉사의 길은 열매의 길이 아니라 그늘의 길'이라는 것을 다시금 깨달았습니다. 이 명제의 깊은 뜻을 아는 사람이라면, 그는 이미 진정한 봉사자임에 틀림없을 것입니다.

평생
나무는 내가 심으마

세상 끝내는 날
내가 누울 한 평
그늘은 내 몫이니

열매는
다 가져가라

-공석진 시인의 시 「봉사」

(시집 『지금은 너무 늦은 처음이다』 중에서)

지난 라이온스 생활 50년을 회고해보면 스스로 모자랐던 점과 아쉬운 점이 많습니다. 하지만 큰 사고 없이 파주 라이온스클럽 창립회장으로 시작하여 지구 부총재, 총재, 고문, 전 총재 등을 지내온 지난날들에 보람을 느낍니다.

그리고 한없이 감사합니다. 내 곁에서 물심양면(物心兩面) 도와준 여러 선배, 동배, 후배 라이온들의 지지와 도움이 없었다면 불가능한 일이었을 것입니다. 특히 이 책이 세상에 무사히 나올 수 있도록 힘을 써준 파주 라이온스클럽의 이우규 회장과 최시원 전 총재 및 여러 임원들과 회원들에게 감사의 말을 전합니다. 여러분이 있어 파주 라이온스클럽의 미래가 밝을 것이라 확신합니다.

그리고 지금까지 묵묵히 내 곁을 지켜준 아내 손기복에게 깊은 감사와 사랑한다는 말을 전합니다. 그 오랜 세월 함께 동고동락하면서도 여태 잘 표현하지 못한 것 같습니다. 나는 당신이 늘 고맙고 자랑스러웠어요. 그대가 있기에 지금의 내가 있는 것이라고 생각해요. 사랑하오.

끝으로, 세계 각국의 위대한 라이온스 지도자들과 국내의 훌륭한 지도자들에게 경의를 표합니다. 그들이 있어 과거로부터 현재까지의 라이온스가 이어진 것이라고 생각합니다.

앞으로는 더욱 희망찬 미래의 통일된 한반도에서, 우리 한국 라이온스가 진정으로 세계를 선도하는 라이온스왕국으로 발돋움하리라 기대합니다.

이제 우리 라이온스의 구호를 힘차게 외치며 긴 글을 마치려 합니다.

“우리는 봉사한다! We Serve!”

부 록

신문 기사 모음

'파주 국제라이온스협회, 자살예방 이색교육 실시'
일반시민 등 150여 명 참석 심신 회복·생명 소중함 일깨워

박상돈 기자, 〈중부일보〉, 2016년 1월 20일 기사에서 발췌

지난 19일 국제라이온스협회 354—H 지구 제3지역(파주시)에서 개최한 '소중한 나 하나뿐인 소중한 생명' 자살예방 교육이 열렸다 (사진: 국제라이온스협회 354—H 지구)

국제라이온스협회 354—H 지구 제3지역(파주시)에서는 그동안 봉사에 지친 라이온들의 심신을 달래고 라이온의 긍지는 물론 생명의 존엄성을 일깨워 주는 이색적인 교육을 실시했다. 지난 19일 파주시 교육문화회관에서 '소중한 나 하나뿐인 소중한 생명'을 주제로 실시한 자살예방 교육에는 서재원 총재를 비롯해 김주일 전 총재 등 라이온 및 가족과 일반 시민 등 150여 명이 참석했다.

이날 실시한 자살예방 교육은 지역에서 병원을 운영하고 있는 김주일 전 총재의 전액 지원으로 이뤄졌다. 서재원 총재는 인사말을 통해 "김주일 전 총재님은 라이온의 발전을 위해 물심양면으로 선봉에서 평생을 봉사하시며 헌신하셨다"고 격려하고 "이처럼 지역주민들과 라이온이 함께 교육을 통해 생명의 존엄성을 일깨워 주는 기회를 제공해 줘 대단히 고맙고 기쁘게 생각한다"고 말했다.

행사를 스폰한 김주일 전 총재는 인사말에서 "의사라는 직업을 갖고 라이온스 활동을 통해 자살이라는 극단적인 선택을 한 이웃들의 불행을 수도 없이 접하며 나머지 가족들의 안타까운 불행을 접할 때는 한없이 안타까웠다"면서 "누구에게든 찾아올 수 있는 극단적 선택의 위험을 예방하고자 이 같은 교육을 계획했다"고 배경을 설명했다.

웃음치료사이며 한국자살예방센터 경기북부지부장으로 강의에 나선 박채필 교수는 재치 있는 강의로 치명적인 고위험군자들의 생활유형을 실례로 모방 자살(베르테르 효과)의 사회적 파급에 대한 경각심을 일깨워주는 등 생명으로부터 스스로의 소중함을 일깨워줬다.

‘바르게살기파주협의회 자살예방 교육(2016년 2월 24일)’

고기석 기자, 〈시민연합신문〉, 2016년 3월 16일자 기사에서 발췌

바르게살기운동파주시협의회(회장 구한서)가 주관하고 김주일 국제라이온스 354-H 지구 전 총재가 후원한 가운데 “‘소중한 나’ 하나뿐인 소중한 생명”이란 주제의 자살예방 교육이 지난 달 24일 파주교육문화회관대강당에서 개최됐다.

이날 교육은 박채필 한국자살예방센터 경기북부지부장이 강사로 나서 생명의 소중함과 자살의 예방을 위한 다양한 방법에 대해 강의했다.

구한서 회장은 “자살 등 이러한 사회적 문제 해결에 적극 대처하여 책임 있는 역할을 다하고자 이번 교육 강좌를 준비하게 됐다”며

"생명의 소중함을 알리는 이번 강의를 통하여, 회원 여러분께서는 건전한 파주 시민으로써 밝은 파주 사회를 조성하는 데 일조하여 주시는 계기로 삼아 주시기를 간절히 바란다"고 말했다.

이번 행사를 후원한 김주일 전 총재는 "OECD회원국가 중에서 자살율 1위라는 오명을 갖고 우리사회의 사회문제로 대두됐지만 아직도 그 심각성을 모루는 사람들이 많이 있다"며 "자살예방에 온 국민이 나서서 더 이상 자살공화국 오명이 나오지 않도록 해야 할 것"이라고 말했다.

'생각하고 실천하는 삶 속에서 발견한 아름다운 인생'
신념 있는 행동으로 39년을 변함없이 봉사하는 김주일 병원장

이경희 시민리포터, 〈싱싱뉴스〉, 2008년 6월 18일자 기사에서 발췌

'파주의 인물'로 소개받은 금촌의원 김주일 원장님은 마음 좋은 동네 어르신처럼 편안하고 푸근했다. 84세라는 연세가 믿기지 않게 건강한 모습으로 진료 중이었는데 인터뷰 목적을 설명하자 극구 사양하시는 겸손함에는 57년 의료인생이 새긴 세월의 깊이마저 느낄 수 있었다.

선생은 10여 년 전부터 매월 1백만 원을 라이온스클럽에 기부하면서 직, 간접으로 어려운 사람들을 돕고 있다. 물론 가족들에게는 부족함이 있다고 생각할 수 있겠다. 하지만 선생의 끝없는 애민의 봉사를 말릴 수 없다며 부인께서도 도와주시는 입장이고 자제분들도 감사하는 마음으로 돕고 있다고 한다.

누구나 봉사에 대한 마음을 갖는 것은 쉬우나 지속하는 것은 용기가 필요하다. 여러 가지 극복하지 않으면 안 되는 벽이 많았을 텐데 39년을 하루같이 봉사로 살아가시는 모습을 뵈니 저절로 고개가 숙여졌다.

지금 선생은 파주 라이온스클럽의 고문으로서 봉사자들의 정신적 지주 역할을 하고 있다. 84세의 나이가 믿기지 않을 만큼 건강을 유지하는 비결이 있었다. 모든 것에 욕심이 없고 적당한 식사를 거르지 않고, 매일 아침 시청 뒤 황룡산을 걷는 것이라고 하는데 2, 30년 후 우리들의 모습도 그래야 하지 않을까 하는 작은 희망을 가져본다.

‘제3회 효녀 심청의 날 행사(2013년 10월 18일)’
파주 라이온스클럽 김주일 전 총재, 시각장애인 위해 1,200만 원 봉사금 쾌척

김영중 기자, 〈파주시대〉, 2013년 11월 7일자 기사에서 발췌

국제라이온스협회 354-H 지구 파주 라이온스클럽(회장 이장한)이 주관해 열린 시각장애인을 위한 ‘제3회 효녀심청의 날 위로잔치’가 최근 법원읍 소재 황금예식장에서 열렸다.

이날 시각장애인을 초청한 자리에서는 참석한 시각장애인 30명에게 1인 30만 원의 생활비와 3만 원 상당의 생필품을 전달하고 오찬을 제공하는 등 1,400만 원의 봉사금이 전달됐다.

특히, 라이온스의 중점사업인 시력보존사업의 일환으로 치러진 효녀 심청의 날 위로잔치는 파주클럽 회원인 김주일 전 총재가 이번 행사를 위해 작년에 이어 올해도 사비 1,200만 원을 쾌척하는 등 솔선수범하는 참 봉사 모습을 보여줘 의미를 더해줬다.

시력보전사업을 우선으로 하는 라이온스클럽에서 김주일 전 총재의 후원금(1,200만 원)과 회원들의 성금으로 마련된 행사가 열렸다. 조은란 사무총장, 이처영 재무총장 이하 3지역 이성렬 부총재 및 각 클럽 회원들과 단체장님들이 참석해 시각장애의 아픔을 겪고 있는 장애인들에게 용기를 심어주기 위해 애써주었다.

'제5회 효녀심청의 날 행사(2015년 10월 14일)' 시각장애인 30명에 격려금 및 생필품 전달

김영중 기자, 〈파주시대〉, 2015년 1월 14일자 기사에서 발췌

국제라이온스협회 354-H 지구 파주 라이온스클럽(회장 백창환)이 주관해 열린 시각장애인을 위한 행사가 14일 법원읍 소재 황금예식장에서 열렸다. 이날 시각장애인을 초청한 자리에서는 초청된 시각장애인 30명에게 1인 30만 원의 격려금과 3만 원 상당의 생필품을 전달하고 오찬을 함께했다.

특히, 라이온스의 중점사업인 시력보존사업의 일환으로 치러진 효녀 심청의 날 위로잔치는 파주클럽 회원인 김주일(93세) 매년 사비 1,200만 원을 쾌척하는 등 5년간 6,000만 원을 지원하며 솔선

왼쪽부터 시각장애인에게 매년 1,200만 원의 격려금을 지원한 김주일 전 총재, 백창환 파주클럽회장, 윤현묵 시각장애인협회 파주지회장, 서재원 354-H 지구 총재

수범하는 참 봉사 모습을 보여줘 의미를 더했으며 주위로부터 귀감을 삼고 있다.

이날 행사에는 30여 명의 시각장애인을 비롯한 백창환 파주클럽 회장, 서재원 총재, 박정 새정치민주연합 파주을 지역위원장, 김동규 경기도의원(새누리당 파주 3) 안명규·박희순 시의원, 김주일 전 총재, 지구임원, 이성렬 파주시산림조합장, 윤현묵 시각장애인 파주지회장, 3지역 9개 라이온스클럽 회장과 회원 등 200여 명이 자리를 함께해 격려했다.

'제7회 효녀 심청의 날 행사(2017년 11월 2일)' 파주시시각장애인협회에 성금 500만 원과 선물 증정

김영중 기자, 〈파주시대〉, 2017년 11월 5일자 기사에서 발췌

이 자리에는 손지욱 3지역 부총재(사진 왼쪽)를 비롯 김주일·최시원·이효숙 전 총재, 윤현묵 파주시시각장애인협회장(가운데 양복) 및 시각장애인 110명, 회원 등 200여 명이 자리를 함께해 아름다운 봉사, 즐거운 봉사로 뜻깊은 시간을 가졌다.

특히 이번 행사에서는 김주일 전 총재가 300만 원, 파주우리클럽 정선영 회장(서울안과) 이 200만 원을 쾌척해 총 500만 원 성금을 협회에 전달했으며, 각 클럽에서 십시일반 모아진 소중한 성금으로 오찬을 대접했다.

'경기북부라이온스 354-H 지구 신년교례회(2012년 1월 10일)' 양주문화예술회관 이철휘 총재 등 150여 명 참석

나눔순례자, 다음카페 〈사랑나눔 행복드림 뉴스〉, 2012년 1월 11일자 글 발췌

라이온스 경기북부지구(총재 이철휘)는 지난 1월 10일 오전 11시 양주문화예술회관 1층 대회의실에서 오덕진 사무총장의 진행으로 신년교례회를 가졌다.

이날 이철휘 총재, 이병림 직전 총재, 박영희 지구 제1부총재와 전 총재들 및 지구임원 200여 명이 참석해 떡과 과일을 함께 먹으며 덕담을 나누었다.

김주일 전 총재는 "새해에 두 가지 다짐을 하자. 회원 2000명 달성, 제2부총재 등록"이라며 지구에 당면한 현안을 각인시켰다.

최시원 전 총재는 "가장 중요한 봉사는 회원배가 운동, 새해에는

회원 각자가 1명의 회원 영입에 힘쓰자."고 말했다.

한편 이날 김주일 전 총재가 기탁한 기금으로 클럽 확장과 회원 확장에 공로가 큰 라이온들에게 격려금이 전달되었다.

파주 라이온스클럽 장학사업 봉사금 전달

라이온스 자료 모음

1. 라이온스란 무엇인가

가. 라이온스 개요

'라이온스'란 자유(自由), 지성(知性), 우리 국민(國民)의 안녕(安寧)의 의미를 지닌다. 즉 Liberty Intelligence Our Nation's Safety의 머리글자를 따서 조합한 용어 'LIONS'로서, 라이오니즘(Lionism)의 창시자 멜빈 존스(Melvin Johns)씨가 미국에서만 사용하려고 하였으나, 후에 박애사상(博愛思想)을 바탕으로 라이온스 국제재단이 설립되어 민족과 국경을 초월한 인도주의를 실행하면서 세계인들의 존경의 대상이 되었다.

라이온스는 세계 각지의 유력한 실업가와 직업인을 회원으로 하는 국제적인 사회봉사단체(International Association of Lions Clubs)로서 '우리는 봉사한다(We serve)'라는 이념 아래 세계평화를 추구한다.

이러한 세계평화 사업을 추진하는 국제라이온스협회 본부는 미국 일리노이주 오크브룩에 위치하고 있다. 미국 시카고 외곽에 세워진 현대식 건물에 300여 명의 직원들이 협회 사무총장의 감독 아래 본 협회 각종 기능을 조정하고 진행하는 것을 돕고, 전 세계 213개 지역 및 회원국, 143만여 명의 회원 및 클럽과 지구가 효과적인 지역사회 개발과 인도주의적인 봉사를 펼 수 있도록 일하고 있다. 300여 명의 직원들이 국제라이온스협회(Lions Clubs International)를 위해 세계 여러 곳에서 활동하고 있으며, 총 9개국 67과를 가지고 있다.

영국의 경제신문 파이낸셜 타임스(FT)는 지난 2007년 7월 5일자 기사에서 국제라이온스협회가 세계 1위의 비정부기구(NGO)로 선정됐다고 보도했다. 파이낸셜 타임스는 국제적인 명성을 지닌 비정부기구를 놓고 투명성, 책임력, 적응력, 실천력 등 4가지 항목을 따지고 총점을 매겼는데, 국제라이온스협회가 1위에 당당히 자리매김하였다. 뒤이어서 쟁쟁한 비정부기구들이 순위경쟁을 벌였다. 국제환경보호(2위), 국제로타리(5위), 그린피스(10위), 유네스코(13위), 유니세프(18위), 미국 국제개발처(19위), 국제노동기구(23위), 국제해비타트(31위) 등이 있다.

라이온스클럽의 회원은 지역 사회에서 또는 국제적인 활동을 통해 사회봉사활동을 하고 있다. 라이온스클럽이라는 세계 최대 봉사조직의 일원이 됨으로써 혼자서는 실현 불가능한 사업을 실시할 수 있고, 보다 큰 원조를 필요로 하는 사람들에게 지원의 손을 뻗을 수 있게 되는 것이다. 뿐만 아니라 같은 클럽의 회원들이나, 국내 전 지역 및 세계 각국에 같은 목적을 가진 새로운 벗들을 만나 우정을 키울 수도 있게 된다.

• 라이온스 주요 봉사사업

라이온스의 목적은 '내가 살고 있는 지역사회 발전에 기여해 복지사회를 건설하고 세계평화 달성에 이바지하는 것'이다. 라이온스 회원들은 이러한 라이온스 목적을 이해해 인류의 상호 이해, 사회와 시민의식, 사회복지와 공덕심 함양, 우의와 상호 협력, 문제 해결을 위한 토론, 지역사회의 숨은 봉사인 격려 등에 적극적인 관심을 기울여야 한다.

그리고 이러한 봉사와 관련된 여러 활동을 수행함에 있어서 직업관, 성공관, 충실성, 자기반성(겸손), 우정관, 선량한 시민관, 이웃관, 비판과 칭찬 등에 관해 마련된'라이온스 윤리강령'을 실천하기 위해 노력을 기울여야 한다.

라이온스는 특히 해당 지역사회에 뿌리를 두고 있기에 우리가 사는 지역사회 안에서 필요로 하는 것에 대한 봉사활동은 기본이고, 국제적인 조직에 걸맞게 국경 밖의 많은 어려움에도 활발한 봉사활동을 하고 있다.

주요한 봉사활동은 다음과 같으나, 이밖에도 지역의 요구와 클럽의 역량에 따라 다양한 봉사활동을 전개할 수 있다.

(1)시력 프로그램

라이온스가 추진하는 역점사업은 시력사업이다. 이는 맹인 및 시력상실가능성이 있는 사람들의 시력보존을 위한 프로그램으로 시력검사, 안구은행, 안경재활용 등의 봉사활동과 안과서비스를 제공하고 있다. 이러한 사업을 더욱 확대하기 위해 1, 2차 시력우선사업과 같은 캠페인을 통해 기부금을 모으고 있다.

(2)보건 프로그램

보건프로그램으로 시력보호프로그램, 당뇨병교육프로그램, 청력보존프로그램 등을 제공해 전 세계 아동 및 성인 당뇨병 예방 및 관리를 위한 지원과 소아암 예방 등으로 건강을 증진시키기 위해 노력하고 있다.

(3)청소년 프로그램

차세대를 위한 아동 및 청소년을 위한 프로그램이다. 레오클럽, 청소년캠프 및 청소년교환 프로그램으로 청소년들의 자원봉사 기회를 제공하고 세계 여러 나라의 젊은이들과 교류함으로써 국제적인 감각을 함양해 지도력 경험을 쌓게 한다. 또한 평화포스터 경연대회를 통해 평화의 메시지를 나눌 수 있는 기회를 제공함으로써 청소년들에게 손을 내밀어 미래에 대한 투자를 하고 있다.

(4)지역사회, 환경보호, 긴급구호 프로그램

우리는 지역사회에 대한 봉사, 환경보호를 위한 봉사, 긴급구호 등을 제공하기 위해 직접 참여하는 많은 봉사를 함으로써 지역사회는 더욱 향상되고, 환경은 후대를 위해 더욱 잘 보존될 것이다.

•라이온이 되기 위한 자격

라이온스클럽 회원이 되기 위한 자격은 '선량한 덕성의 소유자로 지역사회에 명망 있고 봉사 정신이 투철한 성인으로서 현재의 라이온스클럽 회원의 추천을 받은 자'로 명시되어있다.

국제협회 헌장 및 부칙에 최초의 회원자격에는 '성인남자'로 돼있었으나, 1987년 제70차 국제대회(대만, 타이페이)에서 여성의 라이온스클럽 입회가 가결됨으로써 '남자'가 삭제돼 '성인'이 됐다.

그리고 2002년 9월에 열린 국제이사회에서 라이온스클럽회원으로 재적하며 같은 성격의 타 봉사단체에도 적을 두는 것이 인정되게 됐다.

그밖에 라이온스클럽 회원이 되는 데는 '재 입회'와 '전적'이라는 제도도 있다. '재입회'는 한번 클럽을 탈퇴한 사람이 클럽이사회 승인을 얻어 다시 입회하는 것이다. '전적'은 어떤 클럽을 탈회하고, 다른 클럽에 입회하는 것이다.

당연히 이 두 제도 모두 원래의 클럽에서 성실한 회원, 즉 굿 스탠딩(Good Standing)라이온이었다는 전제하에 원래 봉사활동실적은 유지될 수 있다.

나. 라이온스 윤리강령과 목적

라이온스 윤리 강령

1. 자기 직업에 긍지를 가지고 근면성실로 사회에 봉사한다.
2. 부정한 이득을 배제하고 정당한 방법으로 성공을 기도한다.
3. 남을 해하지 않고 자기 직업에 충실히 임한다.
4. 남을 의심하기 전에 자기를 반성한다.
5. 우의를 돈독하게 하며 이를 이용하지 않는다.
6. 선량한 시민으로서 자기의무를 다하며 국가, 민족, 사회의 발전을 도모한다.
7. 불행한 사람을 위로하고 약한 사람을 돕는다.
8. 남을 비판하는데 조심하고 칭찬하는데 인색하지 않으며, 모든 문제를 건설적인 방향으로 추진한다.

라이온스 목적

1. 세계 인류 상호 간의 이해심을 배양하고 증진시킨다.
2. 건전한 국가관과 시민의식을 고취시킨다.
3. 지역사회의 생활개선 및 사회복지와 공덕심 함양에 적극적인 관심을 갖는다.
4. 우의와 협력 그리고 이해로 클럽 간의 유대를 돈독히 한다.
5. 정당이나 종교문제를 제외한 일반인의 관심사인 모든 문제해

결을 위한 토론의 장을 마련한다.

6. 지역사회의 숨은 자원, 봉사자를 격려하여 각 분야의 효율성을 제고하고 도덕심을 향상시킨다.

(1919. 7. 시카고 국제대회 채택)

•라이온스 윤리강령과 목적의 유례

미국 달라스에서 열린 제1회 국제대회에서 협회의 목적과 윤리강령 등 초안되었지만, 정식 '목적'이 결정된 것은 1919년의 대회에서다. 그 과정에서 라이온스 창설자 멜빈 존스의 고민은 한층 깊어갔다.

"다른 사람에게 봉사하지 않고서는 누구도 진정으로 인생에서 성공했다고 할 수 없다."

위의 명언은 아직 미국에서 '봉사하는 클럽'의 모델조차 없을 때, 존스가 독보적으로 주창한 것이다. 당시 존스는 라이온스의 창설자답게 한 발 앞서 조직의 방향을 고심하고 있었다.

"우리 라이온스는 회원 사이의 호혜주의에 머물지 말고, 무언가 그 이상의 것을 제공해야한다."

그리고 달라스 대회에서 라이온스의 회칙이 탄생하였는데 여기에는 존스의 이념이 함축되어 있다.

"어떤 회원도 라이온스클럽을 자신의 경제적 이익을 얻는 수단으로서 부정하게 이용해서는 안 된다."

이를 바탕으로 '윤리강령'을 만들기 위한 위원회가 설립되어, 1918년 세인트루이스에서 개최된 제2회 국제대회에서 다음과 같이 의결한다.

"사람은 선의로 해석해야만 한다. 우정은 목적이지 수단이 아니다."

이것이 오늘날 라이온스의 모든 모임에서 낭독되는 '라이온스 윤리강령'의 핵심이다.

다. 라이온스 문장(紋章)

•라이온스 문장(紋章)의 유례

1919년 7월, 제3회 국제대회에서 명칭에 대한 불만이 들려오자 대회 석상에서 콜로라도주 덴버의 변호사 하스테드 리터는 다음과 같이 말했다고 한다.

"이곳에 모인 우리들은 도대체 누구입니까! 그 이름은 빛나는 의도를 함축하고, 또 유례없는 내용을 나타냅니다. 우리들이 항상 추구하는 자질인 우애, 친선, 개성, 의지의 모든 것을 갖춘 백수의 왕 사자의 이름과 같을 뿐 아니라 그 철자는 미국 시민으로서의 참된 의의와 기반을 가진 것을 국민들에게 널리 선언하는 일입니다. L은 Liberty(자유를 수호한다), I는 Intelligence(지성을 중시한다), O-N-S는 Our Nation's Safety(우리나라의 안전을 생각한다)로서 머리글자를 조합한 것입니다…… 지성 있는 시민이야말로 민주주의 유일한 희망입니다. 라이오니즘의 이념은 진실로 거기에 있는 것입니다. 그것을 지키고 키우는 것에 의해 우리가 가진 사재(私財), 시간, 예지, 그리고 애정을 바치는 맹세를 새로이 하지 않으시겠습니까?"

이 명연설 뒤로 클럽 명칭은 확고부동한 자리를 잡았다. 회칙과 부칙, 윤리강령, 클럽 색채 등이 제1회 국제대회에서 결정되었다.

그리고 라이온스클럽의 문장(紋章)은 여러 곡절 끝에 존스가 상업미술가이자 라이온스 회원인 모리스 브링크에 의뢰를 했다. 그리고 존스는 그가 작업한 3장의 스케치 중에서 1장을 위원회에 제출하며 이렇게 설명했다고 한다.

"과거와 미래의 양 방향을 응시하는 라이온이 그려져 있습니다. 과거를 자랑스러워하고, 미래를 믿는 라이온. 봉사의 장을 찾아서 여러 방향으로 눈을 돌리는 라이온의 모습입니다."

위원회는 그 디자인을 승인, 이것이 오늘날 두 마리 사자의 문장으로 이어지고 있다. 또한 1917년 역사적인 회합으로부터 16년 후, 라이온스클럽 기관지 1931년 1월호는 다음과 같이 클럽 명칭의 의미를 설명하고 있다.

“태고 시대부터 라이온은 모든 선한 것의 상징이었다. 그리고 이 상징성 때문에 이 이름이 선택된 것이다. 사자의 네 가지 뛰어난 자질—용기, 힘, 행동력, 충절—이 명칭의 선택에 깊게 관련된다. 이 네 가지 중에서도 특히 충절은, 모든 라이온스 회원에게 깊은 의미를 갖는다. 라이온은 충성심의 상징이었다. 라이온은 우정, 신념, 신앙 등등에 충성심을 나타낸다.”

이후로도 많은 논의가 있어왔지만, 최종적으로 다음과 같은 설명으로 통합되었다.

국제라이온스협회를 대표하는 사자는 용기, 강인함, 활동성, 성실함 등을 상징하며 봉사활동을 전개하기 위한 기본 요소를 나타낸다. 중앙의 대문자 “L”은비단 사자의 머리글자일 뿐 아니라, 사랑(Love)·자유(Liberty)·법(Law)·노력(Labor)·충성(Loyalty)·생명(Life)을 의미한다.

“L”을 둘러싼 원은 회원과 클럽, 지구가 하나로 화합하자는 의미이며, 상단의 “Lions”와 양 옆을 응시하고 있는 사자의 얼굴은 과거를 돌아보고 미래를 내다보며 도움을 필요로 하는 곳을 찾아 봉사의 영역을 확대해 나가자는 의미이다.

엠블럼을 메우고 있는 ‘보라색과 황금색’은 각각 국가, 친구, 특히 양심에 충실할 것과 청렴한 생활, 투철한 의지, 정확한 판단, 관대한 아량으로 어려운 사람을 물심양면(物心兩面)으로 도울 것을 의미한다.

라. 라이온스 슬로건과 모토

Liberty 자유
Intelligence 지성
Our 우리
Nation's 국가의
Safety 안전

• 슬로건

자유, 지성, 우리 국가의 안전

Liberty, Intelligence, Our Nations's Safety

1917년 최초 회의에서 라이온스클럽 명칭이 결정되었을 때, 이것은 아직 백수의 왕 사자가 상징하는 강력함과 고결함과 같은 모든 좋은 이미지를 생각했을 뿐이라며 어떤 회원은 명칭 변경을 원하기도 했었다. 그러나 1919년 열린 제 3차 시카고 국제대회에서 콜로라도주 덴버의 헤스타드 리타(Halstead Ritter)의 연설로 이의를 제기하는 사람은 없어졌다.

"LIONS란 우리들이 시민으로서의 진정한 의의와 기반을 가지는 것을 널리 국민에게 선언하는 것입니다. 즉, L은 Liberty I는 Intelligence O-N-S는 Our Nation's Safety, 이것의 머리글자를 조합한 것입니다." 그리고 이것이 라이온스클럽의 슬로건이 되었다.

• 모토

"우리는 봉사한다(We Serve)"

이 모토는 1954년 국제협회가 모집한 콘테스트 응모작 중에 캐나다 온타리오주 폰트힐 라이온스클럽의 스티븐슨의 작품이 채택된 것이다.

'나'가 아닌 '우리'라는 단어에 함축된 공동체 의식은 라이온스클럽의 특징을 잘 나타내고 있으며, 모두가 힘을 합해 인도주의적인 봉사를 행하고, 서로 돕는다는 것에 큰 가치를 두고 있음을 드러낸다.

마. 호칭 및 직위와 역할

- 국제라이온스협회에서 말하는 '클럽'은 각 지구의 구성단위인 '라이온스클럽'이다. 또한 '클럽의 회원'은 소속클럽의 회원 한 사람 한 사람을 말한다.

일반적으로 회원이라 하면 '클럽의 회원'을 지칭한다.

- 국제라이온스협회(LCI)와 라이온스국제재단(LCIF)

간략히 정리하자면, '국제라이온스협회'는 LCI(Lions Clubs International)이고, 인적(人的)조직으로서 협회의 모든 인사에 관련된 업무를 담당한다.

'라이온스국제재단'은 보통 '국제재단'또는 'LCIF(Lions Clubs International Foundation)'이라 부르며 기금(基金) 운영을 담당한다.

즉, 라이오니즘과 헌장이라는 엔진으로 LCI(국제라이온스협회)의 인적(人的)조직의 좌측바퀴와 LCIF(국제라이온스클럽재단기금)의 금전(金錢)의 우측바퀴가 'We Serve!'라는 목표를 향해 어떤 대가를 바라지 않고 달리는 자동차와 같은 것이다.

• 라이온스(Lions)

라이온스클럽의 총칭이다.

• 라이온(Lion)

라이온스 회원, 라이온스 조직체(라이온스클럽 및 산하기구)에 속한 라이온스 회원이름 뒤에 붙는 용어이다. 예를 들자면 '홍길동 라이온, 홍길동L'와 같이 동등한 라이온 회원의 입장에서 사용되며, 직책이 분명치 않을 때 경칭으로도 사용된다.

• 네스(Ness)

라이온스클럽은 남성회원을 '라이온(lion, 수사자)'이라고 부르며 여성 회원을 '네스(Ness)'라고 한다. 이는 '암사자'의 영어인 '라이어니스(lioness)'에서 따온 말로 '라이어(lio-)'를 떼어 내고, '니스(-ness)'를 글자 그대로 발음한 '네스(ness)'로 부르는 것이다.

• 레오(Leo)

사전적 의미로 갈기가 생기기 전의 어린 사자를 뜻하며, 보다 성숙한 사자, 즉'라이온(Lion)'이 되기 위해 노력하는 라이온스 산하의 젊은 청년들을 뜻한다. 라이온스는 전 세계 청소년들에게 개인의 발전과 자원봉사의 기회를 제공하기 위해 레오 프로그램을 별도로 만들었다. 기존 라이온과 구분을 위하여 '홍길동 레오, 홍길동Leo' 라고 칭하며, 라이온과 마찬가지로 직책이 분명치 않을 때 경칭으로 사용된다. 이런 레오들이 모여 활동하는 단체를 '레오클럽'이라고 부른다.

• 굿 스탠딩(Good Standing) 회원

라이온스 회원 중에서도 모범이 되는 라이온을 말한다. 라이온스로서 성실한 행사참여와 실질적인 봉사활동 그리고 라이온의 품위에 걸맞은 올바른 언행과 품행을 보이는 회원을 지칭한다.

• 기부회원

기부회원은 20달러, 50달러 및 100달러 후원의 3가지로 구분해 표창하는 연례 프로그램이다.

20달러를 기부한 회원에게는 기부금을 기탁한 재정 연도가 새겨진 동색 기부회원 르펠 핀이 수여된다.

50달러를 기부한 회원에게는 기부금을 기탁한 재정 연도가 새겨진 은색 기부회원 르펠 핀이 수여된다.

100달러를 기부한 회원에게는 기부금을 기탁한 재정 연도가 새겨진 금색 기부회원 르펠 핀(옷깃에 다는 배지)이 수여된다. 모든 단계에서 핀 디자인은 매년 변경된다.

클럽 회원 모두가 기부회원이 된 클럽은 첫 해에 전체 회원 100% 후원 달성 현수막과 세브론을 수상한다. 기부 회원 100%를 달성한 둘째 해부터는 해당 클럽에 매년 세브론이 한 개씩 수여된다.

• 멜빈 존스 동지(MJF=Melvin Jones Fellow)

멜빈 존스 동지(MJF)는 국제재단 수입의 70%를 차지하는 주요 프로그램이다. 시력우선사업을 펼치는 동안 모금된 기금의 대부분은 멜빈 존스 동지(MJF)를 통해 기부된바 있다. 인도주의 활동을 표창하는 멜빈 존스 동지(MJF)는 국제재단에 1천 달러를 기부하거나, 1천 달러 기부금의 기부자 명의를 다른 회원에게 수여할 수도 있는 영광스러운 상이다.

라이온스가 아닌 비회원을 포함한 모든 개인이나, 클럽 또는 지구에서 기부금을 낼 수 있다. 한 번에 1천 달러 이상을 기부하거나 최소 100달러씩 5년에 걸쳐 1천 달러 이상을 분할 기부할 수 있다. 멜빈 존스 동지(MJF)는 르펠 핀, 플라크(패) 및 축하 편지를 받게 된다.

또한 모든 멜빈 존스 동지(MJF)는 입장권을 구매하면 국제대회에서 열리는 연례 오찬에 참석할 수 있다. 멜빈 존스 동지(MJF) 오찬 모임은 1984년 처음 시작돼 그 이후 매년 국제대회에서 개최되고 있다.

• 프로그레시브 멜빈 존스 동지(PMJF=Progressive Melvin Jones Fellow)

프로그레시브 멜빈 존스 동지(PMJF) 프로그램은 국제재단에 대한 기탁자의 기여를 확대할 수 있는 방법이다. 처음 1천 달러의 멜빈 존스 동지(MJF)가 된 이후 추가로 1천 달러를 기부할 때마다 표창된다.

10만 달러까지 기부한 개인에게 표창하며, 기탁금에 따라 다이아몬드, 사파이어, 루비가 새겨진 르펠핀을 수여한다.

• 인도주의 파트너(Humanitarian Partners)

10만 달러 이상을 기부하면 인도주의 파트너가 된다. 인도주의 파트너 프로그램에서는 누적 기부액이 10만 달러, 20만 달러, 35만 달러 및 50만 달러가 넘을 때마다 기부자에 대한 표창이 이뤄진다.

수상자에게는 기부액에 따라 동, 은, 금 또는 백금 핀이 수여된다.

참고로 2017년 현재까지 인도 출신 아루나 오스왈(Aruna Oswal) 전 총재가 480만 달러가 넘는 금액을 기부해 개인 최고액 기탁자로 이름이 올라 있다. 덧붙여 기업 및 단체 기부로는 국제 휠체어재단과 안과협회가 450만 달러, 700만 달러를 기탁하기도 했다.

• 클럽 임원의 호칭 및 역할

(1)회장(클럽GAT코디네이터)

회장은 본 클럽의 최고 집행인이다. 본 클럽의 이사회 및 모든 회의를 주재한다. 이사회 및 클럽의 정기회의 및 임시회의를 소집한다. 본 클럽의 상임 및 특별위원회를 임명하고, 각 위원회가 그 기능을 발휘해 보고하도록 위원장에게 협조 한다. 선거가 공정하게 소집, 시행 실시되도록 유의한다. 클럽의 GAT코디네이터로서 클럽의 GMT, GLT, GST코디네이터들을 리드하고 이들과 협력해 회원 증강, 리더십 함양, 봉사의 활성화를 꾀한다. 소속지대의 지구총재 자문위원회의 정규위원으로써 동 위원회에 협력한다.

(2)직전회장

회장의 업무를 보조하고, 회장과 더불어 클럽의 회합에서 회원 및 내빈을 환영한다.

(3)부회장(클럽GLT코디네이터)

복수(1,2,3부회장)로 둘 수 있으며, 회장 임무수행이 불가능한 경우 그 임무를 대행한다. 클럽에서 진행하고 있는 각종 사업이나 봉사 등에 회장을 적극 협조해 목적에 부합될 수 있도록 적극적으로 협조한다. 차기에 클럽을 이끌어 가야 함으로, 현재 자신이 회장이라는 생각으로 회원 관리 및 신입회원 영입 등에 큰 노력이 필요하다. 클럽에서의 산악회장 혹은 골프회장 등을 맡아 동호회를 활성화 시켜 클럽 단합을 위해 힘써야 한다. 클럽 회장을 따라 지구의 행사나 봉사활동에 적극 참여해 사전 회장 공부를 하는 것도 필요하다. 또 회장 지휘 하에 회장이 할당한 위원회 활동을 감독한다.

(4)총무

회장 및 이사회 지휘 감독 하에 클럽 활동 전반에 걸쳐 집행기관의 중추가 된다. 클럽과 소속지구, 국제협회 간 연락함에 있어 각종 보고서의 제출과 기록보관, 회비 그 외의 납입금 청구 등의 사무를 담당한다. 또한 지구총재 자문위원회의 위원이기도 하다. 총무는 회칙이나 상부 기관으로부터의 통지를 잘 파악하고 지체 없이 처리함과 동시에 클럽 전반을 살피고 회원 상호 간의 융화를 도모해 화합할 수 있게 하는 역할. 클럽 성쇠를 좌우하는 중요한 직책이라 할 수 있다.

(5)재무

클럽예금과 현금을 관리, 이사회 지시에 따라 지불한다. 지구본부에 입금해야 할 각종 의무금, 봉사금 등이 차질 없이 기간 내에 지급될 수 있도록 잘 점검해야한다. 월례회비나 클럽 봉사활동, 행사 등에 필요한 예산에 따라 수입, 지출에 대한 장부, 완벽하고 정확한 통장 입출금 내역, 영수증 등을 기록 관리해야 한다. 재무 일지를 써 놓으면 더욱 좋은 자료가 된다. 클럽 월례회 때마다 재무 보고를 한다. 클럽에서 금전에 관한 각종 사고가 발생하지 않도록 한다. 회비 징수는 총무, 예산안 작성은 재무위원회, 벌금이나 기부금의 징수는 테일 트위스터에 임무가 분담돼 있으므로 연락을 긴밀히 해 상황을 파악할 필요가 있다.

(6)라이온 테이머(Lion Tamer)

이사회의 뜻을 따라 월례회를 준비하고 운영한다. 클럽 소유물이나 비품 관리도 담당한다. 월례회의 질서 유지에 필요한 인쇄물을 준비, 배부하거나 출석자의 좌석 배열 등을 고려한다. 특히 신입회원이 회합마다 기존회원들과 좌석을 함께하며 가능한 빨리 클럽에 익숙해질 수 있도록 배려가 필요하다.

(7)테일 트위스터(Tail Twister)

직역하면 '사자의 꼬리를 흔드는 사람'이다. 회합을 활기차게, 분위기를 부드럽게 하는 월례회의 분위기 메이커 역할. 회원에게 벌금을 부과해 징수하는 권한을 가지고 있다(단, 벌금을 매기는 결정은 어떤 규칙도 받지 않지만, 벌금은 이사회에서 정하는 금액을 넘으면 안 된다). 기본적으로 어느 단체나 모임이든 긴장을 풀고 우의를 다지는 시간이 있고, 그런 시간을 주도적으로 관리하는 사람이다. 적절한 여흥과 게임을 행하면서 클럽 모임의 조화, 우호, 활기를 증진하는데 기여하는 중요한 역할이다. 참석한 회원들이 즐겁고도 많은 것을 배워 갈 수 있도록 연구하고 자료를 수집해 진행한다.

(8)회원위원장

회원 중에서 선출하는 회원이사가 회원위원장이다. 회원추천이나 탈퇴 방지 등 회원증강을 위한 직무를 행한다. 회원만족을 위한 계획을 수립하고 승인을 위해 클럽이사회에 제시, 신입회원 모집활동을 장려하고 탈회회원에 대한 설문조사도 실시한다.

–그 외 GAT(클럽회장), GMT(회원위원장), GLT(제1부회장), GST(봉사활동위원장), 클럽커뮤니케이션위원장, LCIF위원장의 직책이 있다.

바. 클럽의 회의와 위원회

1. 정기회의(월례회)

1)월례회란?

표준클럽헌장 부칙 제5조 제3항에 "본 클럽의 정기회의는 이사회가 결의하고 월례회에서 승인한 일시와 장소에서 개최한다. 모든 회의는 예정된 시간에 개회하고 폐회한다. 본 헌장 및 부칙에 별도의 규정이 없는 한 정기회의 통지는 이사회가 정하는 방법으로 한다(정기회의는 월 1회 이상 개최하도록 권장한다)"로 되어 있다.

헌장상의 정기회의는 한국에서는 월례회로 통칭하며 대부분 월 1회 개최한다. 클럽을 잘 운영하기 위해서는 규칙과 리더, 그리고 대화의 장이 필요하다. 그 대화의 장이 월례회다.

그것도 자유롭게 토론할 수 있는 장이고 라이온스클럽의 목적인 봉사활동하기 위한 최종 결정기관이기도 하고, 이사회에서 결정된 것을 승인하는 가장 중요한 회합이다. 그만큼 회원 과반수의 출석을 필요로 하고 매월 개최돼야 하며 회원은 월례회에 출석할 의무를 갖는다. 라이온스클럽은 월례회부터 모든 활동이 시작된다.

월례회에서 승인 받는다고 해서 "하나에서 열까지 모든 것에 대해 전원의 승인이 없으면 안 된다."는 것이 아니고 이미 합의된 것은 변경이 없는 한 승인을 받을 필요가 없고, 일반적으로 월례회와 다음 월례회의 사이에 돌발적인 사항에 대해서는 민주주의의 원칙에 입각해 '누구나 정당하다고 여겨지는 결단과 처리'를 하면, 사후 보고일지라도 회원은 승낙해 줄 것이라 확신한다. 그를 위해서는 회장 및 각 임원은 평소부터 충분히 공부하고 일의 성격에 따른 적용 회칙이나 관례를 숙지해야만 한다. 각자의 입장에서 평소부터 회원과 일심동체가 되는 긴밀한 소통을 하는 것이 중요하다. 또 매년 일어날 수 있는 사항에 대해서는 클럽3역(회장, 총무, 재무)이 전결할 수 있는 내규를 정해 둘 필요가 있다.

2) 월례회 운영의 중심인물들

①클럽 임원은 월례회의 중요성을 확실하게 인식하고 매너리즘에 빠지지 않도록 항상 주의하고 월례회를 회원 전원에게 의미가 있는 것이 되도록 노력하지 않으면 안 된다. 회장을 비롯한 집행부는 연간 월례회 개최 예정표와 그 방법 등 골격을 미리 짜야 하며 즐겁고 의미 있는 월례회가 되도록 주도면밀한 준비가 필요 하다.

②라이온 테이머는 회의 전에 비품을 적절한 장소에 배치하고 끝난 후에는 원래 보관 위치에 정리한다.

회의 중 회의장의 질서를 유지하고 참석자의 좌석 배치에 유의하며 회의에 필요한 회보, 기념품, 기타유인물을 배포한다. 신입 회원이 각 집회마다 다른 회원들과 동석해 조속히 융합 할 수 있도록 각별한 관심을 가진다. 클럽에서 흔히 하는 입회순

서나 원로회원 순위대로의 좌석 배치를 가끔 변화시켜 보는 것도 회의 분위기 조성에 도움이 된다.

③사회는 일반적으로 총무가 보는데, 총무는 미리 식순을 점검하고 라이온스 의전에 어긋나지 않게 회의를 진행해야 한다. 회장이 의장으로서 회의를 진행해야 하므로 회장은 취임 전에 회의 진행법을 숙지해 회의 진행을 원만하게 진행해야 한다. 월례회나 이사회에서 활동해야 하는 위원회가 있다. 회원위원회는 신입 회원 소개나 퇴회 회원 보고, 회의 불참자들의 근황 보고 등을 하고, 라이온스 정보 위원회는 라이오니즘의 정보를 주지시키는 장으로 월례를 활용하고 회원의 의식 향상에도 노력해야 한다. 지구나 국제협회의 현황을 알리고, 라이온스 공식 잡지인 라이온지 한국어판은 항상 귀중한 정보원이므로 월례회에서 라이온스에 대한 정보를 전달한다.

④국제 대회나 OSEAL 포럼에 관한 안내는 대회위원회가 맡는다. 각종대회의 의의나 목적을 설명하고 그 내용을 회원이 이해하는 것은 국제협회의 일원으로서 각자의 의식을 높이고 참가 촉진의 효과도 기대 할 수 있다. 월례회에서 특히 신경을 써야 할 부분이 출석확인이다. 회의 참석 출석부에 본인들이 직접 서명하도록 하고, 지구행사나 타 라이온스 행사의 참석 여부를 확인해 출석 여부를 결정해야 한다.

⑤월례회에서 테일 트위스터의 역할이 매우 중요 하다. 월례회를 재미있게 운영하는 방법은 많은 클럽에 있어서 매우 관심이 높은 주제다. 그 중심에 테일 트위스터가 있다. 대부분의 클럽에

서 식사를 겸한 월례회를 한다. 월례회를 재미있고 회원들의 친목을 도모하는 것이 테일 트위스터의 주된 임무다. 표준 클럽헌장 부칙 제3조 제8항에 "테일 트위스터는 적절한 여흥과 게임을 행해 벌금을 흥미 있게 부과함으로서 집회의 조화, 우호, 활기를 증진한다. 벌금 부과에 대한 제한을 없으나 클럽 이사회에서 정한 액수로 한다. 동일 회합에서 동일인에게 2회 이상 부과 하지 않는다. 참석자 전원 일치의 찬성 없이는 테일 트위스터에게 벌금을 부과할 수 없다. 징수된 전액을 즉시 재무에게 인계하고 영수증을 받는다."

즉, 테일 트위스터의 목적은 회합의 연출에 있다. 라이온 테이머와 테일 트위스터는 표준 헌장 상에는 선택 직으로 되어 있으나 한국에서는 모든 클럽이 선택해서 활용 하는 것이 클럽 활성화에 도움이 된다.

⑥월례회에 게스트를 초대해서 평소와 다른 형식으로 회합하는 것도 월례회 분위기를 바꿔 화제를 늘려 신선한 시간을 보내게 된다. 다양한 분야의 전문가의 강연을 듣고 예능 분야에서 뛰어난 분을 초청해 즐겁고 교양이 풍부한 월례회를 개최하는 것도 바람직하다. 클럽이 행하는 봉사와 관련된 게스트의 출석도 회원의 공감을 얻을 가능성이 높다. 또한 클럽이 관장하는 지역 주민이나 관련 단체 등의 게스트를 초대하는 것도 중요 하다. 지역 봉사의 테두리가 넓어지는 동시에 라이온스클럽에 대한 지역사회의 인식이 넓어지는 계기가 된다.

2. 임시회의

정기회의까지 기다릴 수 없는 긴급한 현안이 발생하거나 이사회가 요구할 때 임시회의를 소집한다.

표준클럽헌장 부칙 제5조 제4항에 “클럽의 임시회의는 회장이 필요하다고 인정하거나 이사회가 요구할 때 회장이 이를 소집한다. 일시와 장소는 회장 또는 이사회가 결정 한다. 통지서는 임시회의의 목적, 일시, 장소를 명시해 각 회원에게 적어도 10일 전에 우편 및 이메일로 송부하거나 직접 전달한다고.” 규정되어 있다.

3. 총회

표준클럽헌장 부칙 제5조 제5항에 “총회는 매년 회계연도 종료와 더불어 이사회가 결정하는 일시와 장소에서 개최한다. 본 회의에서 결산 보고와 이 취임식이 거행 된다‘로 되어 있다. 매달 있는 월례회의 중회기 초인 7월 정기 월례회를 총회로 정해 지난 회기의 결산과 새 회기의 예산을 심의 결의하고 신·구 임원 이·취임식을 겸하는 것이 바람직하다.

4. 정기이사회

1)정기이사회란?

“정기이사회는 이사회가 결정하는 일시와 장소에서 매월 개최 한다.(이사회는 월 1회 이상 개최하도록 권장한다)”라고 표준클럽헌장 부칙 제5조 제1항에 규정돼 있다. 매월 개최되는 월례회에서 상정된 안건 심의를 단시간으로 매끄럽게 진행하기 위해서도 이사회는 매월 개최해야만 한다.

이사회의 구성원은 회장, 직전회장, 부회장, 총무, 재무, 라이온 테이머, 테일 트위스터, 회원이사(회원위원장) 및 선출된 이사이다. (표준클럽헌장 제8조 제1항)

이사의 반수는 매년 선출 되며 선거후 7월 1일에 취임한다. 임기는 2년이다(표준클럽헌장 부칙 제2조 제2항).

이사회는 구성원의 과반수를 정족수로 하고, 출석 이사 과반수로 결의한다. 그러나 회원 자격의 상실 등에 관해서는 이사회 구성원의 3분의 2의 찬성이 필요 하고 조건이 엄격하다.

이사회는 회원의 입회(표준클럽헌장 제3조 제2항) 및 회원의 제명(표준헌장 제3조 제3항)을 헌장의 규정에 따라 결의 한다.

2) 이사회의 임무 및 권한(표준클럽헌장 제8조 제3항)

①표준클럽헌장 및 부칙에 규정된 임무 및 권한 외에 이사회의 임무와 권한은 다음과 같다. 이사회는 클럽의 집행 기관으로 클럽이 승인한 방침의 집행을 클럽의 임원을 통해 시행할 책임이 있다. 클럽의 모든 신규 사업 및 시책은 이사회가 우선 검토 입안한 후 클럽의 정기 또는 임시 회의에 회부해 회원의 승인을 받는다.

②이사회는 제반 지출을 승인하되 현 클럽의 수입을 초과하는 부채를 조성하지 않는다. 클럽이 승인한 사업 및 시책에 반해 클럽 자금의 지출을 허용하지 않는다.

③이사회는 본 클럽의 임원의 직무 수행상의 집행을 취소 또는

수정하는 권한을 갖는다.

④이사회는 연 1회 또는 필요에 따라 본 클럽의 재정 및 운영의 기록에 대해 감사를 한다. 클럽의 임원, 위원회, 회원이 취급하고 있는 클럽 자금에 대해 재정 보고를 요청 또는 감사를 받도록 할 수 있다. 굿 스탠딩 회원은 적절한 일시와 장소에서 상기 감사 혹은 재정 상태를 검토할 수 있다.

⑤이사회는 재정위원회의 추천을 얻어 클럽 자금을 예치할 금융기관을 지정할 수 있다.

⑥이사회는 클럽 임원의 임무 수행을 보증할 담보 설정을 요구할 수 있다.

⑦이사회는 모금사업을 실시해 일반으로부터 얻은 수익금을 클럽의 운영비로 지출하는 행위를 승인해서는 안 된다.

⑧이사회는 제반 신규 기획 및 방침을 해당 위원회에 회부해 위원회의 검토를 거친 후 이사회에 보고하게 한다.

⑨이사회는 월례회의 승인을 얻어 지구대회에 파견할 대의원 및 교체대의원을 지명하고 임명한다.

⑩이사회는 적어도 2개의 은행구좌를 개설해야 한다. 첫 번째 기금은 회비, 테일 트위스터의 벌금 및 클럽 내에서 조성된 클럽 기금과 같은 클럽 운영비이다. 두 번째 기금은 대중으로부터 조성된 봉사사업 기금이다. 이 같은 기금의 사용은 위의 7항에 준해야 한다.

5. 임시 이사회

임시 이사회는 회장 또는 3명 이상의 이사회 구성원의 요청이 있을 때 회장이 결정하는 일시와 장소에서 개최한다(표준클럽헌장 부칙 제5조 제2항).

6. 헌장 기념식(주년 행사)

"헌장의 밤 기념식을 매년 개최할 수 있다. 기념식에서는 클럽의 목적, 윤리강령 및 클럽의 연혁을 특히 강조한다"(표준클럽헌장 부칙 제5조 제7항)

클럽이 탄생한 생일을 축하하기 위해서 매년 또는 격년, 5년마다 시행하는 행사이다. 클럽의 탄생일을 조직총회일로 할 것인지 헌장의 밤을 기준 할 것인지는 클럽에서 결정하면 될 것이지만, 한국의 많은 클럽이 실제 생일과는 관계없이 5, 6월에 신 구임원 이 취임식과 겸해서 시행하는 주년 행사는 다시 한 번 생각해 봐야 할 일이다.

이웃 일본의 경우 대부분의 클럽들이 5년마다 주년행사를 하며 한국에서도 많은 클럽이 5년마다 창립기념식을 하고 있다. 국제협회에서는 25주년을 실버 기념일, 50주년을 골드 기념일이라 부르고 국제회장을 초대 할 수 있는 중요한 식전으로 위치하며 25, 50, 75주년에는 국제회장의 메시지가 자동적으로 클럽으로 송부된다.

7. 지명회의, 지명위원회, 선거위원회

클럽의 차기 임원을 선출하기 위해 라이온스클럽 표준 헌장 및 부칙에는 다음의 규정을 둔다.

1)지명회의(표준헌장 부칙 제2조 제4항)

지명회의는 매년 3월에 개최한다. 이사회가 일시 및 장소를 결정하며 지명 회의는 개최 일자로부터 최소한 14일 전에 통지한다.

2)지명위원회(표준헌장 부칙 제2조 제5항)

회장은 지명회의에 클럽의 각 임원 후보자 명단을 제출할 지명위원을 임명한다. 지명 위원회의에서 차기년도의 임원후보자를 지명할 수도 있다.

3) 선거위원회(표준헌장 부칙 제2조 제6항)

선거회의는 매년 4월 혹은 이사회가 결정하는 일시와 장소에서 개최한다. 선거위원회는 14일 전에 각 회원에게 통지한다. 본 통지서는 앞서 지명 위원회에서 승인한 모든 후보자 명단을 기재하고 선거회의에서 투표할 것을 명기 한다. 회원들은 선거회의 석상에서 추가 후보자를 지명하지 못한다.

8. 회원위원회(표준헌장 부칙 제4조 제2항)

회원위원회는 회원위원장을 구성원으로 해 클럽의 실정에 맞게 구성할 수 있다. 회원위원회는 작년의 회원위원장, 부위원장 및 신입 회원모집 및 회원의 만족도 향상에 관심이 있는 클럽 회원을 포함해야 한다.

9. 회원위원회의 역할

회원위원회는 회원 증강에 초점을 맞춘다.

주된 역할은 다음과 같다.

- 회원 증강을 목표로 설정하고 실행계획을 세운다.
- 각자 회원 권유 목표를 정하도록 클럽회원을 동기부여 한다.
- 회원 증강에 관한 클럽 강습회를 기획하고 실시한다.
- 이사회와 정기적으로 연락을 취한다.
- 클럽의 지도력 육성 및 회원 유지 목표를 설정하고 실행계획을 세운다.
- 연차 클럽임원 세미나를 기획하고 촉진한다.
- 지구 지도력 육성 위원장과 협력해 연차 클럽 임원 세미나를 행한다.
- 지도력 육성 및 회원유지 강습회를 기획, 실시한다.
- 클럽의 다른 위원회 위원장이 기획하는 강습회, 세미나, 회의 등에 조력한다.
- 조사를 실시하고 클럽 확장이 가능한 지역을 확인한다.
- 클럽 확장에 관한 목표를 설정하고 실행계획을 세운다.
- 클럽 확장 활동에 참여하고 있는 라이온스를 격려하고 지도하며 동기를 부여한다.

이 직책을 맡은 자는 라이온스클럽에 대해 포괄적으로 이해하고 있고 다른 사람과 협력해서 일을 할 의욕과 능력을 갖지 않으면 안 된다. 따라서 회장을 마친 자가 순차적으로 이 직책을 맡는 것이 바람직하다.

10. 분과위원회

1) 상설위원회(표준클럽헌장 부칙 제4조 제1항)

회장은 아래의 상설위원회를 설치 할 수 있다. 단, 회원위원회의 위원 및 위원장은 선거에 의해 선출된다(표준클럽헌장 부칙 제4조 제2항). 회장은 모든 위원회의 직권위원이 된다(부칙 제4조 제4항).

①운영 위원회

-헌장 및 부칙, 대회, 재정, 영접, 정보기술, 지도력 개발, 라이온스 정보, 회원, 프로그램, 홍보.

②사업 위원회

-지역사회봉사, 재해대책, 당뇨병교육, 환경개선, 청력보존, 국제친선, 시력보존, 라이온스 퀘스트, 청소년봉사, 아동봉사.

2) 특별위원회(표준클럽헌장 부칙 제4조 제3항)

회장 또는 이사회의 결의에 따라 특별위원회를 설치 할 수 있다. 회장은 헌장에 정해진 위원회 중에서 클럽에서의 필요성과 클럽 회원 수를 고려해서 이 가운데 몇 개를 합쳐서 1인 위원장 관할 아래 두고 적당한 약식 명칭을 사용해도 상관없다. 또한 주년 행사 등을 위해 상설위원회에서 처리하는 것이 적당하지 않다고 판단될 경우는 특별위원회를 설치 할 수 있다. 회장은 각 위원회의 위원장, 경우에 따라서는 부위원장 및 약간 명의 위원을 배치할 수 있다. 단, 회원위원회의 위원 및 위원장은 선거로 선출된다.

동일 회원을 다른 몇 개의 위원 또는 위원장으로 지명 할 수 있지만 모든 회원을 어떤 위원회든 배치해야 한다. 회장은 각 위원회가 회장의 방침이나 목표 달성을 위해 활발한 활동을 할 수 있도록 배려하지 않으면 안 된다. 회장은 모든 위원회에 직권위원으로 출석하고, 발언할 자격은 있지만, 내용에 따라 위원의 자유로운 발언을 위해 자제해야 할 때도 있다. 물론 출석한 경우 결의에는 참가할 수 없다.

11. 분쟁조정회의

클럽에서 발생하는 모든 분쟁을 클럽 자체에서 만족스러운 해결을 볼 수 없는 경우는 분쟁 조정에 의해 해결하도록 한다(처리대상, 처리요청, 중재자 선임, 조정 회의 및 중재자의 결정 등에 관한 모든 규정이 표준클럽헌장 제10조 제1항에서부터 제6항에 자세하게 서술돼 있다).

2. 라이온스 연혁

가. 라이온스 국제협회의 연혁

1917년 6월 7일	멜빈 존스 씨의 제창으로 미합중국 각지로부터 27명의 대표가 시카고시의 라사르 호텔(Hotel La Salle)에서 첫 회담을 갖다. 멜빈 존스씨를 사무총장으로 선임, 라이온스 회칙 및 부칙을 채택하고 목적과 윤리강령을 결의하다.
1917년 10월 10일	달라스시의 아돌푸스 호텔(Hotel Adolphus)에서 미합중국내 22개 클럽대표 36명이 모여, 제1차대회를 개최하여 정식으로 "라이온스 협회"란 명칭을 사용키로 결의하고, 초대회장에 우즈(W. P. Woods)박사를 선출하다.
1917년 7월 8일	제3차대회에서 "자유, 지성, 우리 국가의 안전"이라는 라이온스의 슬로건을 채택하

다. 1920년 3월 12일 캐나다의 온타리오주 윈저시에서 첫 번째로 미국 이외의 클럽이 조직, 협회의 명칭을 '국제협회'로 바꾸고 라이온스의 정식 마크를 결정하다.

1920년 설립 3년 뒤인 1920년, 라이온스는 캐나다에 첫 클럽을 만들면서 국제 조직으로 변모했으며, 1927년에 멕시코에서 그 다음 클럽이 설립되고, 1950년과 1960년대에 유럽, 아시아, 아프리카에 새 클럽이 창설되면서 국제화가 가속화되기 시작한다.

1925년 헬렌 켈러(Helen Keller)가 오하이오주 세다포인트(Cedar Point)에서 개최된 국제라이온스협회 국제대회에 참석해 라이온스에게 "어둠에 대항하는 맹인의 기사가 되어 달라"고 간곡히 요청했다. 그 이후 라이온스는 맹인과 시각장애인을 돕기 위해 부단히 노력해 왔다.

1926년 북극 탐험가이자 워싱턴 D.C. 라이온스클럽 회원인 리처드 에벌린 버드 2세(Richard E. Byrd, Jr.) 제독이 라이온스 깃발을 날리면서 북극 상공을 비행하고, 같은 해 남극에서도 비행하다.

1930년 조지 본햄(George Bonham) 라이온이 맹인이 길을 건널 때 어려움을 겪는 것을 목격하고 시각장애인을 돕기 위해 백색 지팡이에 빨간색 밴드를 넓게 그려 넣다.

1931년 멕시코 누에보 라레도(Nuevo Laredo)에 클럽을 만들다. 캐나다 온타리오주 토론토에서 미국 외 지역으로는 최초로 국제대회를 개최하다.

1933년 시카고 세계 박람회 방문객들이 이 박람회의 사회과학 코너에서 라이온스클럽에 대해 알 수 있는 기회를 가지게 되다.

1935년 뉴욕시 라이온스클럽의 명예회원인 아멜리아 에어하트(Amelia Earhart)가 멕시코시티 국제대회 기간 중 로스앤젤레스에서 멕시코로 기록적인 논스톱 비행을 하다. 또한 밀워키 라이온들이 음성 도서 플레이어를 공립 도서관에 기부함으로써 맹인이 책을 청취할 수 있도록 하다.

1939년 디트로이트 업타운 라이온스클럽의 회원이 오래된 미시건 농가를 시각장애인용 안내견을 훈련하는 학교 시설로 개조해 전 세계에 안내견이 전파되는 계기가 되다. 펜실베이니아주 윌리엄스포트의 칼 에드윈 스토츠(Carl Edwin Stotz) 라이온은 어린이를 위한 조직화된 야구 프로그램을 제공하기 위해 라이온스클럽, YMCA 및 기타 지역사회 파트너의 지원을 촉구하였고, 1939년 6월 6일, 최초의 리틀 리그 야구 게임이 윌리엄스포트의 파크 포인트에서 열리다.

1944년 세계 최초의 안구은행을 뉴욕시에 창설하다. 오늘날, 대부분의 안구은행은 라이온스의 후원을 받고 있다.

1945년 유엔(UN) 헌장의 초안을 기초함으로써 유엔과 지속적인 유대 관계를 시작하다. 라이온스와 UN의 지속적인 관계는 UN헌장 제정 참여로 조직의 이상적인 모습이 됐으며, 국제협회가 비정부기구로서는 처음으로 1945

년 유엔헌장을 제정할 때 참여한 바 있으며 그 후 지속적인 협력관계를 맺고 있다.

1946년 와이오밍의 캐스퍼 산에서 열린 라이온스 맹인 캠프에 최초의 맹인 어린이 팀이 참여하다.

1947년 10월에 뉴욕시의 월도프 아스토리아 호텔(Hotel Waldorf Astoria)에서 협회 창립 30주년을 기념하다. 이 시점에 이르러 라이온스는 19개 국가에 324,690명의 회원이 가입한 세계 최대의 봉사 단체가 되며, 유엔 경제사회이사회의 고문 자격을 부여받다.

1948년 제2차 세계대전 후 3년만에 스웨덴의 스톡홀롬에 유럽 최초의 라이온스클럽을 창립하다. 불과 며칠 후 스위스의 제네바가 이에 동조하다. 하와이 몰로카이 섬의 칼라우파파에 라이온스클럽이 창설되며, 칼라우파파는 나환자 수용소로서, 차타 회원 모두가 한센병 환자로 구성되다.

1952년	필리핀 라이온스가 전후 일본에 구호의 손길을 내밀고 최초의 일본 라이온스클럽을 만들도록 지원하다.
1954년	국제라이온스 경연대회 후 공식 모토로 "우리는 봉사한다(We serve)"가 선정되다. 이 모토는 캐나다 온타리오주 폰트힐의 스티븐슨(D. A. Stevenson)이 출품한 작품이다.
1956년	디트로이트 라이온스클럽이 6세의 스티비 원더(Stevie Wonder)에게 드럼 세트를 크리스마스 선물로 증정하다. 아문센스콧기지(남극점기지, Amundsen-Scott South Pole Station)가 건립되다. 이어서 16명의 과학자와 군인들이 여기에 라이온스클럽을 만들다.
1957년	레오 클럽을 포함해, 청소년 프로그램을 시작하다. 라이온스는 전 세계 청소년들에게 개인의 발전과 자원 봉사의 기회를 제공하기 위해 레오프로그램을 만들었으며, 전 세계 140개 국가와 지역에서 5천700개의 레오클럽 산하 14만 4천 명의 레오들이 활동하고 있다.

1965년	애리조나주 포트토마스에 멜빈 존스 기념관을 건립하다.
1968년	국제재단(LCIF)을 창립하다. 세계적인 대규모 지역에 인도주의 사업을 통해 라이온스 클럽을 지원하며, 라이온들이 국제재단의 재정적인 도움을 받아 소속 지역사회 및 지구촌을 위한 봉사활동을 전 세계 곳곳에서 실시하고 있다. 국제재단은 창립 후 라이온스 인도주의 봉사활동을 지원하고자 교부금으로 8억 2,600만 달러 이상을 제공했다.
1971년	본부를 수십 년간 시카고 시내에 두었으나, 마침내 일리노이주 오크브룩으로 네 번째이자 마지막 이전을 마무리하다.
1972년	국제재단이 사우스다코타의 홍수 이재민들을 지원하기 위해 미화 5,000달러를 최초의 교부금으로 제공하다.
1973년	2월에 1백만 번째 회원을 받아들이다.

1985년 국제재단이 멕시코의 지진 피해 구호를 위해 최초의 주요 재해교부금으로 5만 달러를 지원하다.

1986년 마더 테레사 수녀가 라이온스 인도주의상을 수상하다.

1987년 국제 부칙을 개정해 여성을 회원으로 받아들이다. 현재 여성 신입회원 증가 속도가 가장 빠른 것으로 나타나다.

1990년 시력우선기금 모금(Sight First)이 시작되었다. 전 세계 4천만 맹인들의 시력을 되찾고 실명을 예방하도록 돕고 있다. 시력우선 사업은 백내장, 트라코마, 사상충증, 아동 실명, 당뇨성 망막증 및 녹내장과 같은 주요 실명 원인 질환을 퇴치하기 위한 것이다. 이러한 실명의 주요 원인을 퇴치하기 위해 4억 1,500만 달러 이상을 모금하는 성과를 올렸다.

1995년 국제재단이 아프리카 및 라틴아메리카의 강변 실명증에 맞서 전 미국 대통령이자 라

	이온인 지미 카터가 이끄는 카터 재단과 협력하다.
1999년	파키스탄의 닐로퍼 백티어(Nilofer Bakhtiar)가 최초의 국제협회 여성 국제이사로 선출되다.
2001년	국제재단과 스페셜올림픽이 제휴하여 스페셜올림픽 선수들의 시력 검진 봉사사업인 오프닝 아이즈(Opening Eyes) 프로그램을 만들다.
2002년	1950년대 이후 중국 최초의 자원봉사단체로, 2개의 라이온스클럽을 만들다.
2003년	라이온스와 카터재단이 5,000만 번째 강변 실명증 치료를 기록하다.
2004년	남아시아 쓰나미 재해 구호 활동을 위해 1,500만 달러 이상을 지원하다.

2007년 파이낸셜 타임즈(Financial Times)가 국제재단을 전 세계에서 가장 제휴하기 좋은 비정부 민간 기구로 선정하다.

2010년 빌 멜린다 게이츠 재단이 '원 샷, 원 라이프(One Shot, One Life) 캠페인'에 500만 달러를 기부하고, 향후 2년간 홍역 퇴치운동을 지원하기 위해 1,000만 달러 이상을 모금하기로 하다.

2011년 국제재단이 10,000번째 교부금을 지원함으로써 누계 총 7억 8백만 달러의 교부금 지원 기록을 세우다. 또, 강변 실명증을 방지하기 위해 1억 4,800만 번째 멕티잔(Mectizan)을 투여하였으며, 일본의 지진과 쓰나미 이재민 구호활동을 지원하기 위해 2,100만 달러 이상을 지원하다.

2013년 국제재단이 홍역과 풍진으로부터 수백만 명의 어린이들을 보호하기 위해 GAVI Alliance와 협력하다. 국제재단은 예방접종을 위해 3,000만 달러를 기부하고, 영국 정부와 빌 멜린다 게이츠 재단이 3,000만

	달러의 매칭 기부금을 보조함으로써 총 6,000만 달러가 모금되다. 한편, 라이온스와 카터 재단의 연합 지원으로 콜롬비아에서 강변 실명증이 박멸되다.
2014년	전 세계에서 1억 명 이상의 사람들에게 봉사하고자 라이온스 창립 백주년 봉사 챌린지를 시작하다.
2017년	라이온스가 창립 100주년이자 봉사 한 세기의 영광을 맞이하다.

나. 한국 (354, 355, 356 지구) 라이온스 연혁

1958년

미국인 무역업자 오키프씨가 처음으로 국제라이온스협회의 취지를 한국 친지들에게 알리고 동지를 규합하기 시작한 것이 우리나라 라이온스클럽 운동의 시초로서 당시 라이온스의 취지에 찬동하여 모인 인사들은 이대위, 여운홍, 주운범을 비롯해 내외국인 무역업자 그리고 약간의 고위급 장교를 합한 10여 명이었다.

그 후 약 1년 동안 정기적으로 모여 한국에서의 사업을 진행, 클럽 운동의 주도자격인 오키프 씨가 사업부진으로 귀국하자 활동이 정체되었다.

그러나 때마침 미국을 시찰한 신동욱(서울클럽회원)씨가 시카고의 국제라이온스클럽 본부에 들러 감명을 받고 돌아와 한국의 라이온스클럽 인사들과 합류하여 본격적인 조직 활동에 착수하였다.

여기에 영자(英字)신문 코리안 퍼블릭(Kore-

	an Public) 상담역으로 한국에 초빙된 슈크 씨가 적극 협력하여 한국주재대표자격으로 활약하였다.
1959년 2월 12일	뜻을 모은 인사 19명이 반도 호텔에 모여 "서울 라이온스클럽"의 이름으로 조직총회를 가졌다. 초대 임원으로 회장 전예용, 제1부회장 정준, 제2부회장 신동욱, 제3부회장 정준모, 총무 전택부, 재무 지동상을 임명했다.
2월 19일	드디어 서울 라이온스클럽이 국제회장 Clarence L. Stum 부처의 내한을 맞아 코리아하우스에서 역사적인 헌장 전수식을 개최, 이후 이날이 한국 라이온스 창립기념일이 되었다.
1960년	4월 인천 클럽, 6월 부산 클럽, 9월 마산 클럽 등이 조직되면서 전국적으로 확산되어 1965년 7월 클럽 수 30개, 회원 1,151명이 되자 국제본부의 승인을 받아 국제라이온스협회 309지구로 승격되었다.

1961년 9월 23일	309 잠정지구로 지정하다.
1965년 7월 3일	309 단일지구로 승격하다.
1966년 10월 15일	제5차 동양 및 동남아시아 라이온스 대회 개최하다(10월 15~17일, 서울, 조직위원장 전예용L).
1971년 3월 1일	라이온지 한국어판이 전 세계 13번째로 승인되어 창간호를 발간하다.
6월 25일	309 단일지구가 309-A 지구와 309-B 지구(부산 및 경상남북도)로 분할하여 309복합지구 탄생하다.
1972년 9월 27일	9월 27일 제11차 동양 및 동남아시아 라이온스 대회를 개최하다(9월 27일~30일, 서울, 조직위원장 한복L).
1974년 6월 22일	6월 22일 제57차 미국 샌프란시스코 국제대회에서 한복L 한국인 최초로 국제이사로 당선되다.

1979년 4월 21일	4월 21일 309복합지구가 외무부 산하 사단법인으로 등록되다.
11월 6일	제18차 동양 및 동남아시아 라이온스 대회를 개최하다(11월 6~8일, 서울, 조직위원장 양준모L).
1980년 7월 5일	제63차 미국 시카고 국제대회에서 김용우L 국제이사로 당선되다.
1981년 6월 20일	309복합지구가 316, 317, 318, 319복합지구로 분할하고, 국제라이온스협회 한국 라이온스연합회를 출범하다(초대 연합회장 박승선L).
1982년 7월 3일	국제라이온스협회에서 한국어를 공용어로 채택하여 한국 라이온스가 국제무대에서도 막강한 영향력을 발휘하게 됐다.
1984년 7월 7일	4개 복합지구를 309복합지구로 재통합. ㈔한국 라이온스연합회 한국 라이온스연합회를 '㈔국제라이온스연합회 309복합지구'로 명칭을 환원했다.

1986년 7월 12일	제69차 미국 뉴올리언스 국제대회에서 신요철L 국제이사로 당선되다.
10월 31일	제25차 동양 및 동남아시아 라이온스 대회 개최하다(10월 31일~11월 2일, 서울, 조직위원장 강민구L, 대회의장 이태섭L).
1989년 6월 24일	제72차 미국 마이애미 국제대회에서 강민구L 국제이사 당선되다.
1993년 7월 9일	제76차 미국 미네아폴리스 국제대회에서 이태섭L 국제이사 당선되다.
11월 8일	제32차 동양 및 동남아시아 라이온스 대회 개최하다(11월 8일~11일, 서울, 조직위원장 이태섭L).
1995년 7월 4일	라이온스 178개 회원국에서 1만 5천 명과 국내회원 1만여 명이 참석해 성공적으로 제78차 서울 국제대회를 개최했다.(7월 4일~7일, 서울, 준비위원장 강민구L)

1996년 7월 12일	第79차 캐나다 몬트리올 국제대회에서 최중열L 국제이사로 당선되다.
1997년 1월 24일	한국 라이온스 시력보존센터 설립하다.
7월 5일	309복합지구가 354와 355복합지구로 분할하고, 외교부 산하 (사)국제라이온스협회 한국연합회가 공식 출범하다(초대 연합회장 최중열L).
1998년 7월 3일	제81차 영국 버밍햄 국제대회에서 김일윤L 국제이사 당선되다.
2000년 6월 23일	제83차 미국 하와이 국제대회에서 송창진L이 국제이사로 당선되다.
11월 23일	제39차 동양 및 동남아시아 라이온스 대회 개최하다(11월 23일~26일, 부산, 조직위원장 최중열L).
2001년 7월 6일	제84차 미국 인디애나폴리스 국제대회에서 이태섭L이 국제2부회장 당선되다.

2002년 7월 12일	제85차 일본 오사카 국제대회에서 이시욱L이 국제이사 당선되다.
11월 22일	평양 라이온스 안과병원 기공식을 평양시 락랑구역 승리 2동에서 가졌다. 프랭크 무어(Frank Moore) LCIF위원장과 당시 이태섭 국제1부회장 등 20여 명의 관계자들이 참석했다. 2년 7개월의 대공사를 마친 후, 준공식은 2005년 6월 18일 열렸다. 병원은 LCIF에서 480만 달러를 지원받고 한국라이온들이 170만 달러를 모금해 설립됐다. 평양라이온스 안과병원은 지하1층 지상3층으로 이뤄졌고 총 76개의 병상을 갖춘 북한 최대의 안과전문 병원으로서의 규모를 자랑한다.
2003년 6월 30일 ~7월 4일	제86차 미국 콜로라도주 덴버시에서 열린 제86차 국제대회에서 이태섭L이 한국인 최초로 국제회장 당선 및 취임되다.
2004년 7월 9일	제87차 미국 디트로이트/캐나다 윈저 국제대회에서 우기정L이 국제이사로 당선되다.

2005년 6월 18일	6월 18일 평양 라이온스 안과병원 준공식을 갖다.
7월 1일	제88차 홍콩 국제대회에서 이태섭L이 제2차 시력우선기금(CSFII) 국제위원장으로 취임되다.
2006년 7월 6일	제89차 미국 보스턴 국제대회에서 최성균L이 국제이사로 당선되다.
2007년 10월 12일	제46차 동양 및 동남아시아 라이온스 대회 개최하다(10월 12일~15일, 대구, 조직위원장 우기정L).
2008년 6월 27일	제91차 태국 방콕 국제대회에서 장광수L이 국제이사로 당선되다.
2009년 2월 19일	한국 라이온스 창립 50주년을 맞아 앨 브랜들 국제회장 부처와 한국 라이온스 지도자 및 내·외 귀빈이 참석한 가운데 뜻깊은 기념행사를 가졌다. 또한 기념우표 발행사업, 안과봉사사업, 각 지구별 자체 봉사를 통한 한국 라이온스를 대내·외적으로 널리

	홍보했다.
7월 10일	第92차 미국 미네아폴리스 국제대회에서 김병덕L이 국제이사로 당선되다.
2010년	제93차 호주 시드니 국제대회에서 이상도L이 국제이사로 당선되다.
7월 2일	355복합지구에서 356복합지구가 분할하여 1개 연합회, 3개 복합지구, 20개 지구 시대를 개막하다.
8월 9일	한국연합회 산하에 한국 라이온스연수원을(초대원장 이상도L) 설치하다.
2011년 6월 30일	한국 라이온스 회원 수가 역대 최대인 83,337명을 돌파하다.
2012년 6월 22일	한국에서 두 번째로 개최된 제95차 부산 국제대회에는 대회사상 가장 많은 5만 5천 308명의 회원등록을 기록했다. 이는 전무후무한 대기록으로 남아 있다(6월 22일~26일, 부산, 준비위원장 최중열L).

6월 26일	제95차 대한민국 부산 국제대회에서 김태영L이 국제이사로 당선되다. 356-B 지구로부터 356-F(충남 세종)지구가 분할해 전국 1개 연합회, 3개 복합지구, 21개 지구 체제를 시작하다.
2013년 7월 9일	제96차 독일 함부르크 국제대회에서 김병기L이 국제이사로 당선되다.
8월 22일	국제재단으로부터 한국 라이온스 퀘스트 사업승인을 받다.
2014년 7월 8일	제97차 캐나다 토론토 국제대회에서 손중호L이 국제이사로 당선되다.
11월 13일	제53차 동양 및 동남아시아 라이온스 대회를 개최하다(11월 13일~16일, 인천, 조직위원장 김태영L).
2015년 6월 30일	제98차 미국 호놀룰루 국제대회에서 정은석L이 국제이사로 당선되다.

2016년 6월 24일 ~28일	제99차 일본 후쿠오카 국제대회에서 최중열L이 국제 제3부회장, 유재풍L이 국제이사로 당선되다.
2017년 7월 4일	제100차 미국 시카고 국제대회에서 대의원 투표로 개정된 주요사항중 하나는 동일 지구 출신의 국제이사와 집행임원이 동시에 국제이사회에 배속될 수 있도록 했다는 것이다. 여기에 힘입어 최중열L이 국제 제2부회장으로 당선되었고, 안두훈L이 국제이사로 당선되었다.
2018년 6월 29일	제101차 미국 라스베이거스에서 국제 제1부회장 최중열L이 당선되었고 국제 이사 김종덕L 당선.

다. 354-H 지구(경기, 한수이북) 연혁

1995년 2월 21일	354-B 지구에서 경기북부 지역 클럽 확장 및 지구 분구추진위원회 구성.
1998년 3월 26일	의정부시 의정부2동 591-2 명성빌딩에 경기북부 분구추진위원회 사무실 개소 운영.
2000년 7월	분구 추진이 여의치 않아 의정부 사무실을 폐쇄하고 분구추진위원장을 지역 부총재에서 지구총재로 격상하고 추진위원회를 재구성.
2002년 3월 20일	354-B 지구 대의원 대회에 지구 분구안을 상정, 투표로 통과.
12월 12일	제8차 총재협의회에 분할안을 상정하고 아울러 국제본부에 상정하여 줄 것을 요청.
12월 17일	354복합지구 총재협의회에서 분할안을 만장일치로 찬성, 의결하고 국제본부 상정.

2003년 4월	싱가포르에서 열린 국제이사회에서 지구 분할 시기를 2003년 7월 1일로 지구 명칭을 354-B 지구와 354-H 지구로 하되, 354-H 지구의 관할지역을 경기도 제 2청사 행정 관할 지역(한수이북)으로 지구 분구를 공식 승인.
7월 12일	의정부시 경민 대학 대강당에서 이태섭 국제회장 및 많은 내외귀빈들을 모시고 창립기념을 개최하였으며 총재 안민규L, 부총재 윤성현L이 취임. 354-B 지구 임원회에서 분구에 따른 지원금으로 3억 원을 행정기기 및 기타 준비금으로 2천만 원 도합 3억2천만 원을 받아 의정부시 금오동 474-1 금오 플러스 9층 904, 905, 906호를 분양받아 지구 사무실을 개소.
10월 21일	국제재단으로부터 75,000달러를 받아 의정부 성모 병원에 영세민을 위한 354-H 지구 시력센터 설치.
2004년 5월 1일	동두천시민회관에서 354-H 지구 1회 지구연차대회 개최, 총재 윤성현L, 부총재

	최시원L 당선.
2005년 5월 7일	의정부예술의전당에서 354-H 지구 2회 지구연차대회 개최, 총재 최시원L, 부총재 정승일L 당선.
11월 25일	11월 25일 국제재단으로부터 75,000달러를 받아 동두천 해오름 어린이집에 중증장애어린이를 위한 대형버스와 치료 및 재활교구 등을 전달.
2006년 3월 3일	필리핀 301-A2 지구와 자매지구 체결.
4월 22일	양주문화예술회관에서 3회 지구연차대회 개최, 총재 정승일L, 부총재 이용성L 당선.
6월 9일	6월 9일 354복합지구 연차대회에서 최우수 지구상 수상.
7월 28일	국제재단으로부터 교부금 150,000달러를 받아 고양시 일산구 새빛안과 병원에 354-H 지구 라이온스 시력센터를 개소하였으며, 150여 명의 청각장애인들에게는

	맞춤형 보청기를 보급.
2007년 5월 12일	고양시 킨텍스에서 4회 지구연차대회 개최, 총재 이용성L, 부총재 박광식L 당선.
11월 17일	라오스 비엔티엔(코스모 호텔)에서 354-H 지구(고양L.C)가 지원한 '라오라이온스클럽' 헌장 전수.
12월 5일	354-H 지구와 355-J 지구 자매결연.
2008년 4월 26일	파주시민회관에서 5회 지구연차대회 개최, 총재 박광식L, 부총재 유영도L 당선.
7월 10일	국제재단으로부터 교부금 75,000달러를 받아 뇌병변장애우, 지체장애우 등에게 전동 및 수동휠체어 149대를 보급.
2009년 3월 19일	국제재단으로부터 교부금 75,000달러를 받아 시력센터(고양시소재 새빛안과) 장비보완 지원.

4월 24일	고양시 킨텍스에서 6회 지구연차대회를 개최, 총재 유영도L, 제2지구 부총재 권두안L 당선.
2010년 4월 8일	양주시 문화예술회관에서 제7회 지구연차대회 개최, 총재 이병림, 지구1총재 이철휘, 지구2부총재 박영희 당선.
5월 20일	34회 354 복합지구 연차대회 준우수 지구상 수상.
2011년 4월 28일	의정부시 신흥대학에서 지구연차대회 총재 이철휘, 지구1부총재 박영희 당선.
5월 19일	제35회 354복합지구 연차대회 '우수지구상' 수상.
6월 27일	국제재단으로부터 교부금 52,000달러를 받아 파주시청관할소속 파주시자활센터에 아동목욕차량 지원.
8월 2일	국제재단으로부터 긴급교부금(수해) 10,000달러를 받아 동두천, 연천지역의 위문품 전달.

2012년 4월 30일	국제재단으로부터 일반교부금 75,000달러를 받아 중고안경재활용 센터 건립 추진 중.
4월	양주문화예술회관에서 제9회 지구연차대회를 개최, 총재 박영희, 지구 제1부총재 유희식 당선.
6월 9일	제36회 354복합지구 연차대회에서 '우수지구상' 수상.
11월 15일	국제본부로부터 일반교부금 75,000달러를 받아 재해구호 및 극빈계층 구호를 위한 '사랑의 밥차' 지원 추진 중.
2013년 4월 26일	구리실내체육관에서 제10회 지구연차대회 개최, 총재 유희식L 당선.
6월 15일	제37회 354복합지구 연차대회에서 'LCIF 특별상' 수상.
2014년 1월 7일	신한대학교 에벤에셀관에서 임시대의원대회 개최, 2013~2014 지구 제1부총재 최창환L 당선.

4월 25일	신한대학교 벧엘관에서 제11회 지구연차대회 개최, 총재 최창환L 당선.
5월 25일	신한대학교 에벤에셀관에서 임시대의원대회개최, 2014~2015 지구 제1부총재 서재원L 당선.
5월 31일	제38회 354복합지구 연차대회에서 '최우수 봉사상' 수상.
2015년 5월 15일	신한대학교 벧엘관에서 제12회 지구연차대회 개최, 총재 서재원L 지구 제1부총재 이효숙L, 지구 제2부총재 임상철L 당선.
5월 29일	제39회 354복합지구 연차대회에서 '최우수 지구상' 수상.
2016년 4월 28일	양주 문화예술회관에서 제13회 지구연차대회 개최, 총재 이효숙L, 지구 제1부총재 임상철L, 지구 제2부총재 이재일L 당선.
5월 24일	제40회 354 복합지구 연차대회에서 '최우수 지구상' 수상.

2017년 4월 28일	양주 문화예술회관에서 제14회 지구연차대회 개최, 총재 임상철L, 지구 제1부총재 이재일L을 당선.
5월 23일	2016년 9월 LCIF 국제재단에서 일반교부금 75,000달러를 교부 받아 의정부성모병원의 광각안저촬영 장비 지원.
5월 25일	제41회 354복합지구 연차대회에서 '최우수봉사 지구상' 수상.
2018년 1월 5일	2018년 신년교례회 및 임시대의원대회 개최, 총재 이재일L, 지구 제1부총재 강병하L 당선.
4월 12일	포천 종합체육관에서 제15회 지구연차대회 개최, 총재 이재일L, 지구 제1주총재 강병하L 당선.
5월 30일	제42회 354복합지구 연차대회에서 '우수지구상' 수상.

파주 라이온스클럽 임원 및 회원 명단

(2018~2019)

순번	직책	이름
1	회 장	이 우 규
2	제1부회장	배 수 용
3	제2부회장	원 병 희
4	총 무	조 도 행
5	재 무	이 현 용
6	라이온테마	우 상 준
7	테일트위스터	김 길 수
8	이 사	김 주 일
9		최 시 원
10		김 선 일
11		이 중 승
12		박 승 도
13		이 성 렬
14	감 사 1	공 석 진
15	회 원	박 정
16		권 혁 주
17		서 인 석
18		김 병 선
19		유 영 현
20		김 정
21		김 성 수
22		김 현 식
23		이 종 희
24		박 덕 종
25		박 상 근
26		박 정 용
27		정 중 근
28		김 종 대
29		조 은 행
30		박 성 진
31		이 봉 환
32		윤 병 철
33		이 정 환
34		권 기 범

파주 라이온스클럽 연혁

1969년 3월	서울 무학 라이온스클럽의 제1부회장 정대천 L(대한노총 위원장, 파주군 국회위원 2선)이 주축이 되어 박사학L(경기도 경찰국장 역임), 제2부회장 변형권L(현대건설 사장), 반석홍L(한국자동차 정비업소 연합회장), 이정환L(뉴서울호텔 사장) 등 무학 라이온스클럽 중진 라이온과 파주군의 김주일(금촌의원 원장), 이진주(성광의원 원장), 심성구(성민의원 원장), 김종승(화성한의원 원장), 박광일(광일학원 파주여상 이사장), 차선모(광탄양조장 사장) 등을 여러 차례 방문하여 회의.
4월 11일	창립총회(파주군청 회의실)에서 서울 무학 라이온스클럽의 스폰서로 조직총회를 갖고 명칭을 파주 라이온스클럽이라고 정하고 김주일 금촌의원원장을 초대회장으로 선출하고 임원 및 이사회를 구성.

〈조직 차타멤버〉

김주일 윤만중 최노수 김종승 민경식 이한수 최봉성 김영길 장 철

임종욱 김기철 유봉식 김은식 김정삼 송낙용 우종하 심성구 차순모

성기창 한영수 우종록 주광일 안홍진 윤기영 홍두호 이진주 이경지

곽노인 이경락 박광일 민상현 박동근 조경연 김시봉 서식빈 박영호

6월 14일	문산 농업고등학교 대강당에서 국제라이온스 렵회 309-G(한국)지구 제7대 총재 강성태L(상공부장관, 남산라이온스클럽) 등 지구사무총장 문봉제L(내무부 치안국장 역임, 남산 라이온스클럽 제7회 회장) 등 여러 지구임원 및 무학 라이온스클럽 정대천L을 비롯하여 임원과 내빈 다수가 참석한 가운데 '헌장의 밤'을 성대하게 개최.
6월 24일	본 클럽 사무실 개설(성광의원 3층).
10월 24일	라이오니즘을 상징하는 표어(UNITE MANKIND THROUGH LIONISM)가 새겨진 대형 간판을 매일 세계 각국 손님 등이 내왕하는 판문점 출입구(자유의 다리)에 건립하여 라이오니즘을 널리 알리고자 개막식을 성대히 개최.
1970년 4월 11일	창립 제2주년 기념행사.
7월 1일	제3대 회장 민경식L 선출.
1971년 4월 12일	창립 제3주년 기념행사.
7월 1일	제4대 회장 우종하L 선출.

1972년 4월 10일	창립 제4주년 기념행사.
6월 26일	일본 야이다 라이온스클럽 회원 7명 방문 환영.
7월 1일	제5대 회장 김성구L(성민의원 원장)을 선출.
11월 18일	파주읍 봉암3리와 자매결연을 체결.
1973년 4월 10일	창립 제5주년 기념행사.
7월 1일	제6대 회장 심성구L을 선출.
1974년 6월 13일	창립 제6주년 기념행사.
7월 1일	제7대 회장 심성구L을 선출.
1975년 6월 14일	창립 제7주년 기념행사.
1976년 6월 14일	창립 제8주년 기념행사.
1977년 6월 14일	창립 제9주년 기념행사.

7월 1일	제9대 회장 이한수L(한국전력산출장소장)을 선출.
1978년 2월 17일	309-A지구 무학 라이온스클럽 합동월례회 (무학, 파주 성동 77동원 (엠버서터 호텔 대공연장).
4월	309-A지구 17년차대회 참석.
5월	309지구 4지역 합동월례회 참석.
6월 14일	라이온 탑 건립(문산). 창립 제10주년 기념행사(파주여자상업고등학교).
7월 1일	제10대 회장 이경락L(도립금촌병원장) 선출.
1979년 3월 27일	309-G지구 제4지역 합동월례회(의정부).
4월 27일	제1회 지구연차대회(총재 김숙현L) 서울세종문화회관.
5월 12일	제6회 복합지구연차대회 참석(서울).
6월 10일	창립 제11주년 기념행사(임진각). 제11대 회장 이진주L(성광의원)을 선출.

1980년 5월 10일	제2회 연차대회(총재 김관철L) 인천시립체육관.
5월	309-G지구 제4지역 합동월례회(동두천).
6월 14일	309-G지구 17년차대회 참석. 창립 제12주년 기념행사(임진각).
7월 1일	309-G지구에서 316-B지구로 명칭 변경. 제12대 회장 김종승L(화성한의원원장)을 선출.
1981년 2월 27일	309-G지구 자매결연 조인식 및 2차 지구 임원회 참석.
4월 25일	제3회 지구연차대회(총재 김동옥L) 성남동영 극장.
5월 23일	309-G지구 합동월례회(남양군청 회의실).
6월 14일	창립 제13주년 기념행사(임진각).
7월 1일	제13대 회장 최태승L을 선출.
9월 25일	국제협회의장 한국공식방문 만찬회 참석.

1982년 4월 11일	창립 제14주년 기념행사(임진각).
4월 27일	제4회 지구연차대회(총재 허 정L) 수원연초제조창. 우수봉사클럽상 수상.
1983년 4월 29일	제7지역 합동월례회(주관: 동두천L.C).
6월 3일	제1회 복합지구연차대회 참석.
6월 13일	창립 제14주년 기념행사(임진각).
7월 1일	제14대 회장 이영순L(파주공고이사장) 선출.
8월	무의촌 진료사업 대대적으로 행사.
9월	지구임원회(온양제일관광호텔).
1984년 4월 11일	창립 제15주년행사(임진각).
4월 20일	제6회 연차대회(총재 이필용L) 부천중앙극장. 클럽확장상, 모범상 수상.

5월 24일	제9지역 합동월례회(동두천L.C)
6월	라이온과 라이온네스클럽이 합동으로 회장 취임. 제16대 회장 김동근L(동일약국)을 선출.
7월 1일	316-B지구에서 309-G지구로 명칭변경.
1985년 4월 11일	창립 제16주년 기념행사(천현면 동일예식장).
4월 27일	제7회 연차대회(총재 이학린L) 수원실내체육관. 종합우수클럽상 수상.
7월 1일	제17대 회장 황춘연L을 선출.
8월 25일	8월 25일 지구임원회 참석.
1986년 3월	309-G지구 제9지역 합동월례회 참석(양주 군민회관).
4월 11일	창립 제17주년 기념행사(임진각).
7월 1일	제18대 회장 우세제L(세제한의원)을 선출.

1987년 4월 11일	창립 제18주년 기념행사(임진각).
4월 25일	제9회 연차대회(총재 오상근L) 서울농과대학. 최우수클럽상, 최다참가상 수상.
5월	309-G지구 제9지역 합동월례회 참석(고양 늘봄농원).
7월 1일	제19대 회장 한철희L(한진약국)을 선출.
7월 7일	서울77L.C 제10주년 행사에 참석.
10월 27일	제11지역 합동월례회 참석(주관: 양주L.C).
1988년	청력센터 8주년 및 운영합동 월례회.
4월 11일	창립 제19주년 기념행사(임진각).
4월 30일	제10차 309-G지구 연차대회 참석. 연차대회 우수클럽상 수상(총재 박두철L).
6월 17일	제11지역 합동 월례회.

7월 1일	제20대 회장 이완식L을 선출.
7월 7일	서울77L.C 제11주년 행사에 참석.
8월 25일	"통일의 길목" 자연석탑(조리면 봉일천 사거리). 파주-고양 경계선 검문소 입구 라이온 사자탑 건립 제막식 행사.
9월 16일	국제협회장 만찬 참석.
11월 14일	청력센터 운영위원회 일일찻집 행사 참석.
1989년 1월 16일	청력센터 9주년 및 운영클럽 행사에 참석.
2월 20일	한국라이온 제30주년 기념식 행사 참석(서울롯데).
4월 29일	제11차 지구연차대회(총재 조승원L) 경기도 광주 경화여상 강당. 연차대회 최우수클럽상 수상.
5월 10일	창립 제20주년 기념행사(임진각).

5월 23일	309-G지구 제14지역 합동월례회 참석(주관 : 동두천L.C).
7월 1일	제21대 회장 이상현L을 선출.
1990년 1월 15일	309-G지구본부 회관건립 준공식에 참석.
4월 28일	제12차 지구연차대회(총재 박종민L) 성남공설 운동장 실내체육관. 종합 최우수클럽상(봉사)을 수상.
5월 10일	창립 제21주년 기념행사(임진각).
7월 1일	제22대 회장 한영철L을 선출.
11월 19일	서울대 청력센터와 합동월례회 참석.
1991년 2월 22일	국제협회장 공식방문 환영만찬회 참석(하얏트호텔).
4월 11일	제4지역 합동월례회 및 본 클럽 창립 제22주년 기념행사(장소: 임진각).

5월 17일	309-G지구 제13회 지구연차대회(총재 황선정L) 수원실내체육관. 최우수클럽상(봉사) 수상.
7월 1일	제23대 회장 서영호L을 선출.
1992년 2월 28일	조리면 봉일천 홈실가든 3층 본클럽 사무실 이전(전세금 500만 원).
3월	제14지역 회장단 회의 겸 신입회원 연수회(행주호텔).
4월 11일	창립 제23주년 기념 행사(문산 국제프라자).
4월 23일	제14차 지구연차대회(총재 홍성운L) 경기도문화예술회관. 우수클럽상(봉사) 수상.
8월 19일	클럽단합대회 및 월례회(문산 나루터).
10월 17일	국제협회장 공식방문 환영 만찬회 참석(서울 롯데호텔).

11월 19일	파평농업협동조합과 본 클럽간의 자매결연식 행사(파평농협).
11월 25일	제31차 동양동남아 대회 참석(말레이시아 쿠알라룸프르).
1993년 4월 9일	본 클럽 제24주년 행사 및 백일홍라이온스클럽 헌장의 밤 행사(임진각).
4월 20일	제16지역 합동월례회 참석.
5월 11일	309-G지구 제15차 지구연차대회 참석(총재 이대균L) 수원실내체육관. 최우수클럽상(클럽확장) 수상.
5월 22일	제17회 복합지구연차대회에 참석(올림픽공원 제3체육관).
7월 19일	제25대 회장 박영만L을 선출.
7월 21일	제32차 동양동남아대회 개최(서울) 3명 참석.
1994년 4월 11일	제15지역 합동월례회 겸 본 클럽 25주년 기념행사(금촌본전부페).

5월 21일	第16회 지구연차대회 참석(총재 서정선L) 수원 성균관대학교 실내체육관. 최우수클럽상(L.I.C.F-LSF) 수상.
5월 27일	第18회 복합지구연차대회 참석.
7월 11일	第77차 세계대회 참석(김선일L, 박승도L) 미국 아리조나 휘니스.
7월 27일	第26대 회장 안정수L 선출.
1995년 4월 11일	창립 第26주년 기념행사(임진각).
4월 29일	309-G지구 第17차 지구연차대회(총재 이재원L) 수원 경기도문화예술회관. 최우수 클럽상(LCIF-LSF) 수상.
5월 18일	복합지구연차대회 참석(유관순 기념관).
5월 23일	309-G지구 第16차 합동월례회 참석(주관: 동두천L.C).
7월 1일	第27대 회장 신장현L을 선출.

7월 4일	제78차 세계대회 참석(서울 잠실올림픽 체육관).
9월 27일	본 클럽 스폰서로 통일L.C 헌장의 밤 행사(금촌본전부페).
1996년 4월 19일	창립 제27주년 기념행사(금촌본전부페).
5월 6일	309-G 지구 제18차 연차대회(총재 오광열L) 경기도 문화예술회관. 종합최우수클럽(클럽확장) 상 수상.
6월 18일	복합지구연차대회 참석(유관순 기념관).
6월 24일	북한의 중요도시의 물맛을 음미하기 위하여 음수대 제막식(통일촌).
7월 22일	제28대 회장 박승도L을 선출.
7월 31일	파주문산지역 수해피해 회원 방문(위로차).
1997년 2월 18일	309-G지구 제16지역 합동월례회(금촌화남부페).

4월 22일	창립 제28주년 기념행사(금촌본전부페).
5월 17일	제19회 지구연차대회 참석(총재 최인영L) 수원 성균관대학교 실내체육관. 최우수 클럽상(봉사) 수상.
6월 12일	309-G지구 제16지역 합동월례회 참석(금촌 화남부페).
7월 1일	309-G 지구에서 354-B지구로 명칭 변경.
7월 21일	제3대 회장 최시원L을 선출.
8월 7일	일본 하다노시 우호방문단 내방(하다노L.C).
8월 30일	국제협회 제1부회장 한국공식방문 환영만찬회 참석(롯데호텔).
10월 7일	제14지역 2지대 합동월례회 및 통일L.C 창립 제2주년 기념행사에 참석(교하그린하우스).
11월 9일	최전방부대 위문차 방문, 급수대 방문, 콩 축제행사 참석.

11월 22일	국제협회장 환영만찬회 참석(강남롯데월드호텔).
11월 27일	제36차 동양동남아대회 참석(필리핀 마닐라).
1998년 2월 26일	354-B지구 분구추진위원회 개소식(의정부 명성B/D 4층).
4월 10일	제14지역 합동월례회 및 본 클럽 창립 29주년 기념행사(금촌화남부페).
4월 25일	제20회 지구연차대회 참석(총재 송철흠L) 부천 종합체육관. 단체식 최우수클럽상(회원확장) 수상.
5월 28일	제22회 복합지구연차대회 참석(서울교육문화회관).
6월 29일	제81차 세계대회 참석(최시원L) 영국 런던 버밍햄.
7월 20일	제30대 회장 김태중L을 선출.
8월 11일	태극기사랑운동 전개(파주시청 광장).

9월 26일	제16지역 합동월례회 및 통일L.C 창립 제4주년 기념행사에 참석(교하그린하우스).
10월 30일	파주시장으로부터 본 클럽이 모범상 수여.
11월 24일	국제협회장 환영만찬회 참석(롯데호텔).
12월 8일	98년 자원봉사의 날 파주시장으로부터 김주일L, 최시원L 감사패 수여.
1999년 4월 12일	창립 제30주년 기념행사(금촌본전부페).
4월 24일	제21회 지구연차대회 참석(총재 조재환L) 경기도 문화예술회관. 단체상, 최우수클럽상 수상.
6월 19일~23일	제83차 세계대회(미국 하와이) 김주일L 참석.
7월 1일	제31대 회장 송달용L을 선출.
11월 3일	제15지역 합동등반대회(광탄 감악산).
12월 10일	강원도 재해복구지원(고성L.C 강릉L.C 각각 100만 원씩) 회장 송달용L 외 17명 참석.

2000년 3월 20일	지구대의원회 김주일L 지구부총재 당선(수원 경기도 문화예술회관).
4월 19일	창립 제31주년 기념행사(금촌본전부페).
4월 27일	제22회 지구연차대회 참석(총재 김주일L) 경기도 문화예술회관. 단체상, 종합최우수 클럽상 수상.
7월 1일	제32대 이장수L 회장 취임.
8월 24일	총재 이·취임식 및 회장, 총무, 재무 연수회(아주대학교).
9월 1일	본 클럽 스폰서로 임진강L.C, 코스모스L.C 헌장의 밤(금촌본전부페).
9월	제15지역 회장, 총무, 재무 상견례(감악산도봉산가든).
10월 24일	감악산 등반 및 환경보호 캠페인(적성감악산).
11월 23일~26일	제39차 동양동남아 대회 참석(부산).

2001년 1월 20일	B지구 자매지구인 스리랑카 306-B지구 방문(김주일L, 이장수L 참석).
1월 21일	스리랑카 306-B지구 소속 갤라니아클럽과 자매결연 체결(김주일L, 이장수L 참석).
3월 20일	지구대의원대회 제24대 총재 김주일L 당선 사무총장에 이장수L 위촉.
4월 11일	창립 제32주년 기념행사(금촌본전부페).
4월 20일	제23회 지구연차대회(경기 예술문화회관). 단체상: 종합 최우수클럽상 수상.
5월 27일	제25회 354복합지구연차대회(서울 세종문화회관). 개인상: 우수클럽확장상 이장수L 수상.
7월 1일	제33대 회장 이중승L 취임.
7월 2일~6일	제84차 세계대회 참석(미국 인디아나폴리스) 김주일L, 이장수L 참석.
7월 10일	354-B지구 제24대 김주일L 총재 취임.

8월 2일	이태섭 국제2부회장 당선 만찬 참석(수원캐슬호텔).
10월 15일	제15지역 합동등반대회(감악산).
12월 6일~9일	제40차 동양동남아 대회(태국 방콕). 김주일L, 이장수L, 박명수L 외 여러 회원 참석.
2002년 1월 18일	B지구 자매지구 스리랑카 306-B지구 방문 겸 본 클럽 자매클럽 갤라니아클럽 방문. 김주일L, 이장수L, 김선일L, 이중승L 외 여러 회원 참석.
3월 20일	지구분구를 위한 대의원 대회(경기 예술문화회관).
4월 17일	본 클럽 자매지구인 스리랑카 306-B지구 소속 갤라니아클럽 회원 6명 본 클럽 방문.
4월 18일	창립 제33주년 기념행사(금촌본전부페). 스리랑카 306-B지구 소속 갤라니아 클럽 회원 6명 참석.

4월 20일	第24회 지구연차대회(의정부 실내체육관). 자매지구 스리랑카 306-B지구 총재 내외 및 갤라니아클럽 회원 6명 전원 참석. 단체상·종합 최우수클럽상 수상.
5월 27일	354 복합지구 주최 KBS 열린음악회 개최(여의도공원 내 문화마당).
6월 3일	第26회 354복합지구연차대회(세종문화회관). 개인상: 국제협회 1등 공로메달-김주일L/지도력메달-이장수L
7월 1일	第34대 회장 백성기L 취임.
7월 11일	클럽사무실 이전(조리면 봉일천에서 금촌 동문 B/D 3층).
7월 8일~12일	第85차 세계대회 김주일L, 이장수L 참석(일본 오사카).
11월 7일~10일	第41차 동양동남아대회 참석(홍콩).
12월 9일	본 클럽이 스폰한 파주금촌 L.C 헌장의밤(금촌 보저부페).

12월 11일	제15지역 합동월례회(문산 국제프라자부페).
2003년 3월 17일	본 클럽이 스폰한 파주술이홀L.C 헌장의 밤(금촌본전부페).
3월 19일	월례회 및 단합대회(강릉 주문진).
3월 20일	지구대의원대회 지구 분구안 투표로 통과.
4월 18일	창립 제34주년 기념행사(파주시 여성회관).
4월 20일	경기북부지역 분할 선포.
5월 15일	제25회 지구연차대회(경기도 문화예술회관). 단체상: 종합최우수클럽상 수상. 개인상: 국제협회 1등공로메달–김주일L 지도력 메달–이장수L
6월 27일 ~7월 1일	제86차 세계대회(미국콜라로도 텐버) 이장수L 참석.
7월 1일	제35대 회장 조규영L 취임(클럽사무실).

7월 12일	354-H지구 창립기념식 및 총재·부총재 취임식(의정부 경민대학 강당)
11월 7일	지구임원 회장단 등반 참석(양주불곡산) 김주일L, 최시원L 참석.
11월 27일~30일	제42차 동양동남아대회(대만) 본 클럽 10여 명 참석.
12월 24일	산타크로스 행사-각 지역별 산타크로스 복장으로 과자 및 학용품 전달. 김주일L 수석고문 500만 원 지원.
2004년 1월 16일	소년·소녀 가장돕기 자선 음악회(의정부 예술의전당). 김주일L 수석고문 800만 지원.
3월 20일	지구대의원 대회 지구부총재 최시원L 당선.
4월 19일	창립 제35주년 기념행사(파주시 여성회관).
5월 1일	354-H지구 제1회 지구연차대회(동두천 시민회관).

	단체상: 종합 최우수 클럽상 수상. 개인상: 국제협회 지도력 메달- 김주일L
5월 29일	제28회 354복합지구연차대회(서울시 교육연수원) 참석.
7월 1일	제36대 회장 한기태L 취임(클럽사무실).
8월 19일	파주레오클럽 헌장의 밤(파주여고).
8월 29일~30일	제4역 연수회(회장, 제1부회장, 총무, 재무) 참석(춘천 남산면기화유스호스텔).
9월 15일	소년·소녀가장 돕기 자선음악회(의정부 예술의전당). 김주일L, 수석고문 800만 원 지원.
10월 21일	제3지역 합동등반대회(광탄 박달산).
11월 15일	사랑의 불씨운동 전개(불우이웃돕기) 연탄 및 생활필수품 전달.
11월 23일	본 지구 멜빈 존스의 밤(의정부 삼천리 회관).

12월 2일~5일	第43차 동양동남아대회 참석(필리핀 마닐라).
12월 24일	산타크로스 행사-김주일L, 최시원L 등 기타 회원들이 산타크로스 복장으로 관내 불우이웃돕기 및 지체장애인 방문(과자 150박스 전달). 김주일L 수석고문 지구본부 500만 원 지원.
2005년 3월 10일	제2회 대의원대회(의정부 문화원). 제3대 지구총재 최시원L 당선, 사무총장 이장수L 위촉.
4월 17일	제1회 지구체육대회(의정부중학교) 우승: 3지역(파주)
4월 19일	창립 제36주년 기념행사(파주시 여성회관).
5월 7일	제2회 지구연차대회(의정부 예술의 전당). 국제협회 지도력 메달 - 김주일L
6월 10일	제29회 354복합지구연차대회 없음.
6월 27일 ~7월 1일	88차 세계대회 (홍콩) 회장 한기태L 외 여러 회원 참석.

7월 1일	제37대 회장 허경식L 취임.
7월 19일	최시원L 제3대 총재 취임식(의정부 금오문화 웨딩홀).
8월 26일~27일	지구임원 및 4역 연수회(회장, 제1부회장, 총무, 재무) 참석(가평 카타마린 연수원).
9월 27일	멜빈존스 동지의 밤 행사 참석(의정부 금오문화 웨딩홀).
10월 7일~10일	제44차 동양동남아대회(일본 센다이). 최시원L, 이장수L, 허경식L, 노진수L, 이우규L, 공석진L 참석.
10월 19일	월례회 겸 회원단합대회(충남 당진).
10월 21일	지구임원 및 각 클럽 회장단, 제3지역 회원 합동등산(광탄박달산).
10월 23일	제2회 지구체육대회(파주여고 운동장) 3지역: 3등

10월 24일	파주레오클럽 연수회(조리면 공릉입구 홍원연수원).
11월 16일	본 지구 사랑의 연탄나누기 운동 전개(연탄 70,000장) 행사참여.
12월 5일	필리핀 참전용사(6·25참전) 및 미망인·자녀 돕기 행사 쌀 150포 및 식사 제공. 이장수L, 허경식L, 권혁주L, 노진수L, 이우규L 참석.
12월 28일	아속메타 국제협회장 공식 방문(서울 프라자 호텔) 김주일L, 최시원L, 이장수L, 이중승L 참석.

LIONS
L
INTERNATIONAL
®
We Serve